I0646821

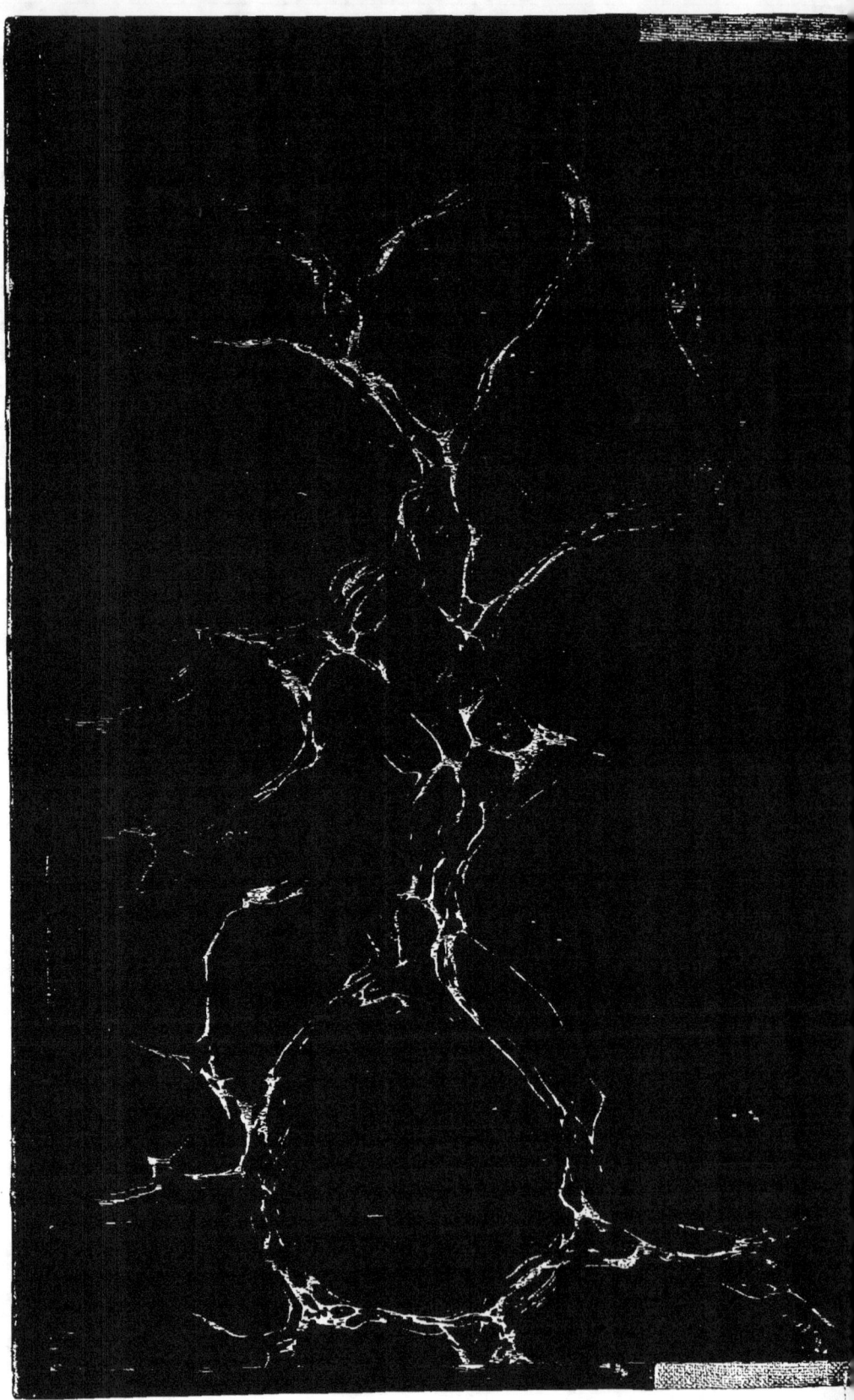

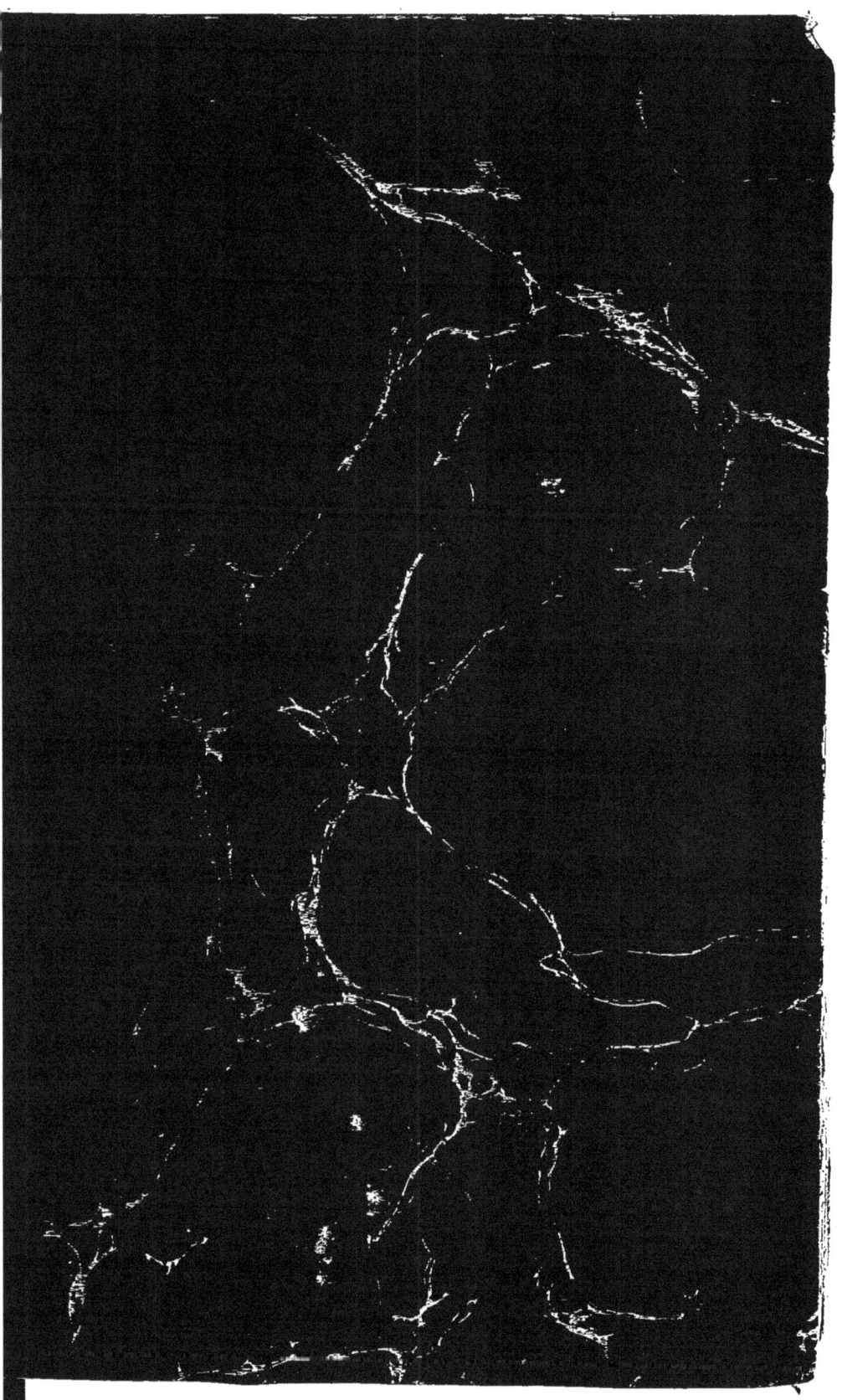

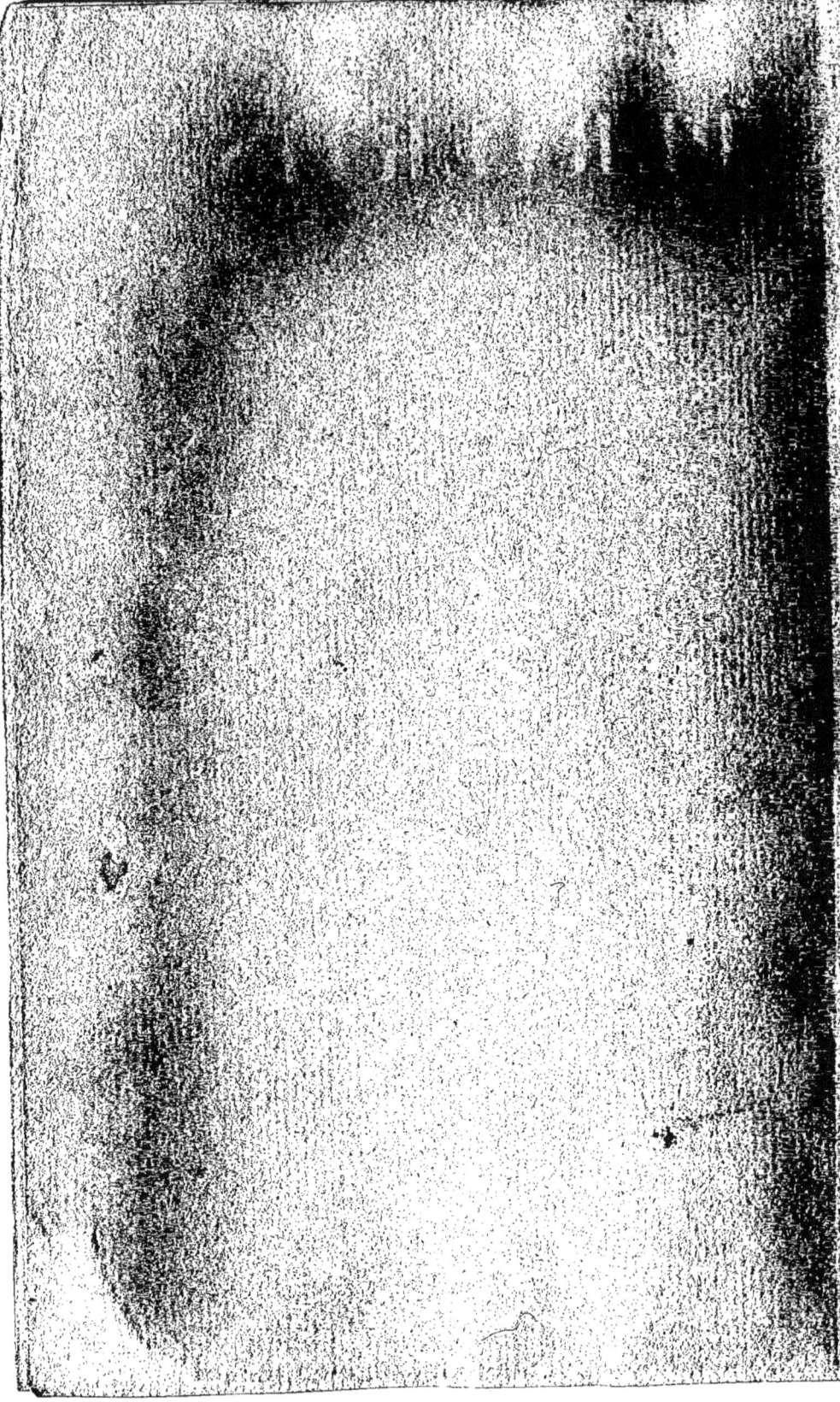

*(Conserver la Couverture)*

# PERVERTIS

PAR

## ERNEST DAUDET

PARIS

E. PLON ET Cie, IMPRIMEURS-ÉDITEURS

RUE GARANCIÈRE, 10

—

1882

# PERVERTIS

Cet ouvrage a été déposé au ministère de l'intérieur (section de la librairie) en octobre 1882.

## A LA MÊME LIBRAIRIE, DU MÊME AUTEUR :

EN PRÉPARATION :

**La Carmélite**

PARIS. TYPOGRAPHIE DE E. PLON ET Cⁱᵉ, RUE GARANCIÈRE 8.

# PERVERTIS

PAR

## ERNEST DAUDET

## PARIS

E. PLON et Cie, IMPRIMEURS-ÉDITEURS

RUE GARANCIÈRE, 10

—

1882

# PERVERTIS

## LIVRE PREMIER

### I

#### LE LOUP DANS LA BERGERIE

Au cartel de cuivre ciselé, suspendu au manteau
de la monumentale cheminée en pierre blanche,
neuf heures allaient sonner; la nuit était venue; le
dîner touchait à sa fin. Les croisées ouvertes encadraient des morceaux d'azur, piqués d'étoiles; sur le
fond sombre du ciel, se découpaient en des formes
indécises les arbres du parc et la crête des montagnes
qui se dressent autour du vallon de Chanac.

Une brise tiède entrait dans la vaste salle à manger, jouant avec la flamme des bougies, qui tremblait effarée au-dessus du surtout d'argent, en sil-
lonnant leur surface luisante de lourdes gouttes de
cire, et en rayant de capricieuses alternances de
lumière et d'ombre les tapisseries anciennes tendues

1

sur les murs, donnant ainsi l'illusion d'une entraî-
nante mise en branle des personnages mythologiques
qu'elles représentaient.

Le visage des convives exprimait la somnolente
lassitude qui suit ordinairement les repas trop longs
et trop plantureux. Les mains paresseuses ne se
levaient plus qu'avec peine pour toucher aux plats
du dessert que les domestiques passaient en hâte,
pressés eux aussi d'en finir. Sur les lèvres, les mots
devenaient rares; la conversation languissait. C'est
à demi-voix que s'échangeaient encore quelques
paroles, d'une chaise à l'autre, comme si chacun eût
redouté de troubler le recueillement de son voisin,
en jetant une note discordante à travers le murmure
confus et doux qui voltigeait sur la table.

— Être venu dans la Lozère pour y construire un
chemin de fer et y trouver un gendre, dit gaiement
Berteux à la comtesse de Baumars, à côté de laquelle
il était assis, en reprenant brusquement un entretien
interrompu, ne serait-ce pas une étrange et heureuse
aventure?

Madame de Baumars tressaillit; un flot de sang
empourpra ses épaules nues, dont le corsage de
velours rouge accusait la forme parfaite et la blancheur, — les épaules grasses de la femme qui a
dépassé quarante ans. La figure aussi s'alluma, jusque
sous la racine des cheveux blonds, d'une ardente
couleur incarnadine, qui s'éteignit presque aussitôt,
tandis que les yeux restés jeunes formulaient une
prière mêlée de crainte.

— Plus bas, monsieur Berteux, plus bas, supplia-t-elle ; on va vous entendre, et vous savez que nos projets ne peuvent réussir qu'à la condition de rester secrets quelques jours encore. J'aimerais mieux y renoncer que d'attrister nos amis.

— Oui, je comprends ; le marquis de Brinyon et sa charmante petite-nièce. Soyez sans crainte, comtesse, je ne nous trahirai pas. Au reste, M. de Brinyon ne saurait s'offenser d'une alliance entre votre famille et la mienne. Si j'ai gardé de vos confidences un fidèle souvenir, votre fils n'est pas engagé envers mademoiselle Valentine.

— C'est vrai ; Denis est libre ; il n'a jamais, par son langage ni par ses actes, manifesté le désir d'épouser celle dont nous parlons. Mais nous sommes pauvres, vous le savez. Jusqu'au jour où vous êtes arrivé dans ce pays, mon fils n'avait en perspective d'autre avoir que celui que possédait son père et que je lui transmettrai un jour, un avoir modeste, comme vous en pouvez juger : notre hôtel de Marvejols, cette propriété dont le revenu couvre à peine l'entretien, et divers débris de l'ancienne splendeur de la famille de Baumars.

— Mais c'est beaucoup, cela ! interrompit Berteux. Savez-vous, comtesse, qu'à mon idée, les meubles anciens qui garnissent vos deux habitations, à la ville et à la campagne, vos tapisseries, vos tableaux, votre vieille argenterie, représentent un fier capital ?

— Un capital improductif, car, à moins d'être

tombés dans la misère, nous ne nous dessaisirons jamais de ces souvenirs.

— Soit! Mais encore faut-il ajouter à votre énumération les trois cent mille francs que vous allez toucher pour la partie de vos terres que vous prend le chemin de fer de Séverac à Mende.

— Oui, monsieur, je sais que, grâce à votre bonté et à votre généreuse intervention, le passage de la ligne à travers nos propriétés, que nous considérions comme un désastre, va relever notre fortune, et de cela nous vous garderons une éternelle gratitude. Il n'en est pas moins vrai qu'avant que ce marché fût conclu, nous étions pauvres, ce qui rendait difficile l'établissement de mon fils. J'ai donc dû considérer comme un bonheur la profonde et tendre amitié qui unit la marquise de Villacerf, ma mère, à M. de Brinyon, grand-oncle et tuteur de Valentine. Cette amitié assurait dans l'avenir le mariage de Denis. Nous n'y faisions jamais allusion. Mais, dans les maisons comme la nôtre, monsieur, il est des choses préparées de longue date et en quelque sorte toutes seules, qui sont et demeurent entendues, bien qu'on n'en parle pas. D'ailleurs, qu'eussé-je pu souhaiter de mieux? Non-seulement Valentine est une personne accomplie, digne de porter notre nom ; c'est encore la plus riche héritière de Marvejols.

— Et combien possède cette riche héritière?

— Elle aura cent cinquante mille francs en se mariant, autant à la mort de son grand-oncle.

Un sourire orgueilleux et railleur illumina la figure rougeaude de Berteux.

— Moi, madame la comtesse, dit-il, je constitue à ma fille, le jour de ses noces, un revenu annuel de cent mille francs en rente trois pour cent; c'est un argent qui n'a rien d'aristocratique, c'est vrai; je sors du peuple; mais il est pur, comme tout ce que je possède; je l'ai gagné à la sueur de mon front. Et ce n'est pas tout; si mon gendre a le goût des affaires, s'il y mord, s'il suit mes conseils, je lui garantis des gains annuels qui auront bientôt égalé le revenu dotal que j'assure à sa femme. Ainsi, deux cent mille francs à dépenser par an, une belle situation à Paris, un marchepied pour ses légitimes ambitions, voilà ce que j'offre à votre fils; un moyen efficace, vous le voyez, de redorer son blason; sans parler de ma succession, qu'à cinquante-deux ans j'ai bien le droit de faire attendre, mais que je ne fais attendre qu'en la grossissant. N'est-ce pas pour lui une destinée plus brillante que celle qui l'attend ici, s'il s'allie aux Brinyon? Mon Dieu! mademoiselle Valentine est une adorable créature, je ne le nie pas, tout idéal et tout azur, un ange, comme disent MM. les poëtes; mais Marthe Berteux n'est pas sans mérite, veuillez le croire, madame.

— Vous êtes un tentateur bien dangereux, monsieur, répondit la comtesse rêveuse.

— Est-ce entendu? demanda-t-il de l'accent résolu d'un homme accoutumé à traiter les grandes affaires, et à qui celle-là ne semblait pas plus difficile

que tant d'autres qu'il avait déjà négociées et menées
à bonne fin.

— Je dois d'abord consulter ma mère. Et puis,
nos enfants se conviendront-ils?

— Engageons-nous au moins sous réserve,
reprit-il, entêté dans son idée. Parlez à madame
votre mère ; moi, je me charge de votre fils. Pour le
convaincre, j'ai plus d'un argument. Le plus puissant de tous, c'est ma fille elle-même. J'ai écrit à
sa mère de me l'amener ; elle arrivera demain pour
s'intaller dans votre voisinage, chez mon ami M. de
Louville, votre député, dont j'ai accepté l'hospitalité
pendant toute la durée de mon séjour dans ce pays.
N'est-ce pas, Louville, continua-t-il en élevant la
voix, et en interpellant un homme maigre et gri-
sonnant, placé en face de lui, n'est-ce pas que vous
voulez bien recevoir madame et mademoiselle
Berteux?

—Chez moi, ces dames seront chez elles, répondit
le député de la Lozère ; et plus elles y prolongeront
leur séjour, plus je serai heureux, d'abord parce que
j'ai l'honneur d'être leur ami et le vôtre, ensuite
parce que vous êtes le bienfaiteur de notre pays.

— On ne pourra me reprocher de ne pas mener
les choses rondement, reprit Berteux, avec un sourire de vanité satisfaite, en se penchant de nouveau
vers la comtesse de Baumars.

La suite de sa phrase resta suspendue à ses lèvres ;
la comtesse ne l'écoutait plus. Elle s'était tournée
du côté de son voisin de droite, le vénérable mar-

quis de Brinyon, beau vieillard à cheveux blancs, au regard vif, d'une expression douce et caressante, estimant qu'elle se devait aussi à celui-là, après avoir longtemps causé avec l'autre.

— Notre Valentine est bien jolie ce soir, mon cher marquis, lui dit-elle.

Le marquis redressa fièrement sa taille élégante ; ses yeux, à demi clos par la rêverie qui le berçait depuis un moment, s'ouvrirent et se posèrent, trahissant un attendrissement soudain, sur sa petite-nièce, placée de l'autre côté de la table, à la gauche de Denis de Baumars ; — une belle jeune fille, mince de corps, brune de peau, avec un teint mat, des cheveux noirs, des yeux profonds et larges, au fond desquels, dans une lumière scintillante, semblaient passer, tant l'expression en était mobile et vivante, toutes les ardeurs de son âme. La figure était triste, mais douce ; la figure d'une sainte condamnée à souffrir sa vie durant, et résignée.

— Oui, elle est adorable, répondit le marquis de Brinyon ; je ne plains pas celui qui éveillera l'amour en elle et dont elle acceptera le nom. Était-ce une insinuation à la mère de Denis ? Dans le doute, elle s'abstint de la relever. Il continua : — Lui trouver un mari selon son cœur, assurer son bonheur, à cela se réduit ma tâche aujourd'hui ; quand je l'aurai accomplie, je pourrai mourir.

— Que parlez-vous de mourir ! s'écria la comtesse.

— J'ai soixante-quinze ans, ma chère Lucie.

— Ma mère n'en a-t-elle pas soixante-dix !

Regardez-la cependant : si ce n'étaient ses maudites jambes, toutes paralysées, ne dirait-on pas une jeune femme ? Allez donc lui demander si elle songe à quitter la vie ! Pourquoi y songer, vous qui êtes en meilleur état qu'elle ? Vous montez à cheval tous les matins ; vous ne souffrez d'aucune infirmité ; vous supportez sans défaillance des fatigues auxquelles mon fils lui-même ne résisterait pas... Tenez, ne parlez pas de mourir ; vous êtes taillé pour vivre jusqu'à cent ans.

— Le fait est qu'on n'en voit plus guère comme votre mère et comme moi, dit-il ; puis, d'un accent où éclatait la tendresse respectueuse et passionnée que, depuis un demi-siècle, il entretenait dans son cœur pour la marquise de Villacerf, il ajouta : — N'est-ce pas qu'elle est charmante ? Regardez-la ; elle est aussi jeune que ma petite-nièce ; ses traits ont gardé la pureté des premières années ; ses cheveux d'argent ceignent son front d'un diadème de reine ; l'éclat d'une fière intelligence anime son regard. Sa taille est restée droite et fine ; les rides n'ont pas flétri ses mains. Elle est toujours belle...

— Mais c'est une déclaration, marquis, fit plaisamment madame de Baumars.

— Mieux que cela, Lucie ! un acte d'adoration, car je l'adore, la chère femme ; je l'adore aujourd'hui comme il y a cinquante ans. Oh ! je sais bien que les jeunes comme vous raillent ma longue fidélité.

— La railler ! Qui vous donne le droit de le penser ?

Je l'admire au contraire, et ne sais rien de plus touchant. J'envie ma mère, qui, dans le cours de son existence souvent attristée par les violences de mon malheureux père, a pu, sans manquer à ses devoirs d'épouse, inspirer à un homme tel que vous un sentiment si durable et si fort.

— J'avais vingt-cinq ans quand je la vis pour la première fois. Elle venait de se marier, et vous de naître, Lucie ; elle était belle, et je l'aimai. Malheureusement, elle appartenait à un autre, et celui-là, soit dit sans faire injure à sa mémoire, ne me valait pas. Quand je la connus mieux, je compris que jamais, quoiqu'elle l'eût épousé contre son gré, elle ne consentirait à déchoir en violant la foi jurée. Je me contentai donc d'être son ami ; je m'établis à Marvejols, et, durant cinquante années, j'ai été le confident de ses tristesses et le témoin de sa vie. Je lui ai sacrifié toute la mienne ; mais je ne le regrette pas. Elle m'a récompensé par l'étendue de son dévouement ; le jour où ma petite-nièce Valentine m'arriva après la mort de son père, orpheline au berceau, n'ayant que moi au monde, elle trouva près de votre mère les soins les plus tendres. Mais je ne sais pourquoi je vous raconte cette histoire. Vous avez connu tous les traits de la sollicitude dont le souvenir remplit mon cœur ; vous l'avez même partagée, et vous devez bien comprendre pourquoi je chéris la noble créature qui nous a donné une famille, à Valentine et à moi.

Entraîné par sa passion restée jeune et puissante,

1.

il prit un verre sur la table, et l'ayant soulevé d'un geste empreint de grâce aristocratque, en regardant la marquise de Villacerf dont justement les yeux cherchaient les siens, il y trempa ses lèvres. Du fond de son fauteuil à roulettes, où l'enchaînait la paralysie de ses jambes, elle l'imita en souriant. Puis, elle se pencha vers son petit-fils, à qui cette scène avait échappé, et lui parla à demi-voix. Il tressaillit, arraché à une méditation absorbante.

— Sois donc aimable avec Valentine, mon enfant, lui dit-elle. Je ne sais où tu as la tête ; mais tu laisses la pauvre petite aux prises avec M. de Louville, ce qui ne doit pas l'amuser beaucoup. Il n'est pas très-gai, notre député.

Denis allait faire effort pour obéir, quand, de l'autre côté de la table, il vit sa mère se lever et prendre le bras de Berteux. Il se leva aussi et offrit le sien à Valentine, tandis qu'autour d'eux les convives repoussaient les chaises avec un grand bruit, pour retourner au salon. Au milieu de ce tumulte, on vit alors M. de Brinyon faire, alerte et léger, le tour de la table pour venir se placer derrière le fauteuil de madame de Villacerf, qu'il se mit à pousser lentement, avec des précautions infinies. Lorsqu'il dînait chez les Baumars, c'est à lui qu'était réservé l'honneur de ramener sa vieille amie au salon. Ce privilége, mérité par la constance de son affection, il n'entendait le céder à personne. Tout le monde se rangea pour les laisser passer, et rien ne pouvait se voir de plus attendrissant que ces deux vieillards, dont le visage exprimait la gráce de leur esprit et la sérénité de leur âme, l'un poussant l'autre, et remerciant d'un sourire les convives respectueusement penchés sur leur chemin.

## II

### LES AMBITIONS DE MATHIAS BERTEUX

Tendu comme la salle à manger de vieilles tapisseries à personnages, décoré de beaux meubles du style le plus pur, datant de Louis XV, le salon resplendissait sous la lumière qui tombait d'un vieux lustre en cristal de Bohême et des torchères accrochées au mur, entre des portraits d'ancêtres. Cette vaste pièce s'ouvrait, par six croisées et une porte vitrée, sur la terrasse immense d'où le regard embrassait la plaine de Chanac, les sinuosités du Lot qui la traverse, les pentes couvertes de châtaigniers, sillonnées d'arétes rocheuses, et les cimes abruptes de la Lozère se découpant de tous côtés sur l'horizon.

L'obscurité du dehors avivait l'éclat des clartés du dedans, où tout était joie et fête. Le dîner, le plus brillant que la comtesse de Baumars se souvînt d'avoir donné depuis longtemps, avait été offert à M. Mathias Berteux, entrepreneur de Paris, concessionnaire de la construction du chemin de fer de

Séverac à Mende par Marvejols. C'est pour lui faire
honneur qu'elle avait invité des voisins de campagne,
des amis de la ville, le marquis de Brinyon et Valentine sa petite-nièce, le comte de Louville, député de
Marvejols, propriétaire du château de la Bastide, à
qui Berteux devait la concession de cet important
travail, et chez qui il était descendu ; le baron de Jussac, membre du conseil général pour le canton et
lieutenant de louveterie ; d'autres encore.

Arrivé la semaine précédente, ce roturier enrichi
par d'heureuses spéculations avait su se faire bien
venir de la haute société de ce petit coin de la
Lozère, société pauvre autant que fière, oubliée au
fond de ses montagnes sauvages, drapée orgueilleu-
sement dans les restes de ses splendeurs, isolée du
monde, et aux yeux de qui il représentait le Messie
longtemps attendu qui devait lui apporter, grâce
aux voies ferrées qu'il allait ouvrir à travers le département, la vie et la prospérité, un moyen de tirer
parti des richesses naturelles du sol.

Il l'avait charmée non-seulement parce qu'il réalisait des espérances anciennes, mais aussi parce
qu'il s'était fait habilement le flatteur de ses pas-
sions et de ses goûts. Sorti du peuple, peuple lui-
même jusqu'aux moelles, ainsi que l'attestait le
sang vermeil qui empourprait ses joues, la carrure
massive de sa personne, la vigueur de ses bras,
l'épaisseur de ses mains, ses cheveux serrés drus
sur son front bas à la peau rugueuse, il s'enorgueillissait d'être un champion de l'aristocratie, de tra-

vailler pour elle, de vanter son prestige et de se proclamer son très-humble serviteur.

Très-malin, ce Berteux. Il savait bien ce qu'il faisait en agissant ainsi. Il exprimait ses opinions avec
des gestes bruyants, en un langage fruste comme
tout son individu, à travers lequel éclataient comme
des fusées dans la nuit, de ces mots qui font image,
éclaircissent une situation obscure, débrouillent une
question compliquée, se gravent inoubliables dans
la pensée de ceux qui les entendent, y portent la
lumière et révèlent une intelligence vive, ouverte
aux idées nouvelles, singulièrement habile à les
utiliser au profit de ses ambitions.

Sincère ou feinte, cette attitude lui avait valu la
faveur de la société où le comte de Louville venait
de l'introduire. Si décisif s'était affirmé son succès,
qu'il rêvait maintenant un mariage qui ferait entrer
sa fille unique dans la famille de Baumars, une des
plus anciennes du pays, dont il s'était assuré la
reconnaissance en rectifiant, à son profit, le tracé du
chemin de fer, de manière à justifier le payement
d'une grosse indemnité. Il avait trouvé dans la comtesse une femme favorable à ses vues autant qu'ambitieuse pour son fils. A l'exception de M. de
Brinyon, de Valentine et de la marquise de Villacerf, êtres d'élite à qui l'envie était inconnue, ces
hobereaux portaient avec impatience la médiocrité
de leur position et les privations quotidiennes rendues
plus cruelles par le souvenir de l'opulence passée de
leur maison.

Cette lassitude, madame de Baumars, à quarante-
cinq ans, en souffrait comme d'une plaie saignante,
se disant sans cesse qu'elle n'en guérirait qu'en
établissant avantageusement son fils, se répétant les
histoires de familles pauvres enrichies par le mariage
de leur héritier. Quoiqu'elle eût longtemps borné
ses désirs à faire de Denis le mari de Valentine,
maintenant qu'elle avait entendu Berteux, elle s'ac-
coutumait peu à peu au projet dont il l'entretenait
avec tant d'adroite éloquence. Il le savait, et se
regardait déjà comme le beau-père du comte Denis.
Ses propos et sa conduite tendaient à préparer l'accomplissement de ses plans. Il voulait que, le jour où
ils éclateraient, personne n'en fût surpris, et qu'on
les considérât comme la conséquence de ses efforts
pour rendre service à ses nouveaux amis.

Il ignorait encore les dispositions du comte Denis;
mais il s'en préoccupait peu. Il comptait, au moment
voulu, trouver ce jeune homme docile. Élevé chez
les maristes de Marvejols, Denis, ses études terminées, avait subi tant bien que mal ses examens du
baccalauréat; puis, exempté du service militaire
comme fils unique de veuve, peu apte à choisir une
carrière, il s'était fixé près de sa mère et de sa grand'-
mère; il vivait avec elles, à Marvejols durant l'hiver,
au petit château de Chanac pendant l'été; il partageait son temps entre les interminables et ternes
soirées du cercle et les excursions dans la campagne,
remplies par la chasse, la surveillance de ses propriétés, toujours en proie à la crainte de dépenser

au delà de son mince revenu ou de voir ses récoltes compromises par les intempéries des saisons. Devant lui, nulle perspective souriante. Marié ou non, il végéterait dans son trou, piétinant sur place, tournant toujours dans le même domaine étroit. Et il atteignait à peine sa vingt-sixième année! Si l'uniformité décevante de sa vie jetait un voile sur les ardeurs de son âge, il les sentait néanmoins gronder en lui. Il possédait le charme de la jeunesse, une belle flamme dans le regard, des traits aimables, le grand air de tous ceux de sa race; autant de dons inutiles, puisque jamais il n'en saurait trouver l'emploi.

Berteux, avec son coup d'œil de Parisien expérimenté, avait deviné les amertumes de cette existence monotone. En étudiant Denis sous les airs attristés qui exprimaient son incommensurable ennui, il s'était convaincu que le jour où il lui offrirait, avec une existence plus libre et plus large, en plein Paris, une brillante fortune, ses offres seraient accueillies avec un enthousiasme reconnaissant. De ce côté donc, il se croyait certain du succès; d'autant plus certain qu'il s'était assuré déjà le consentement de madame de Baumars.

Mais restait la marquise de Villacerf, la grand'mère de Denis. Cette vieille grande dame était d'une autre trempe que sa fille. Née dans l'émigration, nièce d'un des plus illustres chefs royalistes du Midi pendant la Révolution, toute pénétrée des traditions de l'ancien régime, obstinément rebelle aux idées modernes, fière au plus haut degré de sa famille et

de son nom, céderait-elle à de vulgaires considéra-
tions d'argent? Consentirait-elle à laisser son petit-
fils épouser la fille d'un Berteux, quelque riche que
fût celle-ci? Ne lui préférerait-elle pas Valentine de
Brinyon, petite-nièce du plus fidèle, du plus cher de
ses amis, et par la naissance égale à Denis? C'est là le
point noir qui troublait l'horizon de Mathias Berteux.
Il conservait cependant le ferme espoir de le dissiper.

A l'appui de sa demande, il invoquerait le service
signalé qu'il venait de rendre à la famille de Baumars. Puis, la présence de sa fille aplanirait les dernières difficultés. Une sémillante Parisienne de dix-
huit ans, cheveux d'or et frimousse en l'air, ne révo-
lutionnerait-elle pas cette société compassée et
froide? Ne parlerait-elle pas plus éloquemment au
cœur et à l'imagination de Denis que mademoiselle
de Brinyon avec sa mélancolique et rêveuse beauté
de madone? Marthe Berteux n'eût-elle sur Valentine
que l'avantage de la nouveauté et de l'imprévu,
c'était assez pour vaincre et enlever les positions
ennemies.

## III

### BATTERIES DRESSÉES

En revenant au salon, après le dîner, Berteux,
toujours préoccupé du but qu'il poursuivait, fit mine
de se rapprocher de la marquise, désireux de se

montrer empressé auprès d'elle. Madame de Villacerf avait fait rouler son fauteuil devant l'une des
croisées ouvertes, par où entrait dans la pièce,
qu'échauffaient les lumières, l'air embaumé et tiède
de ce beau soir de juin. M. de Brinyon, le dos tourné
à la fenêtre aux balustres de laquelle il restait
appuyé, s'entretenait avec son amie.

Touchant aveuglement des yeux et du cœur ! Elle
lui paraissait aussi belle qu'autrefois, avec sa robe
de velours noir dessinant les lignes sveltes de sa
taille que le temps n'avait pas déformée, et la den-
telle jetée sur ses cheveux blancs ; ils encadraient de
leurs lourds bandeaux sa figure d'une pureté sculptu-
rale, où la blancheur des chairs prenait des tons de
vieil ivoire, en s'éclairant de la flamme du regard,
resté jeune, pénétrant et doux. Persistant à la trouver séduisante, il continuait à lui parler avec la respectueuse timidité d'un amoureux de vingt ans,
prosterné pour la première fois devant une beauté
dominatrice. L'admiration dont il était pénétré se
révélait dans tout son être. Elle éclatait dans ses
yeux, dans son attitude, dans l'inflexion plus douce
de sa voix. La marquise était toujours pour lui la
maîtresse idéale, adorée et respectée, dont l'influence avait rempli toute sa vie et dont le pouvoir
sur son cœur devait demeurer absolu jusqu'à la
mort.

En voyant s'avancer Berteux, la marquise dit à
M. de Brinyon :

— Voici venir notre Parisien. Laissez-nous un

moment, cher Sosthènes ; j'ai besoin de causer avec
lui. Il nous a annoncé tout à l'heure une nouvelle
à propos de laquelle je veux le confesser.

— Quelle nouvelle? demanda M. de Brinyon.

— L'arrivée de sa fille. Cela ne vous semble-t-il
pas extraordinaire? Moi, j'ai idée qu'il nous prépare
un tour de sa façon, et que les efforts qu'il a faits
pour plaire n'étaient pas précisément désintéressés.

— Vous le calomniez, ma belle amie.

— Dites plutôt que je suis seule à voir clair dans
son jeu. Au surplus, j'en veux avoir le cœur net. Le
voilà ; éloignez-vous.

Accoutumé à obéir, le marquis céda la place à
Berteux sans chercher à comprendre. Il traversa
lentement le salon pour se rapprocher de Denis.
Silencieux et rêveur, les coudes sur les genoux, le
menton dans les mains, Denis était assis derrière sa
mère, à deux pas de Valentine, sans remarquer le
manége du comte de Louville et du baron de Jussac,
empressés autour de ces dames. Maigre et tout en
longueur, M. le député tendait le jarret pour se
donner l'air aimable, et se roidissait avec l'énergie
d'un vieux coq contre le fardeau de ses soixante-cinq
ans bien sonnés, alourdi par l'angoisse d'une diges-
tion laborieuse. Le jeune baron de Jussac, petit
homme à joues rouges et à gros ventre, se dépensait
en adorations muettes et mystérieuses à l'adresse de
mademoiselle de Brinyon, qui demeurait impassible
et hautaine sous le feu de ce regard ridiculement
extasié. Le jeune et le vieux faisaient la roue devant

elle, comme s'ils eussent prétendu à sa main, le premier malgré son âge, le second malgré ce que sa
personne offrait de disparate avec la beauté fière et
triste de la petite-nièce du marquis. Mais, sans se
soucier plus de l'un que de l'autre, elle écoutait dis-
traite et indifférente madame de Baumars, les yeux
impérieusement attirés par l'attitude de Denis, l'esprit
torturé par les préoccupations de son compagnon
d'enfance, dont elle saisissait la trace sur sa physio-
mie inquiète, sans en deviner la cause.

Son attention fut tout à coup plus vivement excitée.
M. de Brinyon s'était rapproché de Denis. Il lui parlait, et Denis venait de se lever pour lui répondre.
Elle ne pouvait entendre ce qu'ils se disaient ; mais
elle était sûre que son grand-oncle posait des questions, cherchait à pénétrer dans cette âme obstinément repliée sur elle-même et à découvrir son secret.
Elle comprit vite qu'il n'y réussirait pas. Bientôt,
elle vit Denis se diriger vers la terrasse et quitter le
salon, tandis que M. de Brinyon venait s'asseoir à côté
d'elle. Elle aurait bien voulu l'interroger ; elle n'osa
pas, et resta muette près de lui, indifférente aux incidents de la sourde rivalité qui s'élevait, à cause d'elle,
entre le comte de Louville et le baron de Jussac.

En cet instant, Berteux abordait la marquise de
Villacerf, une phrase aimable sur les lèvres. Elle ne
lui laissa pas le temps de la prononcer.

— Ai-je mal entendu, monsieur ? lui demanda-
t-elle. Ne disiez-vous pas que mademoiselle Berteux doit arriver demain avec sa mère ?

— En effet, madame la marquise, répondit-il. Ma femme et ma fille étaient aux eaux de Vichy. Je les ai engagées à venir me rejoindre au château de Louville, où j'habite, comme vous le savez. Grâce à l'obligeance du comte, elles pourront y demeurer quelques semaines avec moi. J'espère avoir l'honneur de vous les présenter après-demain.

— Je serai enchantée de les connaître. Quel âge a mademoiselle Berteux?

— Dix-neuf ans, madame la marquise.

— Dix-neuf ans! Le printemps de la vie. Je ne vous demande pas si elle est jolie.

— Un flot de cheveux d'or, les yeux bleus, la peau blanche, la taille fine, et avec cela, de l'esprit, beaucoup d'esprit. Une adorable enfant, notre unique enfant.

— Vous songez sans doute à la marier?

— J'y songe; mais il n'est pas facile de trouver un mari qui lui convienne. Elle sera très-riche, ma petite Marthe; sa fortune la rend difficile. Elle redoute d'être épousée pour sa dot.

— Il faut lui trouver un mari dont la situation soit égale à la sienne.

— Ce n'est pas aisé. D'ailleurs, serait-ce une garantie de bonheur? L'argent n'est pas tout. Que mon gendre soit riche ou pauvre, qu'importe! l'essentiel est qu'il aime ma fille et la rende heureuse.

— Voilà de très-louables principes, interrompit la marquise.

— Si mes vœux sont exaucés, continua Berteux,

Marthe épousera quelque noble gentilhomme choisi parmi ceux qui vivent, au fond de leur province, d'un patrimoine modeste. Consacrer ma fortune à relever un beau nom oublié, quel meilleur usage pourrais-je faire, si du même coup j'assure l'avenir de ma fille?

Il brûlait ses vaisseaux; la phrase était claire. Madame de Villacerf savait maintenant ce qu'elle avait désiré savoir : Berteux voulait faire entrer son héritière dans la famille de Baumars. Ainsi s'expliquait l'empressement qu'il avait mis à servir les intérêts de Denis dans l'affaire du chemin de fer. C'était une ambition qu'une grande dame comme elle devait trouver déplacée, alors surtout qu'elle s'était accoutumée à considérer le mariage de son petit-fils avec Valentine de Brinyon comme une chose désirable et naturelle. Mais elle se garda bien de laisser voir ce qu'elle pensait, et, tout en se promettant de contrecarrer les desseins de Berteux, elle affecta de ne les avoir pas compris.

— Bonne chance, monsieur! dit-elle. Je ne connais pas mademoiselle Marthe; mais je suis sûre qu'elle est digne de la destinée que vous rêvez pour elle.

Puis, brusquement, elle changea de sujet et mit l'entretien sur la question du chemin de fer, où Berteux s'empressa de la suivre, tout heureux d'avoir laissé percer ses intentions, et estimant que, pour la première fois qu'il y faisait allusion, il en avait assez dit.

L'heure s'avançait. Le marquis de Brinyon, qui avait une longue course à faire pour rentrer à Marvejols, vint, avec sa petite-nièce, prendre congé de madame de Villacerf. Il partit vers dix heures, emmenant le baron de Jussac, qui retournait aussi à la ville et à qui il avait offert une place dans sa voiture. Denis, resté longtemps sur la terrasse, se trouva là tout à point pour offrir son bras à Valentine jusqu'au perron et pour recevoir les salutations des autres convives qui se retiraient peu à peu. Berteux et le comte de Louville restèrent les derniers, le château de la Bastide n'étant séparé de Chanac que par une courte distance. Un peu avant onze heures ils partirent à leur tour, et Denis se trouva en tête-à-tête avec sa mère et sa grand'mère.

— Assieds-toi là, mon enfant, lui dit vivement la marquise en désignant une chaise, en face d'elle. Ta mère et moi, nous avons un droit absolu à ta confiance; c'est à elle que je fais appel, c'est-à-dire à ton cœur, pour mettre un terme à l'inquiétude que tu nous causes.

— Je vous cause de l'inquiétude, moi! s'écria Denis avec l'accent de la surprise.

— Oui, depuis le jour où nous avons quitté Marvejols pour venir comme tous les ans à la campagne. Depuis ce jour, tu as terriblement changé, mon Denis. Ta belle humeur s'est envolée. Subitement, tu es devenu silencieux, sombre. Oh! ne nie pas! c'est la vérité. Ne nie pas et réponds franchement à ma question. Pourquoi es-tu triste?

— Mais vous vous trompez, chère grand'mère.

— Ce n'est pas répondre. Je te répète que tu es

triste. Ta mère l'a remarqué comme moi; n'est-ce
pas, Lucie?

— Rien de plus vrai, répondit madame de Baumars. C'est à croire que tu as quelque peine et que
tu nous la caches.

Le geste et le regard de Denis protestaient. Mais
la marquise reprit :

— Ce soir encore, tu n'as pu dissimuler la mélancolie qui pèse sur toi. Nous étions en fête et tous
heureux de célébrer l'évenement qui vient grossir
ton patrimoine. Tu étais seul à ne pas partager la
joie commune. Que se passe-t-il donc?

Un sourire éclaira le regard de Denis.

— Vous pourriez bien m'interroger ainsi jusqu'à
demain sans qu'il me fût possible de vous répondre.
Je ne suis pas plus triste aujourd'hui qu'hier. Qu'à
certaines heures, il me soit difficile de cacher à votre
sollicitude toujours en éveil le profond ennui qui
m'accable, cela est possible, et je le regrette. Mais,
que voulez-vous! ma vie n'est pas rose.

— Qu'est-ce qui te manque? demanda madame
de Baumars.

— Ce qui me manque! Quelle joie ai-je goûtée?
Quelle espérance m'est-il donné de concevoir? Des
années de mon enfance, je ne garde aucun doux
souvenir. Je n'ai pas connu mon père; j'étais au
berceau quand je le perdis. Les marques de votre
tendresse à toutes deux, mes chéries, ne m'appa-
raissent qu'à travers les larmes que je vous ai vu
répandre, alors que vous étiez écrasées, vous, ma

mère, sous les douleurs d'un veuvage prématuré;
vous, grand'mère, sous les brutales excentricités de
mon pauvre grand-père, auquel je ne peux penser
sans regretter que sa vieillesse se soit prolongée,
puisque nous n'avons connu le repos qu'après sa
mort. J'ai grandi dans la perpétuelle terreur qu'il
m'inspirait. Voilà pour mon enfance. Ma jeunesse
n'est pas plus heureuse. Je me sens inutile. Je ne
connais rien de la vie, ni les émotions qui déchaînent
dans l'âme l'enthousiasme, ni l'amour qui féconde
le cœur. Je n'ai pas même l'énergie d'une grande
ambition. A Marvejols pendant l'hiver, ici pendant
l'été, et même au cours de mes rares voyages à Mar-
seille et à Nîmes, je traîne toujours derrière moi le
fardeau de mon accablante médiocrité.

— Mais tu te calomnies, malheureux enfant!
s'écria la marquise. Tu vaux mieux que ce que tu
dis. Qui t'empêche de vivre comme les jeunes gens
de ton âge, de t'intéresser aux questions agricoles, à
la chasse, à tes chevaux? Si cela est insuffisant, qui
t'empêche de travailler?

— Travailler à quoi? Que m'a-t-on appris?

— Ce sont des reproches...

— Des reproches, non; une plainte, tout au plus;
une plainte provoquée par vos demandes pressantes.
Je ne vous reproche rien, ni à vous, grand'mère, ni
à vous, ma mère. Vous m'avez élevé comme on
élève tous ceux de ma condition, et vous ne me
deviez rien de plus. Il en est des milliers semblables
à moi, victimes du passé de leur famille, de l'éclat

de leur nom, des préjugés sucés avec le lait; victimes surtout d'une éducation qui ne les a pas préparés aux luttes de la vie et les laisse désarmés quand ils voudraient combattre. Tel est le mal dont je souffre; et si je vous le signale, ce n'est pas pour le plaisir d'en gémir ni de vous apitoyer sur mon sort, mais pour vous expliquer pourquoi parfois je suis triste. Si c'est cette tristesse qu'ont surprise vos yeux, je n'ai pas à la nier. Mais elle n'est pas nouvelle. Je l'éprouvais hier, je l'éprouverai demain, et le mieux que vous ayez à faire, c'est de ne pas vous en apercevoir. Vous n'y pouvez rien.

— Que de mal tu nous fais, Denis! soupira la marquise tout émue par ce langage qu'elle entendait pour la première fois. Ne t'avons-nous tant aimé, ta mère et moi, que pour te rendre malheureux!

— Je n'accuse personne.

— Tu n'accuses pas, tu fais pis. Dans ton découragement, dans ta mélancolie, dans cet incroyable abandon de toi-même, tu nous montres notre œuvre, je ne sais quelle plaie profonde que tu déclares incurable, et tu nous dis : Vous n'y pouvez rien! Eh bien, tu te trompes, nous y pouvons tout; et puisque tu nous affirmes que tu ne ressens d'autre mal que celui qui résulte de l'inutilité de ta vie oisive et sans but, le moment me semble bon pour te proposer le seul remède qui puisse te guérir.

— Quel est ce remède, grand'mère chérie? demanda Denis, en s'agenouillant, câlin, un sourire sur les lèvres, devant la marquise, comme s'il eût voulu lui faire oublier la plainte qu'il avait proférée.

— Le mariage. Tu as vingt-six ans, Denis, et si tu souffres, c'est que ton cœur est vide. Quand une grande affection l'aura rempli, tu auras cessé de souffrir. Une compagne, des enfants, un intérieur, voilà ce qui te guérira.

En entendant ces mots, Denis s'était relevé grave, avec un geste d'impatience.

— Eh bien, soit, répliqua-t-il froidement, trouvez-moi une femme.

— Mais elle est toute trouvée ; elle vit près de toi, tu la connais depuis l'enfance.

— Qui donc est-elle ?

— Il le demande ! C'est Valentine !

— Je m'attendais bien à vous entendre prononcer ce nom. Valentine, oui, une charmante créature, qui rendra très-heureux, j'en suis sûr, l'homme qui l'aimera. Malheureusement, pardonnez-moi cet aveu, elle ne m'a jamais inspiré autre chose qu'une affection toute fraternelle. Je veux bien qu'elle soit ma sœur, mais non ma femme.

La surprise et le désappointement décomposèrent le visage de la marquise.

— Miséricorde ! murmura-t-elle, que dit-il ?

— La vérité, grand'mère. Quoiqu'il m'en coûte beaucoup de vous affliger, je ne saurais laisser se perpétuer dans votre esprit une illusion que je n'ai jamais encouragée. Il y a longtemps déjà que j'ai deviné le secret désir de votre cœur. J'aurais tant voulu le réaliser, puisque cela devait vous donner de la joie, que je me suis appliqué à étudier l'aimable personne que vous auriez souhaité de voir unie à moi. Hélas! cette étude m'a conduit à conclure que si nous étions condamnés à vivre ensemble, mariés, nous serions éternellement malheureux.

— Mais elle a la beauté, l'intelligence, tous les dons de l'esprit et de l'âme! s'écria la marquise, exaspérée, sans comprendre.

— N'insistez pas, grand'mère, reprit Denis, en mettant dans sa prière l'accent le plus tendre; ces choses-là ne se raisonnent pas. Trouvez-moi une femme à mon gré. Je serai ravi de la tenir de vous. Mais ne parlons plus de Valentine. Du reste, il est tard, ma chérie; vous devez être lasse, et cet entretien, ce soir, ne peut qu'accroître votre fatigue. Permettez-moi donc de vous laisser dormir. Moi, je rentre dans ma chambre. Bonne nuit!

Il se pencha pour poser ses lèvres sur le front de madame de Villacerf. Il embrassa aussi sa mère; puis, il s'éloigna si vite, qu'avant qu'elles eussent eu le temps de le retenir, il avait disparu.

— Eh bien, qu'en dis-tu? demanda la marquise à sa fille.

— Je dis, chère maman, qu'il faut changer nos batteries. Denis n'épousera jamais Valentine, c'est clair!

— Pauvre Valentine!

— Croyez-vous donc qu'elle aime mon fils?

— Si elle l'aime! de toute l'ardeur de son être. Qu'importe, au surplus, puisque lui ne l'aime pas? Mais où trouver une femme, maintenant?

— Ce n'est pas là ce qui doit nous préoccuper. Les femmes ne manquent pas. Pas plus tard qu'aujourd'hui on m'en a proposé une. C'est...

— Inutile de la nommer ; j'ai deviné son nom. Berteux t'a jeté sa fille à la tête. Jolie acquisition pour les Baumars et les Villacerf !

— Vous ne connaissez pas cette jeune personne, ma mère. Pourquoi en faire fi avant de l'avoir vue ?

— Et toi, donc, la connais-tu mieux ? Pourquoi l'accepter, à moins que ce ne soit pour son argent ?

— Il est vrai quelle en a beaucoup.

— Et c'est là ce qui t'a séduite ! Voilà donc où nous en sommes ! A envisager sérieusement la possibilité d'un tel mariage !

— Quand on est pauvre, il n'est pas de meilleur moyen de relever sa fortune.

— Mais encore faut-il, en la relevant, ne pas se déshonorer.

— Qui songe à cela, ma mère, et que me parlez-vous de déshonneur ? Une mésalliance, tout au plus ! Une mésalliance qui ne nous fait pas déchoir. Elle n'emporte pas notre nom. Je comprendrais vos objections si j'avais une fille et si je songeais à lui donner un Berteux pour mari. Mais il ne s'agit de rien de pareil. Il s'agit de faire entrer dans notre maison une jeune personne qu'on dit accomplie, que nous n'accueillerons que si elle nous plaît, et qui n'a d'autre tort que de ne pas porter un nom aussi noble que le nôtre.

L'argument était net, mais peu propre à convaincre la marquise.

— Il était écrit que ce Berteux vous tournerait la tête à tous, dit-elle avec amertume, et vous voilà affolés par l'espérance de quelques millions. Mais ce mariage n'est pas encore fait. J'espère qu'on me consultera, qu'on ne m'infligera pas la douleur de voir mes enfants se révolter contre mon autorité.

— Personne ne songe à vous infliger une douleur pareille, ma mère, répondit la comtesse de Baumars, désireuse de clore un pénible débat que le grand âge de la marquise rendait plus pénible encore. Nous n'agirons que selon votre volonté. Mais si mademoiselle Berteux mérite les éloges qu'on m'a faits d'elle, si elle plaît à mon fils, s'il l'aime, pourquoi vous opposeriez-vous à l'événement qui rendrait à notre maison sa prospérité passée et assurerait le bonheur de Denis?

La réplique monta aux lèvres de la marquise. Elle l'y retint. Oui, le bonheur de Denis pouvait être assuré par d'autres moyens que par le mariage dont la volonté de l'enrichir était l'unique cause. Cette alliance avec la fille d'un Berteux, c'était la fin de tout, la dispersion des souvenirs sacrés qui sont l'honneur d'une famille; c'était l'effondrement d'une race. Mais à quoi bon le répéter à qui ne voulait pas l'entendre? La pauvre femme comprenait qu'entre elle et sa fille, l'ambition maternelle de celle-ci avait creusé un abîme. Ses remontrances seraient vaines; elle était condamnée à assister impuissante à ce qui

2.

allait s'accomplir. Elle courba la tête, voulant taire
sa douleur. La femme de chambre, qui la ramenait
dans son fauteuil à roulettes vers son appartement,
ne vit pas les larmes qui coulaient silencieusement
sur ses joues.


# IV

### POURQUOI DENIS NE VEUT PAS ÉPOUSER VALENTINE

Rentré dans sa chambre en quittant sa grand'mère,
Denis se tenait accoudé à la croisée ouverte. A ses
pieds s'étendait, dominant le village, la terrasse du
château, éclairée par la lumière qui sortait du salon
en longues traînées blanches. Au delà de la terrasse,
les maisons de Chanac s'étageaient sur le rocher nu,
laissant entre elles des ruelles sinueuses qui descen-
daient jusqu'aux rives du Lot par des degrés escarpés,
de hauteur inégale, comme un escalier de géants. A
l'extrémité de chaque degré, un amas de pierres
superposées formait parapet et servait de clôture aux
habitations. Entre les coulées du roc, des carrés de
terre cultivée mettaient çà et là des taches brunes,
au-dessus desquelles frissonnait, au vent tiède de la
nuit, le feuillage d'un figuier ou d'un châtaignier.

Sur la droite, se dressaient les ruines de l'antique
donjon de Chanac, propriété des évêques de Mende,
dont une seule tour est restée debout, au bord du

chemin qui, par un long circuit, permettait aux voitures d'arriver jusqu'au point le plus élevé du village et à l'entrée de la maison des Baumars. Dans le fond de la vallée, longeant l'étroite rivière dont le flot s'argentait d'un rayon de lune, la franchissant par intervalles sur des ponts vermoulus, la route de Marvejols à Mende déroulait son clair ruban jusqu'aux gorges abruptes dans lesquelles elle se perd entre les contre-forts resserrés des monts coupés à pic.

Ce paysage était familier à Denis. Depuis qu'il avait atteint l'âge d'homme, jamais ses yeux ne s'y reposaient sans qu'une vision douloureuse se formât dans son esprit, lui rappelant sa vie monotone et bornée, dont le vallon de Chanac, fermé de tous côtés par de hautes montagnes, lui offrait l'image saisissante. Mais ce soir-là, la lune plus haute semblait élargir le ciel en l'éclairant d'une lueur ardente, et il lui semblait que son âme s'illuminait aussi d'une éblouissante clarté.

Tout à l'heure, en répondant aux questions de sa grand'mère, il n'avait pas dit la vérité. Si, durant cette soirée trop bruyante et trop longue à son gré, son visage trahissait une préoccupation mystérieuse, ce n'est pas qu'il eût de nouveaux motifs pour être triste. C'est qu'au contraire, arraché pour la première fois à la monotonie de son existence, il voyait se reculer les limites de son horizon; c'est qu'il sentait son âme, tout à coup transformée, se gonfler d'une espérance radieuse et s'ouvrir à l'amour.

Cela datait de six semaines. La rencontre impré-

vue d'une femme étrangère au pays, que maintenant
il approchait tous les jours, car elle y était fixée,
avait décidé de sa destinée. Il aimait. Ce sentiment,
poussé rapide et vigoureux dans son cœur vierge
encore, avait dissipé sa tristesse. Il n'éprouvait plus
qu'une angoisse délicieuse, l'angoisse de l'amour qui,
timide devant ce qu'il convoite, n'ose se révéler,
espère et doute tour à tour.

Que venait-on lui parler d'épouser Valentine?
C'est un autre nom qui voltigeait sur ses lèvres; un
nom moins illustre que celui de mademoiselle de
Brinyon, obscur même et tout nouveau pour lui,
bien qu'il lui semblât maintenant qu'il avait toujours
connu celle qui le portait, le nom de Louise Gravelot; c'est un autre visage qui s'offrait sans cesse à
ses yeux, un visage jeune et charmant, d'une blancheur éclatante, encadré de cheveux roux aux tons
fauves, éclairé par l'ardente flamme d'un franc
regard à l'expression passionnée et fière.

Fille d'un officier sans fortune, Louise avait perdu
sa mère étant encore au berceau. Entrée toute
jeune à Saint-Denis, elle y était restée jusqu'à dix-
huit ans, ne voyant son père qu'à de rares intervalles, et ne l'avait rejoint, son éducation terminée,
que pour le suivre pendant quatre années, de garnison en garnison, étroitement associée à ses privations,
à ses sacrifices, à ses espérances. Puis, soudaine-
ment, la mort avait passé sur ce fragile foyer, prenant à Louise son unique protecteur, la livrant à la
misère et l'obligeant à solliciter, au nom des services

du capitaine Gravelot, une de ces situations précaires que l'État distribue parcimonieusement aux enfants de ses serviteurs. Comme c'est à Paris qu'elle avait perdu son père, elle espérait pouvoir continuer à y vivre. Cet espoir fut bientôt déçu. On ne trouvait à cette jeune fille instruite, belle, faite pour briller dans le monde, qu'une pauvre recette des postes dans un village perdu au fond de la Lozère. On lui offrait ce misérable emploi ou rien. Elle l'avait accepté et l'occupait depuis deux mois, résignée en apparence à sa médiocrité, mais intérieurement révoltée contre la cruauté du destin et l'injustice des hommes.

Ses déceptions successives n'étaient pas faites pour lui inspirer confiance et lui faire croire à un avenir heureux. Dans l'exil auquel elle était condamnée, pouvait-elle espérer le bonheur que toute femme souhaite à vingt ans, le bonheur qui naît d'un amour partagé? C'est cependant l'amour qui l'attendait au fond de cet exil. Il éclata avec la soudaineté de la foudre. Un matin, la porte de son bureau fut brusquement ouverte. Un jeune homme d'agréable mine entra, le sourire sur les lèvres. Elle se leva pour le recevoir et vit son visage exprimer la surprise.

— Que désirez-vous, monsieur? demanda-elle.

— La directrice du bureau.

— C'est moi, monsieur.

— Mais madame Renaud? fit Denis déconcerté et subissant déjà l'empire d'un charme troublant.

— Elle a demandé sa retraite et s'est retirée à Mende. Je l'ai remplacée.

— Pardon, mademoiselle, balbutia-t-il; je l'ignorais. Je suis le comte de Baumars, et je venais, comme tous les ans, à mon arrivée, faire une visite à cette excellente femme.

— C'est donc à moi que vous la ferez, monsieur le comte, répliqua Louise en lui offrant une chaise.

Elle connaissait son nom. Elle savait qu'il passait l'été à Chanac, avec sa mère et sa grand'mère. La visite dura une demi-heure. Lorsque Denis s'éloigna, il laissait un doux souvenir de sa bonne grâce; il emportait de son entretien avec cette jeune fille, qui tout à l'heure lui était inconnue, une ineffaçable impression. Ce n'est pas seulement la beauté de Louise qui l'avait bouleversé; c'est aussi son esprit, son accent, son langage, les mille traits par où se manifestait sa vive intelligence, et qui faisaient d'elle, à ses yeux, la créature la plus parfaite qu'il eût connue jusque-là.

L'enthousiasme avec lequel il parla d'elle à la marquise de Villacerf et à la comtesse de Baumars aurait dû leur faire comprendre que cette rencontre allait tenir une grande place dans sa vie oisive et sans but. Mais elles étaient si loin de se douter du vide de son cœur! Elles ne songèrent pas au péril qu'une femme aussi séduisante que mademoiselle Gravelot lui faisait courir. Elles voulurent connaître Louise, et quand celle-ci eut parlé de son passé, de son éducation, de sa famille, elles la traitèrent avec des égards exceptionnels. A diverses reprises, elle fut invitée le dimanche au château, avec le curé et le maire. Elle y portait le prestige de sa vie laborieuse et de sa distinction intellectuelle, et aussi le prestige de sa beauté. C'est ainsi que l'amour ouvrit ses ailes et enveloppa de ses brûlantes ardeurs ces deux âmes rapprochées par la sympathie, par l'isolement, par le besoin d'aimer.

Denis chercha les occasions de revoir Louise. Nul vil calcul ne le poussait. Il obéissait uniquement à l'attrait qu'elle exerçait sur lui. Il se laissait emporter par son désir, sans se demander comment se dénouerait l'aventure. Un soir, comme il revenait de Marvejols, à une heure avancée, il aperçut de la lumière dans le petit bureau de Louise. Il entra pour prendre de ses nouvelles. Elle veillait, en attendant le passage du courrier qui fait le service de Mende à Marvejols. Il sut que tous les jours, à la même heure, elle veillait ainsi, pendant que la vieille femme qui vivait auprès d'elle se reposait. Quand le courrier fit halte devant la maison pour prendre les dépêches, Denis n'osa se montrer, et, après qu'il fut parti, il resta longtemps encore, avec l'agrément de Louise, que berçait sa présence. Il revint le lendemain, puis chaque soir, et ces entrevues encore innocentes revêtirent peu à peu un caractère mystérieux.

Depuis quinze jours, ils se voyaient ainsi, sans s'être rien dit de ce qu'ils éprouvaient. Mais le sentiment qui les dominait se fortifiait de plus en plus, augmentait leur trouble. Ils se taisaient, encore

qu'ils se fussent compris, le cœur et les sens brûlés
de feux inconnus, ayant peur de leur amour silencieux. Tous les matins, à son réveil, Denis se promettait de révéler à Louise le secret qui l'étouffait.
De son côté, elle prenait vis-à-vis d'elle-même l'engagement de lui avouer qu'elle ne pouvait plus le recevoir, que trop redoutable lui apparaissait le péril
qu'ils bravaient. Mais lorsqu'ils se retrouvaient,
irrités des mêmes désirs, pénétrés du même effroi,
gardant le même silence, ils n'avaient ni l'un ni
l'autre l'énergie de se dire qu'il fallait s'unir pour
toujours, ou se séparer pour jamais.

Ce soir-là comme tous les autres soirs, au fur et à
mesure qu'approchait l'heure de revoir Louise,
Denis, en proie à une impatience mal contenue,
excitée par le retard que la présence des convives de
sa mère imposait à son bonheur, n'avait pu dissimuler
son agitation. Elle s'était traduite par son attitude
durant la longue soirée. Il ne s'était senti délivré
qu'en se retrouvant seul dans sa chambre, à la place
où, tous les jours, la nuit venue, il attendait que sa
grand'mère et sa mère fussent rentrées dans leur
appartement, pour sortir sans être vu et rejoindre
Louise. Maintenant, il s'apaisait, les yeux remplis
d'une vision qui lui versait l'ivresse et lui montrait
son amie, traversant l'espace, parée d'un charme
vainqueur, éclipsant de sa beauté la beauté du
paysage endormi.

Il resta longtemps ainsi, le regard fixé sur la partie
basse du village, où, entre les maisons obscures,

brillait à la façade de l'une d'elles une lumière faible
et tremblante. Cette lumière captivait son attention.
Il n'en détachait ses yeux que pour épier les gens du
château qui fermaient les croisées du rez-de-chaussée
et n'accomplissaient pas leur tâche assez vite, à
son gré. Puis il retournait à sa contemplation;
il prêtait l'oreille, comptait les allées et venues
dans les corridors, le cœur étreint par l'anxiété de
l'attente.

Au bout d'une heure, les rumeurs s'apaisèrent;
tout était retombé dans le silence. C'est le moment
qu'il appelait. Il quitta la croisée, traversa sa chambre
en marchant sur la pointe des pieds, et, par les cou-
loirs sombres, descendit jusqu'à la porte d'entrée.
Il l'ouvrit sans bruit et se trouva dehors. Alors, il
hâta le pas, et, contournant les rues du village, il se
dirigea vers la maison sur laquelle son regard venait
de rester si longtemps fixé. Une lumière continuait à
y briller dans la nuit, comme un signal de rendez-
vous.

En arrivant sur la route, il aperçut, stationnant
devant la poste, la voiture du courrier, une vieille
patache attelée de deux chevaux petits et maigres,
dont l'ombre s'allongeait sur le sol, dans le blanc
rayon qu'y dessinaient les lanternes. Il se cacha
vivement derrière un arbre et resta là, immobile.
Hissé sur son siége, le conducteur recevait des mains
de Louise un petit sac de cuir contenant les dépêches
et lui en remettait un autre en échange. Quand ce
fut fini, il reprit sa place, réunit les rênes dans l'une

de ses mains, et, de l'autre, enveloppa les chevaux
d'un maître coup de fouet en criant :

— A demain, mademoiselle !

L'équipage partit bon train, jetant aux échos de la
vallée le bruit argentin des grelots, le grondement
des roues sur la terre durcie et les coups secs des
sabots ferrés. Ce fut un vacarme qui peu à peu
s'affaiblit. On l'entendait encore, mais déjà lointain,
diminué rapidement par la distance parcourue. Denis
vit Louise, chargée des lettres qu'on venait de lui
remettre, traverser le petit jardin qui séparait sa
maison de la route et rentrer. Il s'assura alors que
personne ne pouvait surprendre sa présence. Puis il
fit quelques pas, en longeant une haie vive, poussa
la claire-voie entr'ouverte, et franchit hardiment le
seuil au delà duquel, depuis plusieurs heures, son
cœur l'avait devancé.


## V


### PLAISIR D'AMOUR


Revenue dans le bureau, Louise avait vidé sur une
table le contenu du sac des dépêches dont le facteur
de service devait opérer la distribution le lendemain,
dès l'aube. Sa tâche, à elle, consistait seulement à le
vérifier, pour voir s'il ne s'y trouvait ni plis chargés,
ni lettres à son adresse. Cette besogne rapidement

faite, elle prit la lampe, quitta la salle, ferma la porte et entra dans le petit salon où elle aimait à se tenir quand son travail la laissait libre, salon sans luxe, mais où se révélait, dans la manière dont les rideaux étaient drapés et les meubles arrangés, dans le choix des gravures accrochées au mur, des livres rangés sur les rayons de la bibliothèque et de divers objets d'étagère, un goût sans défaillance.

Elle posa la lampe sur un guéridon, derrière un paravent, de telle sorte que la pièce eût été plongée dans une obscurité presque complète, si, par la croisée ouverte, ne fût entré le flot lumineux qui descendait du ciel étoilé. Puis, toute lasse des labeurs du jour, brisée aussi par l'émotion qui précède l'attente de ce qu'on redoute et de ce qu'on aime, elle se laissa aller sur un canapé placé en face de cette croisée, d'où elle embrassait l'étroit jardin, au-dessus duquel flottaient dans une brume argentée les parfums confondus des buis et des roses.

Jamais elle ne s'était sentie si troublée ni si malheureuse. L'angoisse qu'elle éprouvait tous les soirs, en attendant Denis, s'aggravait, ce soir-là, des résolutions qu'elle avait prises pendant les heures qui venaient de s'écouler. Ces résolutions étaient le suprême et le dernier effort de sa prudence. Ne pouvant plus douter du pouvoir de l'amour, convaincue que le cœur de Denis, bien qu'il ne se fût pas révélé, battait à l'unisson du sien, épouvantée par le péril qui montait autour d'elle, par un amollissement de tout son être qui la rendait faible et la livrait sans

défense à des tentations dont son expérience d'orpheline jetée de bonne heure aux hasards de la vie lui
avait révélé le caractère et la puissance, elle s'était
décidée à ne plus revoir celui qu'elle aimait, à le
supplier de ne plus revenir. La fatalité qui les avait
réunis était trop grosse de douleurs futures pour
qu'ils n'essayassent pas de réagir contre elle. Ce n'est
qu'en s'abandonnant à une illusion décevante qu'ils
trouveraient le bonheur dans une tendresse mutuelle.
Cette illusion, elle ne voulait pas la prolonger. Trop
pauvre et de condition trop modeste pour devenir la
femme de Denis, elle entendait couper court à des
relations au bout desquelles il n'y avait que déception et que honte. C'est maintenant qu'il fallait les
rompre. Quelque cruel que fût le sacrifice, le devoir
l'ordonnait ainsi. Plus tard, ce serait trop tard. Sa
décision était irrévocable. Elle l'avait prise par un
énergique effort de volonté et ne laissait une dernière
fois Denis arriver jusqu'à elle que pour la lui signifier.

Mais ce n'était pas sans un profond déchirement de
tout son être qu'elle s'était arrêtée à ce parti. Si fragile que soit un rêve, il est toujours douloureux de
le dissiper de ses propres mains. Elle souffrait pour
Denis, plus encore que pour elle-même. Elle pressen-
tait ses larmes et s'en effrayait. Avait-elle le droit de
ne parler de leur amour que pour le briser? S'il était
devenu si vigoureux et si fort, à qui la faute, sinon à
elle? N'est-ce pas avec son consentement que Denis
venait tous les jours? N'avait-elle pas encouragé sa
passion? N'en était-elle pas complice? Et bien

qu'elles fussent impuissantes à ébranler ses résolutions, ces questions la terrifiaient.

Et puis, elle songeait à sa propre douleur. Effacerait-elle de son cœur le souvenir de Denis? Et si elle parvenait à l'effacer, que lui resterait-il, ce souvenir disparu? Alors, une sourde rébellion montait en elle. Elle songeait aux déceptions dont sa vie était déjà pleine et sa jeunesse abreuvée. Elle demandait pourquoi Dieu, en créant les hommes, a élevé entre eux l'injuste inégalité qui assure aux uns plus de joie qu'ils n'en peuvent goûter, et impose aux autres plus de peines qu'ils n'en peuvent porter. Pourquoi était-elle au nombre des déshérités? Quel destin railleur la condamnait à payer son honneur du prix de son amour? Ces pensées s'agitaient confuse, dans son cerveau, déchaînaient l'indignation dans son cœur, mettaient des larmes dans ses yeux. Elles échauffaient son jeune sang; et plus elle était résolue à remplir son devoir, plus elle se révoltait contre la nécessité de le remplir.

Sa méditation fut tout à coup interrompue. Un bruit de pas sur le sable de l'allée venait de se faire entendre. Elle prêta l'oreille, et presque aussitôt Denis apparut dans le cadre de la fenêtre.

— Êtes-vous seule, mademoiselle Louise? demanda-t-il.

— Je suis seule, répondit-elle en se levant. Ma vieille Madeleine est couchée depuis longtemps. Je n'osais plus croire que vous alliez venir. Il est si tard, monsieur Denis! Entrez.

— Ce dîner a duré jusqu'à neuf heures. Puis, j'ai
dû attendre que nos convives fussent partis et les
gens du château endormis. Le temps m'a paru déme-
surément long.

Il parlait doucement, en enjambant la barre
d'appui de la croisée pour entrer dans le salon.
Louise lui avait tendu les mains. Il les pressa dans
les siennes d'un mouvement passionné. Puis, comme
elle s'était assise de nouveau, il prit place à côté
d'elle. Ils demeurèrent ainsi sans parler; ils tremblaient l'un et l'autre au contact de leur peau fiévreuse, Écrasés par l'émotion, ils ne savaient que se
dire. Des paroles brûlantes montaient aux lèvres de
Denis, et Louise les devinait. Il avait peur de les
prononcer, comme elle avait peur de les entendre;
et cette crainte pesait sur eux, cruelle et douce à la
fois.

Au dehors, dans la nuit paisible et claire, succé-
dant aux tumultes du jour, une immobilité silencieuse enveloppait les choses et les êtres. On n'entendait que le murmure de la rivière roulant sur un
lit de cailloux son flot moiré d'argent. Des milliers
d'étoiles tremblaient dans le ciel, dont elles cachaient
l'azur sous un voile de feu. Si lumineuse était la nuit,
que, jusqu'aux limites de l'horizon, l'œil saisissait
tous les détails du paysage. De la place où ils étaient,
Louise et Denis pouvaient voir un coin de la vallée,
comme un tableau dans son cadre. En face d'eux,
dans les prairies suspendues aux flancs des montagnes, se découpaient avec netteté, sur le fond des

pâturages baignés de lumière, des silhouettes de moutons parqués et accroupis. En avant du parc dans lequel le troupeau était enfermé, au pied de la guérite roulante qui servait d'abri au berger, un chien se tenait immobile, les oreilles droites, debout et aux aguets, en sentinelle vigilante. Au bas des prairies, un bois de châtaigniers élevait, comme un dôme, la masse lourde de son feuillage, qu'un rayon de lune coupait d'une large balafre d'or. Et sur le tableau, à sa base noyé dans l'ombre, à sa cime resplendissant de clarté, montaient des rumeurs sourdes, insaisissables, des bruits d'ailes caressant l'air, ou de nids écroulés précipités le long des écorces rugueuses ; le clapotement des truites dans l'eau et le saut des grenouilles dans l'herbe humide des rives ; le pas tranquille d'un renard sous les bois et la course d'un lapin fuyant devant lui ; des cris faibles d'insectes rampant sur le sol, des craquements d'arbres, des chutes de feuilles détachées des branches par la brise tiède de la nuit ; puis, couvrant parfois ces bruissements, les trilles d'un rossignol perché sur un figuier dans le jardin de Louise.

La beauté des nuits méridionales est une sûre complice de l'amour. Quand elles succèdent, ces nuits embaumées, aux journées chaudes de l'été, il y a, dans les parfums qu'elles arrachent aux plantes et aux fleurs, des effluves magnétiques qui embrasent les sens, excitent l'imagination, amollissent l'âme, et dont Louise et Denis subissaient l'influence dominatrice. A cette heure suave, tout leur disait d'aimer, et leur jeunesse, excitée par l'encouragement qu'elle recevait de toutes parts dans cette nature assoupie, mais brûlante encore des feux du jour, déchaînait le flot des désirs.

Toujours assis l'un près de l'autre, enveloppés dans la séduction puissante qui montait autour d'eux, ils continuaient à ne se rien dire, buvant, comme un poison délicieux, l'ivresse que leur versaient la terre et le ciel. C'était peu à peu un envahissement de leur être, une paralysie de leur volonté. Denis se laissait bercer par son rêve. Il s'abandonnait, et Louise, plus vaillante, songeant à ses résolutions, s'y rattachant désespérément, se demandait si elle n'allait pas tenter de se ressaisir pour les exécuter, pour éloigner cet amant timide encore, mais dont les ardeurs devinées infusaient par degrés une flamme plus ardente dans son sang.

Tout à coup, une lueur de raison traversa son esprit, lui rappelant ce qu'elle avait décidé et les causes de sa décision, et brisa le charme qu'elle subissait. Denis s'était laissé glisser à ses pieds, et de ses bras tremblants enveloppait sa taille en courbant le front sur ses genoux.

— Il le faut! s'écria-t-elle, en s'arrachant à cette étreinte passionnée.

Et, en une minute, elle fut debout devant Denis qu'elle avait obligé à se relever.

— Qu'avez-vous, Louise? demanda-t-il.

— Ce que j'ai! Il le demande! Ne voyez-vous pas

que nous allions nous perdre? Partez, monsieur
Denis, partez et ne revenez pas.

— Vous me chassez! qu'ai-je fait?

— Je ne vous chasse pas; je vous supplie de vous
éloigner. Votre place n'est pas ici.

— Mais voilà quinze jours que vous me recevez.

— Oui, et c'est mon tort. Mais quoi! je suis seule
au monde; la sympathie que vous me manifestiez
m'avait touchée, et je la partageais. C'était une joie
dans la tristesse de ma vie. Je croyais que nous pouvions nous voir sans péril, que l'amitié nous préser-
verait de toute chute. C'était un rêve irréalisable.
Depuis plusieurs jours déjà, je le comprenais; maintenant, je n'en doute plus, et c'est pour cela que je
vous prie de m'oublier.

— Vous oublier, quand je vous aime! s'écria
Denis.

— Justement parce que vous m'aimez. L'amour
que vous m'apportez m'épouvante. Où nous condui-
rait-il? Je ne me leurre pas de l'espoir de devenir
votre femme; la distance qui nous sépare est trop
grande. Que serais-je donc, si je me laissais entraîner? Votre maîtresse, oui, votre maîtresse, et rien
de plus! D'ailleurs, êtes-vous sûr de m'aimer? Oh!
ne protestez pas! Ce n'est pas votre bonne foi que je
suspecte. Il me serait trop cruel de penser que vous
avez voulu me tromper. Non, mon cœur me dit que
vous êtes sincère, et ce que je ressens moi-même, la
joie que j'avais à vous recevoir, la peine que j'aurai
en vous perdant, tout me prouve que vous étiez

3.

digne de moi. Mais ce qui vous plaisait en ma personne, c'était la femme nouvelle qui jetait de l'imprévu dans la monotonie de votre existence, qui vous
apportait le reflet d'un monde inconnu, qui vous
donnait des émotions ignorées. Je ne suis pas une
enfant, monsieur Denis. Le malheur m'a mûrie de
bonne heure, et j'ai assez l'expérience des choses
pour vous dire que ce qui vous a rapproché de moi,
c'est la passion qui passe et non l'amour qui dure.

Elle s'arrêta, contente d'elle, de son énergie, mais
intérieurement désespérée par l'effort qu'elle venait
de faire pour briser le seul bonheur qu'elle eût goûté
jusqu'à ce jour.

— Avez-vous fini? demanda Denis, se dominant pour redevenir calme. M'est-il permis de vous
répondre?

— A quoi bon? Si c'est pour vous défendre, vos
protestations sont inutiles. Je ne vous accuse pas. Je
me trouve plus coupable que vous, puisque j'ai
encouragé vos visites. Si c'est pour m'affirmer que
vous m'aimez...

— Ne recommencez pas, s'écria-t-il en l'interrompant. Je vous ai bien comprise, et je sais tout ce que
vous pourriez me dire encore. Mais ni ce que vous
avez dit, ni ce que vous y ajouteriez, n'est la vérité.
Votre expérience vous trompe, et vous me jugez mal.
Oui, je vous aime; et si tout à l'heure je n'ai pas su
le taire, du moins, jusqu'à ce moment, je ne vous
avais pas révélé mon amour. Vous l'avez deviné;
c'était facile; mais, en le devinant, Louise, vous en

avez méconnu la puissance. Vous ne pouvez être ma femme, dites-vous. Pourquoi? Vous êtes libre de vous dérober à ma tendresse, de m'éloigner, de me fuir, de me rendre à jamais malheureux. Mais, avant, vous saurez que ce qui m'a poussé vers vous; ce n'est pas la passion qui passe, mais l'amour qui dure, l'amour indestructible, éternel, que vous m'avez révélé. Cet amour, que je vous cachais, m'a pris tout entier, sans me laisser assez de sang-froid pour que je discutasse avec moi-même sous quelle forme vous deviendriez mienne. Mais ce que j'affirme, ce que vous devez croire, c'est que je ne vous ai pas séparée de ma vie à venir. Non, mille fois non, je n'ai pas voulu faire de vous le jouet d'un désir d'une heure. Moi vôtre pour toujours, vous mienne pour jamais, voilà ce que j'ai souhaité. Louise, voulez-vous être ma femme?

— Vous m'épouseriez! murmura-t-elle éperdue.

— N'êtes-vous pas digne de porter mon nom?

— Mais votre famille! Elle est fière...

— Ma famille ne veut que mon bonheur. D'ailleurs, je suis mon maître, et ce que je veux sera, si vous le voulez. Dès demain, ma mère et ma grand'mère connaîtront ma volonté.

— Oh! non, pas demain, reprit Louise. C'est trop vite et trop tôt. Il faut y réfléchir encore, monsieur Denis. Il faut ménager mon orgueil, ma réputation, et aussi les préjugés de vos parents. Il faut surtout apporter dans tout ceci de l'habileté, de la prudence, ne pas vous exposer à un refus. Attendons, rien ne

presse. Je ne refuse pas. Hélas! je n'ai plus la force
de refuser. Mais le temps seul pourra vous apprendre si votre cœur ne vous trompe pas. Les larmes
que fait verser une illusion perdue sont moins amères
que celles qui naissent d'un irréparable malheur.

— Mon cœur ne me trompe pas. Je vous aime, et
c'est pour toujours. Chère Louise, mon amour, ma
femme, croyez en moi.

Elle était à bout de forces. Devant ce dénoûment
inattendu, devant cette violence d'amour qui ravissait sa jeunesse, ses résolutions s'évanouissaient,
tombaient autour d'elle comme des armes inutiles.
Son âme se gonflait d'une ardeur nouvelle. Son
cœur battait dans sa poitrine haletante, comme pour
la rompre, en sortir, et laisser éclater aussi la tendresse dont il était plein. Ses mains tremblantes
cherchaient le canapé derrière elle. Elle y tomba
assise, et Denis fut à ses pieds.

— Alors vous le jurez! balbutia-t-elle.

— Je jure qu'à partir de ce jour vous êtes ma
femme, que désormais nous ne ferons qu'un, et que
jusqu'à la mort, vous serez l'unique objet de mes
affections, mon conseil et mon guide, comme je serai,
moi, votre appui. Voilà ce que je jure, Louise; et
ce que je jure encore, c'est que mon amour est plus
fort que la vie et plus fort que la mort.

Denis parla longtemps, et ses paroles éloquentes
entraient de toutes parts dans ce cœur de femme,
faible et désarmé. Comme tout à l'heure, ses bras
étreignaient la taille souple de Louise. Il sentait ce

jeune corps, dont ses doigts égarés suivaient les
formes divines sur la robe qui les lui dérobait, pal-
piter dans ses embrassements. Ses lèvres sillonnaient
de baisers de feu les mains ouvertes sur les genoux
et qui ne se refusaient plus; elles rougissaient la
blancheur du cou, qui éclatait entre les ondes dorées
des cheveux dénoués. Louise, vaincue, s'abandonnait au torrent qui l'emportait.

— Sa femme! se répétait-elle.

Et, dans une vision lointaine, elle se voyait goûtant
la tranquille possesssion de son bonheur : un mari, des
enfants, un foyer; le long cortége des maux passés
dispersé; un avenir radieux. Cette vision la grisait.

Denis parlait toujours; sa parole, dominée par
le cri de leur jeunesse vierge, rendait l'ivresse plus
enveloppante et plus profonde. Maintenant, Louise
lui répondait; ils s'étonnaient l'un et l'autre des
accents qui s'échappaient de leur bouche incon-
sciente. Ces accents, il leur semblait que d'autres
les prononçaient. Au dehors, la nature sortait de
son assoupissement pour célébrer l'immortel amour.
Aimez! disaient les étoiles scintillantes. Aimez! mur-
murait le flot en coulant. Aimez! soufflait la bise.
Aimez! chantait le rossignol. Et le parfum des fleurs
montait du petit jardin dans l'air tiède et capiteux,
pour achever l'œuvre commencée. Ils ne s'apparte-
naient plus. La tête de Louise roula sur la poitrine
de Denis, en l'inondant de ses cheveux. Et dans un
cri où se confondaient l'étendue de sa détresse et
l'ardeur de son amour, elle murmura :

— Mon cher mari, je vous aime!

Alors, brusquement, elle se sentit enveloppée des pieds à la tête dans une caresse exquise et puissante. Ce fut, sous un cri de passion et de triomphe, dans une étreinte qui enlaçait son être entier, comme une immolation délicieuse d'elle-même, un anéantissement, une abdication de sa volonté, un subit élancement de son corps et de son âme dans un autre corps et dans une autre âme, où elle se voyait revivre, alors même qu'elle n'était plus; en un mot, une mort plus douce que la vie...

## VI

### CALCULS DE FEMME

Seule dans le petit salon où venait de s'accomplir l'acte le plus inoubliable de sa vie de femme, bercée par le grand silence de la nuit, la chair tout frémissante des voluptés révélées à son âme de vierge, Louise ressaisissait sa raison abîmée dans l'extase, et ses yeux se voilaient de larmes. Mais ces larmes, ce n'est pas le remords qui les lui arrachait, c'est la reconnaissance attendrie qui survivait en elle à la transformation qu'elle venait de subir.

Le remords! Pourquoi? Elle était si confiante dans les promesses qui résonnaient encore à son oreille! Si vivant était son amour! Elle s'était livrée librement, sans arrière-pensée, sans calcul, dans l'emportement de ses sens extasiés. Le doute seul aurait pu lui inspirer des regrets. Mais doute-t-on quand on aime? Elle aimait : elle songeait au bonheur qu'elle avait donné, en le partageant; elle essayait d'en retenir les sensations vibrantes, et, loin qu'elle regrettât rien, c'était dans sa pensée comme une plainte de la fuite trop prompte du bien-aimé, comme un désir inavoué de recommencement, une violente soif de goûter de nouveau, dans la quiétude d'une union consacrée devant Dieu et devant les hommes, les émotions refroidies dont l'appréhension du mystère, maintenant révélé, avait, au moment où elle s'y livrait, ralenti l'épanouissement.

Une voix faible et lointaine s'élevait dans son esprit, lui disait qu'il aurait mieux valu que cela n'arrivât pas, et, puisqu'ils devaient s'unir par le mariage, que Denis conservât assez d'empire sur lui-même, elle assez de sang-froid, pour résister aux ardeurs de leur jeunesse et garder jusqu'au lit nuptial, pure de toute atteinte, la suave fleur de virginité, cueillie dans le débordement des caresses brûlantes. Mais Louise n'était pas de ces jeunes filles craintives et timides qu'épouvante le péril né de leur faute. A vingt-deux ans, elle possédait autant de virilité d'esprit que d'expérience. Son éducation, poursuivie, étape par étape, à travers les déchaîne-ments de l'adversité, l'avait trempée pour ces heures où l'énergie doit s'élever plus haut que le découra-gement ou la peur, et les dominer. Elle se sentait

assez forte, assez dégagée de préjugés, assez indépendante d'esprit, pour se tracer une ligne de conduite et n'en pas dévier.

Et puis, l'irréparable étant accompli, pourquoi
s'attarder à en gémir? En s'accomplissant, n'avait-il
pas assuré leur bonheur; associé, confondu leurs
existences dans les solides anneaux d'une chaîne
indissoluble; jeté les fondements du foyer à l'abri
duquel ils voulaient s'aimer toujours? C'est donc
l'avenir et non le passé qu'il fallait regarder désormais, pour y puiser l'espérance, et c'est vers l'avenir
qu'à la fin de cette nuit d'ivresse, Louise levait ses
yeux appesantis.

Le matin fraîchissait l'air, quand un bruit de voiture, sur la route, brusquement la tira de ses médi-
tations. Elle se leva pour gagner sa chambre, lasse
et toute frissonnante. Avant de fermer la fenêtre, elle
jeta un regard au dehors. A la cime des montagnes,
dans le ciel blanchissant, se formaient des vapeurs
de pourpre décolorée. Degré par degré, elles s'étendaient sur l'azur, en voilant les étoiles pâlies, et il
semblait à Louise que ces vapeurs légères voilaient
aussi le rêve radieux dont elle avait savouré la douceur. Mais ce voile tremblant se dissiperait, et le
rêve recommencerait, et l'amour renaîtrait encore,
comme les astres évanouis qui n'allaient disparaître
jusqu'au soir que pour répandre de nouveau sur les
êtres les splendeurs lumineuses de leurs feux ravivés.
Non! elle ne regrettait rien! Non! elle ne se repen-
tait pas! Vaincue par l'amour, elle rendait grâces à

son nouveau maître, et c'est lui dont ses lèvres murmuraient le nom quand elle s'endormit.

Ces extases profondes ne durent pas. Le sommeil dissipa celle de Louise. Lorsqu'en se réveillant, elle se rappela ces heures de fièvre, la vie recommençait autour d'elle. Les préoccupations de chaque jour allaient la reprendre; plus clairement éclatait à ses yeux la vérité des choses, et ce n'est plus sous le même aspect qu'elle les envisageait. Un souci de son honneur et de son avenir s'y mêlait. Elle continuait à être sans remords. Elle se rappelait que Denis avait pris l'engagement solennel de l'épouser, et cette promesse qu'elle invoquait pour se justifier vis-à-vis d'elle-même, la rassurait, car après tout c'est à un mari qu'elle s'était abandonnée. Mais, en même temps qu'elle se le répétait, elle songeait aux moyens de hâter l'instant où elle porterait son nom.

A son insu, un sentiment nouveau prenait naissance dans son âme, y grandissait, et transformait peu à peu l'amour désintéressé qui seul avait ouvert ses bras à l'amant, en l'embrasant elle-même des mêmes ardeurs que lui. C'était une ambition faible encore, non raisonnée, qui lui montrait dans l'avenir la pauvre Louise, si longtemps malheureuse, échangeant le nom obcur de son père contre un nom aristocratique, parée d'un titre de comtesse, entrant dans le monde, brillant sur ce théâtre de l'éclat de son charme victorieux.

Insensiblement, cette orgueilleuse espérance s'al-

liait à l'amour pour le rendre plus impérieux, plus
habile. La tristesse des jours vécus, les sourdes
révoltes contre la pauvreté, l'âpre souvenir des
veilles laborieuses dans une humble condition, engen-
draient un calcul là où jusqu'à ce moment une tendresse profonde et partagée s'était seule manifestée,
sans être accompagnée d'aucune pensée intéressée.
C'est par cette ambition naissante, non encore dis-
cernée dans le tumulte de ses réflexions, qu'elle
allait se laisser conseiller et guider, plus encore que
par l'amour.

Sous la seule influence de l'amour, elle s'était déjà
dit que sa faiblesse d'un moment ne pouvait être
excusée qu'à la condition de n'en pas renouveler le
témoignage; que l'honneur lui imposait le devoir,
si son amant la suppliait encore, de se dérober à ses
prières, jusqu'au jour où il serait devenu son mari.
Mais voici que, sous l'influence de l'ambition, elle
estimait maintenant qu'il fallait se refuser surtout
parce que c'était habile; qu'elle exciterait ainsi la
passion de Denis; qu'elle l'exaspérerait et la rendrait
ingénieuse pour vaincre les difficultés que la volonté
de sa famille pourait y opposer. Tant qu'elle n'était
dominée que par l'amour, elle restait confiante dans
l'avenir et dans son amant; elle ne songeait pas à
mettre en doute la sincérité du serment dont l'éloquence l'avait entraînée. Mais à présent que l'ambition s'allumait dans son cerveau, elle concevait
vaguement une crainte; et cette crainte soudaine
arrachait à ses lèvres, au moment où elle quittait

son lit, un cri involontaire qui s'éleva dans le silence de sa chambre et la fit tressaillir :

— Ne m'a-t-il pas trompée? M'épousera-t-il?

A cette question, son cœur répondit en protestant. Elle était trop près de son bonheur, elle en gardait trop vivement l'impression dans l'âme, pour que ce doute pût encore être autre chose qu'un accident passager. Elle se rattachait aux promesses de Denis comme à une certitude qu'aucun événement ne saurait détruire. Elle était bien à lui; il était bien à elle. « Mienne pour toujours! Vôtre pour jamais! » avait-il dit. C'est ce mot qui l'avait grisée, le serment qu'un honnête homme ne transgresse pas. Elle voulait croire, et elle croyait, et d'un ardent effort de tout son être, elle repoussait les craintes qui voltigeaient autour de ses souvenirs et en altéraient la sérénité.

Mais sa foi retrempée ne l'empêchait pas de mesurer les difficultés qu'elle aurait à vaincre pour entrer en possession de son bonheur. Elle connaissait l'aristocratique orgueil de la grand'mère et de la mère de Denis. Elle devinait que ces deux femmes se coaliseraient contre elle et exerceraient sur lui tout ce qu'elles possédaient d'influence, afin d'empêcher le mariage. Elles s'appliqueraient à lui démontrer qu'un gentilhomme n'épouse pas, sans déchoir, une pauvre fille, et qu'il allait se couvrir de ridicule en donnant son nom à une humble directrice des postes. C'étaient là les ennemies qu'il fallait s'apprêter à combattre, car elle ignorait si Denis puiserait dans l'amour assez d'énergie pour leur résister.

Pendant toute la matinée, dans le mouvement de ses occupations habituelles, ces pensées la poursuivirent, lui dictant tour à tour les résolutions les plus diverses. Seule, sans amis, sans parents, ce n'est que d'elle-même qu'elle pouvait prendre conseil. Heureusement, le passé lui ayant appris à ne recourir jamais à autrui, le présent la trouvait énergique, en possession de son sang-froid, prête à affronter les obstacles que sa raison lui montrait clairement. Le plus redoutable de tous, c'était la médiocrité de sa condition, dont sa présence dans le petit bureau de poste de Chanac offrait à tous le vivant témoignage.

— Je ne puis demeurer ici, se dit-elle, subitement éclairée. Je dois partir.

Son parti fut pris aussitôt. Elle donnerait sa démission, en demandant à être remplacée sur-le-champ dans les fonctions qu'elle occupait. Les ressources dont elle disposait lui permettaient de vivre oisive pendant quelques semaines. Et puis, elle comptait sur Denis comme l'épouse sur l'époux, et s'abritait déjà sous sa responsabilité.

Cette résolution, à peine conçue, devint inébranlable. C'était comme le prologue des changements qui allaient s'opérer dans son existence, la première manifestation de sa volonté de femme, imprimant à sa destinée une impulsion décisive. Elle se considérait désormais comme la compagne de Denis de Baumars ; elle disposait de lui comme d'un bien

sur lequel le prix dont elle l'avait payé lui donnait
tous les droits. Elle attendit le soir avec impatience,
afin de faire connaître à son amant ses desseins irré-
vocablement arrêtés. Mais, sans tarder, elle com-
mença à en préparer l'exécution.

# VII

## MADEMOISELLE BERTEUX

La lumière encore chaude du soleil déclinant
caressait de ses feux apaisés la façade toute blanche
du petit château de Baumars. La vieille tour crou-
lante du donjon épiscopal allongeait son ombre
gigantesque sur la terrasse où tous les jours, vers
quatre heures, la marquise de Villacerf faisait rouler
son fauteuil entre une double rangée de hauts
vases verdâtres, au-dessus desquels des orangers
balançaient leur feuillage taillé en dôme. Dans
l'atmosphère embrasée, la brise montait plus fraîche.
Une tremblante vapeur dorée noyait le fond de la
vallée. L'impalpable poussière qui voltigeait sur la
route était toute piquée d'étincelles, et la rivière,
les prairies étagées aux flancs des monts, les bois,
les surfaces rocheuses, flambaient dans les clartés
vibrantes qui les enveloppaient.

Respirant à pleins poumons l'air embaumé, la
marquise lisait son journal; en face d'elle, assise

sous un large parasol en toile grise, la comtesse de Baumars travaillait nonchalamment à une bande de tapisserie étalée sur ses genoux.

— Qu'est devenu Denis? demanda tout à coup madame de Villacerf, en laissant tomber le journal lu de la première à la dernière ligne, et en ôtant ses lunettes. Je ne l'ai pas vu depuis le déjeuner.

— C'est qu'il est parti aussitôt après, répondit la comtesse. Il voulait pousser jusqu'aux prairies du Marigoulet, où les ouvriers travaillent, depuis trois jours, à élargir les fossés d'arrosage.

— Il me semble que nos remontrances d'hier, quoique mal accueillies, ont porté leurs fruits, reprit la marquise. Denis a pris à cœur de nous prouver que sa tristesse n'est pas incurable.

— Il a chanté toute la matinée, en effet.

— Et sa gaieté n'était pas feinte, car, lorsqu'il est entré dans ma chambre pour m'embrasser, j'ai été frappée par la joyeuse expression de son regard. Est-ce la pensée d'un prochain mariage qui l'a transformé ainsi?

— Je n'ose l'espérer. Je crois plutôt qu'il est ravi de nous avoir fait connaître ses intentions. Il se sent plus libre, maintenant.

— C'est bien le cas de dire que ce qui réjouit les uns attriste les autres. J'étais si heureuse en pensant que Valentine allait entrer dans notre famille. T'expliques-tu, toi, que Denis ait pu grandir à côté de cette chère enfant, sans apprendre à l'aimer? Elle est belle, bonne, intelligente, fière. Il me semble

que si j'avais été homme, j'aurais couru jusqu'au
bout du monde, à travers les plus effroyables périls,
pour conquérir un cœur de cette trempe, et que, si
j'avais pu le posséder, j'aurais passé ma vie à remercier Dieu d'avoir mis dans mes mains un si riche
trésor.

— Oh! vous, chère mère, vous êtes une enthou-
siaste, objecta la comtesse en riant ; vous l'avez toujours été, et, maintenant encore, vous vous enflam-
mez comme à vingt ans. Denis est plus froid, plus
posé ; comment voulez-vous qu'ayant depuis l'enfance aimé Valentine d'une affection purement fraternelle, il l'aime autrement aujourd'hui? Elle n'a
rien fait pour remplacer par l'amour, dans le cœur
de mon fils, cette affection forte, mais paisible. Elle
n'est ni coquette, ni vaine de sa beauté.

— C'est bien là ce qui fait son charme.

— Mais aussi ce qui fait sa faiblesse, chère
maman. A l'âge de Denis, on aime l'imprévu, le
despotisme de la femme, ses caprices, un brin de
romanesque, en un mot. C'est par une porte décorée
de fleurs qu'on veut entrer dans le mariage.

La marquise allait répondre. Elle en fut empêchée.
Denis arrivait, pimpant et gai, une badine à la main,
coiffé d'un chapeau de paille, vêtu de blanc, chaussé
de grosses bottines toutes poudreuses. Il embrassa sa
grand'mère et sa mère, et, jetant au loin son chapeau, il tomba assis sur une chaise placée entre
elles.

— Te voilà bien content, Denis, lui dit madame

de Villacerf, et le brillant jeune homme que voici ne ressemble guère au chevalier de la triste figure que j'ai réprimandé hier.

— Ce qui vous prouve, grand'mère, que vous aviez tort de vous alarmer.

— Et la cause de ce grand contentement?

— Aucune cause particulière. Le ciel est pur, le soleil radieux, et cela suffit pour rallumer la gaieté éteinte. Je n'ai pas plus de motifs pour être satisfait aujourd'hui que je n'en avais hier pour être mélancolique. Mais une belle promenade en pleins champs est un fier remède pour un malade qui l'est aussi peu que moi.

— Est-ce bien la vérité, cher enfant?

— Pourquoi mentirais-je? demanda-t-il, le visage subitement empourpré d'un flot de sang.

L'entretien resta suspendu pendant quelques minutes; madame de Villacerf regardait silencieusement son petit-fils; madame de Baumars continuait à promener sur le canevas de sa broderie son aiguille enfilée de laine violette. Denis sifflotait entre ses dents et frappait de sa badine le cuir jaune des guêtres bouclées sur ses mollets.

— Es-tu toujours décidé à ne pas épouser Valentine? reprit la marquise.

— Absolument décidé, grand'mère.

— C'est donc un parti pris de ne pas te marier?

— Non certes, mais seulement un parti pris de n'épouser que la femme que j'aimerai.

— L'as-tu trouvée, cette perle?

Il hésita avant de répondre. Puis, d'une voix faible, comme s'il eût redouté d'être entendu, il murmura :

— Peut-être, grand'mère; je suis en bon chemin.

— Veux-tu me la faire connaître?

— Plus tard, s'il y a lieu; rien ne presse.

On ne put lui arracher un mot de plus. Il avait un secret, et il le gardait. Sa grand'mère, de nouveau, fixa sur lui ses yeux chercheurs, sans comprendre s'il disait la vérité ou s'il plaisantait.

— Je te trouve bien étrange, Denis, dit-elle enfin. C'est à croire que tu as juré de me mettre au désespoir.

Il se leva et courut l'embrasser, en s'écriant :

— Dieu m'anéantisse, si j'ai conçu un si méchant dessein!

— Mais, alors, pourquoi ces airs de mystère?

— Parce que l'heure n'est pas venue, ma chérie, de vous dire la vérité. Mais, soyez sans inquiétude, on vous la dira. En attendant, cessez de vous tourmenter. Je vous assure que, dans la surprise que je vous réserve, il n'y a rien qui puisse vous affliger.

Il était sincère en parlant ainsi. Une joie immense remplissait son cœur. Elle troublait sa raison, depuis l'heure enchantée où ses perplexités, ses angoisses, ses inquiétudes, s'étaient évanouies dans les emportements de l'amour. Il aimait, il était aimé; l'avenir se déroulait radieux devant son imagination toute pleine des souvenirs de cette nuit enivrante, au terme de laquelle il était rentré chez lui par les chemins

4

fleuris, baignés dans la tremblan e lueur des étoiles,
chancelant sous le poids de son bonheur. Depuis le
matin, il le promenait partout, ce bonheur qu'il
croyait éternel. Il en parlait au ciel bleu, aux arbres
de la route, aux rochers géants. Des cris de passion
voltigeaient sur ses lèvres, et son âme, consumée
d'ardeurs inconnues, amassait des tirades éloquentes
dont s'imprégnait sa mémoire et qu'il se préparait à
répandre aux pieds de sa bien-aimée, quand il la
reverrait. De tous côtés, autour de lui, les illusions
étendaient leurs ailes. Elles l'emportaient haut et
loin dans les espaces; des sommets illuminés par
l'amour, où il s'élevait, elles lui montraient sa vie
se déroulant douce et sereine dans les bras de Louise;
elles lui voilaient la réalité. Il ne songeait plus aux
obstacles qu'il aurait à vaincre pour ouvrir à l'élue de
son cœur l'aristocratique maison des Baumars. Il se
flattait de l'espoir de la faire accepter par sa grand'-
mère et sa mère. C'était plus qu'un espoir; c'était
une certitude, et ce n'est qu'à grand'peine qu'il contenait son secret, en se répétant qu'il ne devait pas
le divulguer sans le consentement de Louise.

Madame de Villacerf et madame de Baumars se
trompaient l'une et l'autre à la manifestation de cette
joie, qu'elles surprenaient avant d'en connaître la
cause. Denis avait-il reçu déjà les confidences de Berteux? Se réjouissait-il à la pensée d'épouser Marthe,
de devenir en même temps le mari d'une jolie
Parisienne et le maître d'une opulente fortune? Pour
quelle autre cause Denis aurait-il été si heureux?

Elles étaient si loin de se doûter de la vérité! La
marquise resta toute attristée par ce qu'elle pressen-
tait. Son front se courba; elle se recueillit, en se
demandant si elle allait subir, résignée et sans révolte,
ce mariage si peu conforme à l'idée qu'elle se faisait
du mariage d'un comté de Baumars. Ce n'était pas
ce qu'elle avait rêvé. Mais que pouvait-elle, et
comment s'opposer à la réalisation du projet préparé
par sa fille et par Berteux, si Denis y donnait son
adhésion? Son impuissance éclatait à cette heure, et
lui gâtait le plaisir qu'elle avait d'abord goûté en
voyant se dissiper subitement la mélancolie de son
petit-fils. Sous l'empire de ses appréhensions, elle
ne retrouva en soi un reste d'énergie et de présence d'esprit que pour faire entendre un dernier
conseil.

— Prends bien garde à ce que tu vas faire, mon
enfant, dit-elle à Denis. Sous le mystère de tes
réponses, je devine que tu es au moment de prendre
de graves décisions. Je te supplie de considérer que
ton bonheur en dépend, ton bonheur et le nôtre.

— Denis est un homme, ma mère, objecta la
comtesse; il a la raison d'un homme. Il réfléchira et
saura se garder de toute sottise. Et puis, il ne fera
rien sans nous et malgré nous, n'est-ce pas, Denis?

Elle était convaincue qu'il songeait à Marthe Berteux, qu'il ne songeait qu'à elle; elle en était ravie
et le défendait contre les défiances de la marquise,
qui lui paraissaient injustes.

— Soyez donc tranquille, mes chéries, répondit-il avec abandon; je ne ferai rien qui puisse vous déplaire. Quand vous saurez, vous m'approuverez.

Comme il achevait sa phrase, il entendit derrière lui des pas de chevaux résonner sur le sol. Il se retourna et resta stupéfait en voyant déboucher de l'étroit passage qui communiquait de la cour d'entrée sur la terrasse, trois personnes à cheval. Il reconnut Mathias Berteux et le comte de Louville : le premier campé lourdement sur sa selle, comme Sancho Pança sur son âne, rouge, essoufflé, suant; le second debout sur ses étriers, avec la grâce d'un vieux héron prêt à prendre son vol. Entre eux se tenait, montée sur une jument blanche, une mignonne personne blonde, au teint blanc, aux yeux bleus, vêtue d'une amazone sombre dont l'étoffe moulait son buste délicat et frêle, coiffée d'un chapeau en paille brune, tout autour duquel s'enroulait une plume bleue. Denis et sa mère se levèrent, tandis que, du fond de son fauteuil, la marquise saluait de la main les nouveaux venus.

— Ne vous dérangez pas, mesdames, cria le comte de Louville; nous venons vous présenter mademoiselle Berteux. Arrivée ce matin, elle n'a voulu mettre aucun retard dans la visite qu'elle vous devait.

Tout en parlant, il posait par terre, l'une après l'autre, ses jambes roidies, avec une lenteur prudente, tandis qu'un domestique accouru au bruit tenait son cheval. Puis, il se dirigea vers Marthe pour l'aider à descendre. Mais déjà Denis l'avait devancé, et c'est dans les bras de celui-ci que sauta légèrement la petite Parisienne. Il sentit glisser entre ses mains un corps mince et souple, tandis que ses narines s'emplissaient d'un parfum suave, respiré au passage dans la boucle blonde qui avait frôlé sa figure. Marthe le remercia d'une inclinaison de tête, en l'enveloppant d'un regard qui ne fit que se poser sur lui, mais qui lui suffit à elle pour lui prouver que le comte de Baumars avait bon air, sous le négligé de ses vêtements. Puis, elle ramassa sur son bras droit les plis de sa longue jupe, et attendit son père.

Mathias Berteux était en train de perdre l'équilibre. En descendant de cheval, il avait lâché trop tôt l'étrier gauche; couché sur le ventre, en travers de la selle, il battait l'air de ses jambes, en cherchant le sol derrière soi, fort perplexe sur le point de savoir s'il arriverait à terre par la tête ou par les pieds. Grâce au comte de Louville qui vit le péril et vola au secours de son ami, les pieds l'emportèrent. Mais Berteux avait une fière peur d'être ridicule; et, encore tout ému, les joues écarlate, il crut devoir s'excuser.

— Je vous demande pardon, mesdames, dit-il en s'avançant le chapeau à la main; j'ai perdu l'habitude du cheval, et je n'ai plus vingt ans. Et, retrouvant son aplomb, il ajouta : — Permettez-moi de vous présenter ma fille.

D'un joli mouvement, Marthe s'agenouilla presque devant la marquise, qui l'embrassa. Puis, elle salua la comtesse en lui offrant son front, que celle-ci

4.

toucha des lèvres. Rien d'embarrassé ni d'apprêté
dans l'attitude de mademoiselle Berteux; tout au
contraire, un grand charme de jeunesse et de sim-
plicité.

— Elle est gentille, cette petite, pensa madame
de Villacerf, favorablement impressionnée. Et, tout
haut, elle dit : — Nous sommes très-heureuses de
vous voir, mademoiselle, et très-touchées de votre
empressement.

— Votre père nous avait annoncé votre visite,
reprit madame de Baumars; mais nous ne comptions
pas sur vous avant demain.

— Nous sommes arrivées ce matin à la Bastide,
ma mère et moi, répondit Marthe en s'asseyant sur
la chaise que lui offrait Denis. Ma mère s'est couchée; elle était si lasse de ce voyage en voiture, qui
a duré toute la nuit! Elle dort encore. Mais, moi, je
n'aurais pu fermer les yeux. J'ai fait ma toilette, et,
après le déjeuner, j'ai voulu venir. J'avais hâte de
vous connaître, madame la marquise, et vous aussi,
madame la comtesse. Dans ses lettres, mon père parlait avec enthousiasme des habitants du château de
Baumars.

— Si elle ne répète pas une leçon, elle a beaucoup
d'esprit, souffla la marquise à l'oreille de Denis,
accoudé à son fauteuil.

Denis regarda sa grand'mère, sans comprendre et
tout étonné. Il n'avait pas été averti de cette visite.
Il ne savait même pas que mademoiselle Berteux dût
rejoindre son père. Pourquoi ne lui en avait-on rien

dit? Il reporta ses regards sur cette jeune fille, gra-
cieuse et fine, bien faite, adorablement élégante
dans sa petite taille, et dont les grands yeux bleus,
hardis et chercheurs, fouillaient le paysage avec une
expression admirative. Les cheveux, soyeux et frisés,
avaient une belle couleur d'or clair ; ils noyaient la
tête dans la masse vaporeuse de leurs boucles légères.
Le nez, aux lignes délicates, se retroussait légèrement
à son extrémité ; et, quand un sourire entr'ouvrait la
bouche, la blancheur éblouissante des dents coupait
d'une ligne transparente l'incarnat des lèvres. Ce
n'était ni la beauté lumineuse et grave de Valentine
de Brinyon, ni la beauté excitante et passionnée de
Louise Gravelot ; c'était autre chose, un type nouveau pour Denis, presque une figure de poupée,
dont une grâce un peu factice formait le charme,
mais où mille détails exquis suppléaient à ce qui
manquait à l'ensemble, et où l'œil jeune et moqueur
révélait l'esprit.

— Ce que mademoiselle Berteux ne vous dit
pas, mesdames, dit en riant M. de Louville, c'est
qu'elle a voulu venir à cheval, et nous a obligés,
Berteux et moi, à en faire autant.

— Et deux heures de cheval, c'est dur à notre
âge, objecta Berteux.

— Parlez pour vous, mon cher, répliqua le député
piqué au vif. Deux heures, cela n'est rien quand on
a une bonne bête. Malheureusement, je suis assez
mal pourvu, et, bien que j'aie mis pour la circonstance toute ma cavalerie dehors, nous faisions,

vous et moi, assez triste figure à la suite de mademoiselle Marthe.

— Moi, j'étais ravie de monter votre jument, monsieur le comte; elle est douce et légère comme un oiseau.

— C'est ce que j'ai de mieux dans mon écurie.

— Vous aimez les chevaux, mademoiselle? demanda madame de Baumars.

— Passionnément, madame. Se sentir emporter dans un trot rapide, quelle joie! Et puis, comme on est mieux ainsi qu'enfoui dans une voiture! Comme on voit bien un beau pays! et celui-ci est si beau!

— Réservez votre admiration pour le jour où vous le connaitrez, mademoiselle. Vous n'en avez encore rien vu.

C'était Denis qui, ouvrant la bouche pour la première fois, se jetait dans l'entretien pour faire plaisir à sa mère; elle le regardait tristement, comme pour lui reprocher de n'avoir rien dit encore et le supplier de parler.

— Chargez-vous alors de le lui faire voir, mon cher Denis! s'écria Berteux en riant de son gros rire de paysan madré.

— Je suis aux ordres de mademoiselle, répondit froidement Denis.

L'accent familier de Berteux l'avait choqué, et sa réponse exprimait si clairement ce qu'il éprouvait, que sa grand'mère leva les yeux sur lui, toute surprise. Elle ne comprenait plus. Était-ce là le ton d'un homme qui veut faire sa cour à une jolie fille?

Quant à lui, sans ajouter un mot, il suivit le comte
de Louville, qui allait aux écuries voir ses chevaux
qu'on venait d'y conduire.

— J'ai fait un impair, pensa Berteux, sans deviner
en quoi il avait été inconvenant. Mais je me rattra-
perai.

Marthe s'était penchée vers la marquise et cau-
sait avec elle à demi-voix. Il en profita pour se rapprocher de madame de Baumars.

— Elle est charmante, votre fille, monsieur Berteux, lui dit celle-ci, pressée de lui faire oublier le
mauvais effet de la sortie de Denis.

— Vous plaît-elle, madame?

— Je souhaite qu'elle plaise autant à mon fils.

— C'est un résultat que nous ne saurions espérer
dès le premier jour. Mais je suis convaincu qu'une
nouvelle entrevue fondra la glace, et qu'avant qu'il
soit peu, nous toucherons au but.

— Dieu vous entende! soupira madame de Baumars.

Denis et le comte de Louville ne tardèrent pas à
revenir. Berteux, désireux de réparer sa maladresse,
se mit en frais de grâce et de bel esprit. Il essayait
de captiver l'attention de Denis et pestait intérieurement contre sa fille, qui, loin de le seconder, continuait à s'entretenir avec la marquise et ne s'occupait
pas plus de Denis que s'il n'eût pas été présent.
Mais, feinte ou sincère, cette indifférence touchait
peu celui qui en était l'objet. Berteux était seul à
s'en apercevoir. Louville faisait connaître à madame

de Baumars les dernières nouvelles politiques arrivées de Paris. Madame de Villacerf interrogeait
Marthe, la faisait parler, pressée d'étudier et de connaître l'âme à qui allait être confié l'avenir de Denis.
Ce dernier écoutait les bavardages de Berteux en
affectant de n'y pas répondre. Non-seulement, il ne
répondait pas, mais il cherchait même à ne pas
entendre. Il marchait toujours dans son rêve. L'étonnement qu'il avait éprouvé à l'arrivée de Marthe
s'était évanoui. Il ne songeait plus à elle; c'était à
croire qu'elle ne se trouvait pas près de lui, qu'il
n'entendait pas le son de sa voix, et qu'au moment
où elle avait paru, il n'avait pas été frappé par son
charme et sa grâce. Il ne pensait qu'à Louise et
laissait son cœur se dilater dans l'espérance de la
revoir.

Ce fut seulement lorsque mademoiselle Berteux
manifesta l'intention de se retirer et fit signe à son
père, que Denis daigna se souvenir qu'elle était là.
Il voulut aller chercher lui-même les chevaux à
l'écurie, et, lorsqu'il les eut amenés, il aida Marthe
d'abord, M. Berteux ensuite, à se mettre en selle. Il
offrit aussi son aide au comte de Louville. Mais
celui-ci répliqua qu'il n'avait que faire de ce secours,
bon pour les femmes ou pour les maladroits comme
Berteux. Avant de quitter le château, Marthe se
laissa arracher par madame de Baumars l'engagement d'y revenir.

— Ne nous ferez-vous pas aussi la grâce de pousser jusqu'à la Bastide? demanda-t-elle à la comtesse.

— J'irai, mademoiselle, je vous le promets. Je
desire devancer vôtre mère et la voir chez elle avant
de la recevoir ici.

— Elle serait venue sans cela! objecta Marthe.

— Je n'en doute pas. Mais c'est à moi d'aller la
saluer, et j'y veux aller avec mon fils.

— Et moi, mademoiselle, je vous exprimerai le
regret que j'éprouve de ne pouvoir me joindre à
eux, ajouta madame de Villacerf.

Il parut à Denis que sa grand'mère et sa mère en
disaient assez pour le dispenser de rien ajouter à ces
témoignages de sympathie réciproque et de bon
accueil. Il resta silencieux jusqu'au bout. Froid et
grave, il assista au départ de la petite cavalcade,
qu'il accompagna jusqu'à la porte de la grande cour,
et qu'il salua une dernière fois au moment où elle en
passait le seuil.


## VIII

### PASSIONS CONTRARIÉES


Après le départ des visiteurs, madame de Villacerf, alléguant la fraîcheur grandissante de l'air,
manifesta le désir de rentrer. Denis poussa le fau-
teil de sa grand'mère jusque dans la chambre qu'elle
occupait au rez-de-chaussée du château. Puis, il
rejoignit sa mère, restée seule sur la terrasse. Madame

de Baumars ne travaillait plus; sa tapisserie était tombée de ses mains; elle avait croisé ses bras sur sa poitrine et, assise, immobile, elle laissait sa pensée flotter au gré de ses rêves.

— A quoi songez-vous, ma mère? lui demanda Denis.

— Je me disais, mon enfant, qu'il dépend de toi de devenir très-riche et de changer de vie, répondit-elle, décidée à faire connaître à son fils le sujet de ses préoccupations.

— Par quel procédé, je vous prie?

— Un procédé très-honorable et très-simple. Il consisterait à épouser mademoiselle Berteux.

— Cette poupée! s'écria-t-il. Ce n'est donc plus de Valentine qu'il s'agit?

— Puisque tu la refuses.

— Oui, certes, je la refuse. Je l'aime trop pour l'exposer à être malheureuse auprès de moi. Mais si je ne veux pas d'elle, ce n'est pas pour demander la main d'une personne que je n'aime pas, qui m'est inconnue, et qui, très-probablement, déclinerait notre demande.

— C'est ce qui te trompe; j'ai lieu de croire, au contraire, qu'elle l'accueillerait.

— Vous vous en êtes assurée?

— M. Berteux m'a déclaré hier que, si tu donnais ton consentement à ce mariage, c'était une affaire conclue.

— Il a donc consulté sa fille?

— Je l'ignore; je te répète ce qu'il m'a dit, et je

dois supposer qu'il ne s'est pas engagé à la légère.

— Voilà donc ce qui explique la bienveillance qu'il nous a témoignée depuis que nous le connaissons, fit Denis en riant. Il n'est pas maladroit, le bonhomme. Il s'est dit en me voyant : « Voici un garçon aimable et bien élevé qui sera la perle des gendres. Il n'est pas riche, mais il est gentilhomme. Il donnera son titre et son nom à ma fille ; en retour, il aura de moi de l'argent, beaucoup d'argent, et Marthe par-dessus le marché. » C'est bien raisonné.

— Voyons, Denis, objecta gravement la comtesse, cesse de te moquer, et tâche de parler sérieusement de ce qui est sérieux.

— J'y suis tout disposé, ma mère. Mais puis-je considérer comme une chose sérieuse la proposition que vous me transmettez?

— Pourquoi pas? Elle vaut qu'on y réfléchisse.

— Il y a une heure, je ne connaissais pas mademoiselle Berteux, et il est probable qu'elle n'avait jamais entendu parler de moi. Comment voulez-vous que j'attache quelque importance au projet ébauché dans la cervelle de son père? Cette Parisienne évaporée a-t-elle les qualités que j'ai le droit d'exiger de la femme qui portera mon nom, et que vous devez exiger d'elle, vous-même, ma mère, puisque vous êtes soucieuse de mon bonheur? Sait-elle seulement si je lui plairai, si nos cœurs se comprendront, si nos caractères s'accorderont?

— Je ne te dis pas de l'épouser sans l'avoir étudiée. Mais il y a commencement à tout, et, puisque le

5

père souhaite que tu deviennes son gendre, n'est-il
pas sage de tenter l'aventure? Elle est jolie, cette
jeune fille; elle a de l'esprit, de la distinction, et ce
qu'on m'a raconté d'elle ne peut que prévenir en sa
faveur. Jusqu'à preuve du contraire, j'ai le droit de
prétendre qu'elle ne serait pas déplacée dans notre
famille.

— Et c'est vous, ma mère, qui me conseillez de
l'épouser!

— Je ne conseille rien, si ce n'est un effort pour
voir s'il n'est pas conforme à nos intérêts de saisir la
fortune qui s'offre à toi.

— Grand'mère est-elle de votre avis?

— Ta grand'mère, Denis, a ses idées, et je les
respecte. Mais elle les sacrifiera à ton bonheur, si
c'est nécessaire. Sans doute, elle eût préféré que tu
donnasses ton nom à Valentine. Elle te l'a dit aussi;
tu sais comment tu nous as répondu. Ta réponse
signifie-t-elle que tu veux rester garçon? Non, assurément. Si donc tu es résolu à te marier, pourquoi
écarter mademoiselle Berteux sans prendre la peine
de rechercher si vous ne pouvez pas vous entendre?
Objecteras-tu, comme ta grand'mère, que c'est une
mésalliance, qu'un gentilhomme est trop au-dessus
d'une petite bourgeoise pour l'épouser? Ce seraient
là, mon enfant, des arguments d'un autre temps. Il
faut les laisser aux vieillards qui vivent de leurs souvenirs, et qui, ramenés sans cesse vers le passé, ferment les yeux pour ne pas voir que dans le présent
nos mœurs se sont transformées, que ce qui eût

été un scandale autrefois est considéré aujourd'hui comme une chose naturelle et honorable. La beauté, l'esprit, l'argent, n'ont pas une valeur moindre que la noblesse du nom, quelque ancienne qu'elle soit. Au temps où nous vivons, mademoiselle Berteux, avec les trois millions de sa dot et les espérances qui reposent sur sa tête, est l'égale du comte Denis de Baumars. Si tu l'épouses, sois bien convaincu que ceux qui te blâmeront seront des envieux...

— Comme vous plaidez éloquemment votre cause, ma mère! interrompit Denis avec une gaîté ironique.

— Raille, méchant garçon, mais tiens compte des vérités que je te fais entendre. Ce n'est pas ma cause que je plaide, c'est la tienne.

Denis se pencha sur sa mère et, lui coupant la parole d'un tendre baiser filial, il répondit :

— Je sais, ma chérie, que vous ne voulez que mon bonheur, et quand j'entends votre voix aimée exposer comment, selon vous, il doit être assuré dans l'avenir, je suis touché jusqu'aux larmes. Ne prenez donc pas en mauvaise part mes objections. Je ne veux même pas vous faire remarquer combien est nouveau dans votre bouche le langage que vous venez de me tenir, ni vous rappeler qu'en maintes circonstances vous aviez plus de souci de ce que vous regardiez comme des préjugés de caste, nécessaires et respectables, dont nous ne pouvions secouer le fardeau.

— C'est que je croyais alors que tu épouserais

mademoiselle de Brinyon, répliqua naïvement la comtesse.

— Aussi ne suis-je pas surpris que vos opinions se soient modifiées, et de ce petit débat je ne veux retenir qu'un fait, c'est que celles que vous professez aujourd'hui ont été les miennes de tout temps. Si je le constate, si je suis heureux de vous les entendre exprimer, c'est qu'à mon tour je vais les invoquer pour obtenir votre consentement à mon mariage.

— Je ne te comprends pas, explique-toi.

Denis s'agenouilla sur un tabouret, et, les coudes sur les genoux de sa mère, qui plongeait avec curiosité ses yeux dans les siens, il continua :

— Il est donc bien entendu que vous ne me tenez pas pour obligé d'épouser une fille de notre monde?

— Je viens de te faire connaître mon sentiment à cet égard.

— Il est également entendu que si celle que je choisirai est honnête et bien élevée, que si par son caractère et par sa famille elle est digne d'estime, vous approuverez mon choix?

— Voilà des précautions inutiles, mon enfant. Il serait plus simple de me dire son nom, car je ne comprends guère où tu veux en venir.

— Où j'en veux venir? Simplement à vous faire connaître que je suis amoureux, et à vous prier de donner votre consentement à mon mariage avec celle que j'aime, mademoiselle Louise Gravelot.

En entendant ce nom, madame de Baumars devint

très-pâle. Elle saisit fiévreusement la main de Denis, toujours agenouillé devant elle, et le regardant, sévère et froide :

— C'est sérieux? demanda-t-elle.

— Je vous ai dit que j'étais amoureux, ma mère, répondit Denis d'une voix ferme.

Elle le repoussa violemment et se leva, en l'obligeant d'en faire autant, emportée par un mouvement de colère. Il restait devant elle, dans une attitude respectueuse, regrettant de s'être laissé aller à révéler son secret, mais résolu, maintenant qu'il l'avait révélé, à ne pas faiblir.

— Écoute-moi, dit-elle brusquement d'un accent qu'il ne lui connaissait pas; écoute-moi et tâche de te pénétrer de mes paroles. Tu as été toujours un fils docile et soumis. Tu ne peux savoir comment tu me trouverais si tu te mettais en révolte contre ma volonté. C'est donc mon devoir de t'avertir qu'autant j'ai été pour toi bonne, affectueuse, tendre, autant je serais énergique dans ma résistance et acharnée à défendre l'honneur de notre maison, compromis par ton caprice. Ceci dit, je te déclare que je ne donnerai jamais mon consentement à ce mariage.

— Est-ce bien vous qui me parlez ainsi, ma mère? demanda Denis timidement.

— Je te parlerai avec une sévérité plus grande encore, si tu m'y obliges.

— Quel crime ai-je donc commis?

— Il ne s'agit pas de crime, s'écria-t-elle, s'exaltant de plus en plus; il s'agit d'un acte de folie que je dois empêcher à tout prix. Épouser mademoiselle Gravelot, toi, un Baumars! T'a-t-elle donc ensorcelé pour te pousser à demander sa main? Est-ce qu'un tel mariage est possible? Mais si j'avais la faiblesse de m'y prêter, tout le pays rirait de nous. As-tu réfléchi à ce qu'elle est, à sa condition, à ses origines?

— C'est une vaillante fille, ma mère, vaillante autant que belle, pauvre et obscure, mais grande par l'âme, et dont je trouve la pauvreté plus honorable que l'opulence d'un Berteux. Vous m'avez conseillé tout à l'heure d'épouser la fille de ce millionnaire. Vous êtes-vous seulement demandé si sa dot n'est pas faite de dépouilles conquises par son père sur les gens qu'il a dupés? Croyez-moi, après avoir défendu l'une, ne vous hâtez pas de mépriser l'autre, car elle est digne d'estime et d'admiration.

— Tu t'étais préparé à plaider sa cause, cela se voit, dit ironiquement la comtesse en évitant de répondre aux observations de son fils. Mais ta plaidoirie est en pure perte; elle ne me convaincra pas. Quand on s'appelle Denis de Baumars, quand on a derrière soi toute une longue race d'aïeux, on ne donne pas son nom à une humble employée.

— Son père était soldat.

— Mais elle vend des timbres-poste! Joli chemin pour monter au rang où tu veux t'élever!

— Valait-il mieux qu'elle s'abandonnât aux tentations dressées sur son chemin, et allez-vous lui reprocher d'avoir préféré à la honte la dure vie qu'elle mène?

— L'accueil qu'elle a reçu de nous prouve que son courage et la dignité de sa conduite lui avaient assuré mon estime. Mais ne me suis-je pas trompée, et méritait-elle cette estime, si son courage n'était que momentané, et si elle comptait s'en faire un marchepied pour entrer de force dans notre famille?

— C'est bien injustement que vous lui attribuez un tel calcul. Quand elle a été envoyée dans ce pays pour y prendre possession du modeste emploi qu'elle occupe, pouvait-elle prévoir qu'elle m'y rencontrerait et que nous nous aimerions?

— Oseras-tu prétendre que ce n'est pas elle qui t'a séduit? J'ignore ce qui s'est passé entre vous, et je veux l'ignorer toujours. Mais j'affirme, sans crainte de me tromper, que jamais tu n'aurais songé à faire d'elle ta femme, si par des coquetteries et des ruses que je devine elle ne t'avait affolé. Elle t'a vu naïf, confiant et crédule. Elle s'est dit que tu étais une proie offerte à son ambition; elle t'a pris, et c'est pour lui obéir que tu t'es agenouillé là tout à l'heure, en me priant de te laisser libre de l'épouser. Eh bien, descends en toi-même, secoue l'ivresse malsaine dont tu es possédé, et tu mesureras la profondeur du gouffre dans lequel tu te perdrais si je n'étais là pour t'empêcher d'y rouler. Tu es victime d'une intrigante. C'est mon devoir et mon droit de te le prouver.

— Vous n'y parviendrez pas, ma mère, s'écria Denis; vous ne connaissez pas celle dont vous parlez. C'est en vain que vous vous efforcez de la transformer en une créature déloyale et méprisable; elle

reste pour moi la préférée, la femme désignée de
toute éternité pour être associée à ma vie, et elle
reste telle, parce que son cœur s'est confié au mien
et que j'ai pu y découvrir les vertus qui me l'ont
rendue éternellement chère.

Si, par cette protestation ardente, Denis avait cru
rappeler sa mère au sang-froid et au calme, il s'était
mépris. Son langage ne fit qu'accroître l'irritation de
madame de Baumars.

— Mais quel charme t'a versé cette misérable fille !
reprit-elle exaspérée. Ce n'est pas seulement ton
cœur qu'elle domine, c'est aussi ta raison. Eh bien !
j'irai lui demander compte du mal qu'elle nous fait.
Je lui parlerai, et elle m'entendra, et j'exigerai qu'elle
parte, qu'elle cesse de te voir...

A cette menace, Denis ne put se contenir. Il
s'élança vers sa mère, en murmurant d'une voix
qu'étranglait la colère :

— Cela, ma mère, je vous le défends !

Si terrible était l'expression de son visage, que la
comtesse recula épouvantée, comprenant enfin, mais
trop tard, la maladresse de sa résistance. Une chaise
se trouvait derrière elle ; elle y tomba assise, toute
tremblante, et ses yeux s'emplirent de larmes, tandis
que s'échappait de sa bouche cette plainte :

— Ah ! malheureux enfant, que tu me fais de
mal !

. Il s'était arrêté, et, à le voir pâle, les traits décomposés, le front courbé, elle put espérer qu'il allait se
jeter à ses pieds. Cet espoir fut déçu. Denis resta

silencieux pendant quelques secondes, comme s'il préparait sa réponse. Puis, dominant les émotions qui l'agitaient, il reprit avec plus de calme :

— Il faut me pardonner le cri que je viens de pousser. Il ne m'appartient pas de vous donner des ordres ni de vous imposer ma volonté, et j'ai eu tort de prononcer des paroles contre lesquelles proteste mon cœur. S'il vous convient d'aller trouver mademoiselle Gravelot et de chercher, par des prières ou des menaces, à l'éloigner de moi, vous êtes libre. Seulement, comme j'estime que l'honneur m'impose l'impérieux devoir de la protéger, je vous préviens respectueusement, mais fermement, ma mère, que si, par votre faute, elle est contrainte de partir, je la suivrai. Voyez si vous devez me réduire à cette extrémité. Maintenant, comme je suppose qu'en y réfléchissant, vous reconnaîtrez qu'il est plus sage à vous de renoncer à toute démarche violente, je crois devoir vous exposer quelle sera ma conduite désormais. Si je vous ai bien comprise, vous refusez de consentir à mon mariage avec mademoiselle Gravelot.

— Je refuse, quelles que puissent être les conséquences de mon refus, s'écria la comtesse, retrouvant toute son énergie pour répondre. Tu peux enfreindre ma défense, te marier contre mon gré; la loi t'en fournit les moyens, puisque tu es majeur. Mais dussions-nous, ta grand'mère et moi, en mourir de désespoir, je ne céderai pas; jamais! jamais! jamais!

5.

Elle prononça ce mot trois fois, pour mieux accentuer sa volonté définitive et irrévocable.

— Je renonce donc au mariage sur lequel je fondais mon bonheur à venir, continua Denis froidement. Je serai malheureux, mais cela importe peu. Ce qui importe, c'est de ne pas donner au monde le spectacle d'une famille telle que la nôtre divisée et déchirée par la rébellion d'un fils contre sa mère. Oui, j'y renonce, c'est résolu. Mais je ne renonce pas à l'espoir de toucher un jour votre cœur. Les circonstances peuvent changer, et ce que vous déclarez impossible aujourd'hui peut vous sembler possible demain. J'entends rester libre pour cette éventualité. Je n'épouserai pas, au moins quant à présent, mademoiselle Gravelot. Mais je n'en épouserai aucune autre. J'attends donc de vous, ma mère, qu'à dater de ce jour, on me laisse vivre en paix, qu'on ne me parle plus ni de Valentine ni de mademoiselle Berteux, qu'on ne me parle pas plus d'elles que je ne parlerai, moi, de celle que j'avais choisie. A cette condition, ma mère, vous me trouverez de nouveau tel que j'ai toujours été, appliqué à vous faire oublier les pénibles explications qui viennent de se produire.

— Hélas ! je ne les oublierai pas, soupira madame de Baumars, en adhérant par son silence aux arrangements que Denis venait de proposer.

Sans ajouter un mot, il s'éloigna rapidement.

— Où vas-tu, Denis? lui cria sa mère inquiète en le voyant partir ainsi.

— M'enfermer dans ma chambre et pleurer, répondit-il, farouche.

La comtesse resta seule, accablée.

— Quelle épreuve! pensait-elle, et qui nous eût dit que mes projets seraient détruits à la veille de se réaliser? Ah! maudit soit le jour où cette fille est arrivée à Chanac! Le malheur est entré avec elle dans notre maison. Mais ce malheur ne peut-il être conjuré? se demanda-t-elle presque aussitôt.

Après tout, l'amour de Denis pour Louise Gravelot n'était peut-être pas aussi violent qu'elle l'avait cru, et ne s'était manifesté avec emportement que par suite de la résistance qu'il venait de rencontrer. Peut-être ne serait-il pas impossible d'en refroidir l'ardeur, d'en atténuer les conséquences. C'était déjà beaucoup que Denis eût pris l'engagement de ne pas transgresser la volonté de sa mère. Ce témoignage de sa docilité créait un répit qui pourrait être mis à profit, surtout si Marthe Berteux, secondant les vues de son père, s'appliquait à conquérir le cœur du rebelle et opposait son charme au charme de Louise Gravelot. La mobilité est le trait des âmes jeunes et naïves. Une Parisienne jolie, fine et coquette, avait bien des chances de réussir là où la volonté d'une mère eût échoué. Tout n'était donc pas perdu. Il fallait seulement se mettre à l'œuvre sans délai, pour opérer le sauvetage de Denis et déjouer les calculs de celle qui l'avait enveloppé dans le réseau de ses ambitions.

Sous l'empire de ses espérances ranimées, la comtesse se décidait à agir, à engager la lutte; elle se hâtait d'écrire à Berteux pour le prier de venir la voir dès le lendemain. Elle voulait son avis, plus que son avis, son concours, qu'il était intéressé à lui donner, parce qu'ils poursuivaient le même but. Elle prenait enfin la résolution de garder pour elle seule le secret des confidences de son fils.

## IX

### LA DERNIÈRE ENTREVUE

Au cours de cette journée, la résolution qu'avait prise à son réveil Louise Gravelot s'était fortifiée. Plus elle s'appliquait à en examiner les causes et à en prévoir les conséquences, et plus elle restait convaincue que son départ était le seul parti que conseillât la prudence et qu'ordonnât l'honneur. Pour devenir la femme de Denis, il fallait faire oublier l'humble condition dans laquelle il l'avait trouvée, ôter ce prétexte aux inimitiés qu'elle devinait prêtes à se déchaîner contre ses projets le jour où ils seraient révélés. S'éloigner et attendre dans la retraite l'accomplissement des promesses à jamais gravées dans sa mémoire, c'était le plus sûr chemin du bonheur.

Voilà ce que lui disait impérieusement sa raison. Mais, prête à lui obéir, elle considérait comme un douloureux sacrifice la séparation qu'elle s'imposait. Depuis la veille, Denis était à ses yeux une part d'elle-

même, le compagnon fidèle des jours futurs. Il ne
pouvait pas plus être détaché d'elle qu'elle ne pouvait être détachée de lui. Si fort était le lien qui, de
leurs deux êtres, n'en faisait qu'un, en les confon-
dant dans le brûlant souvenir des caresses échangées,
que, quoiqu'elle le connût depuis un mois à peine,
il lui semblait qu'elle l'avait toujours aimé. Il lui
semblait même qu'en l'aimant, elle n'avait fait que
consacrer une union dont les origines étaient anté-
rieures au jour où ils s'étaient vus pour la première
fois. Ce n'est donc pas sans déchirement qu'elle se
résignait à le fuir. Le devoir parlait; elle s'y montrait
docile; mais son cœur se brisait.

Et puis, si ce parti était le plus honorable, était-ce
le plus habile? Elle partait, non-seulement pour se
garder contre sa propre faiblesse, pour ne pas laisser
se renouveler et dégénérer en habitude l'emportement de passion auquel elle avait cédé, mais encore
parce qu'elle supposait que son absence communi-
querait à l'amour de Denis cette énergie opiniâtre
qui brise les obstacles et supprime les distances. Mais
si elle se trompait! Si Denis allait cesser de l'aimer!
l'oublier! Compte-t-on les hommes traîtres à leurs
serments? Compte-t-on les femmes victimes de leur
confiance? Que de promesses qu'on croyait éternelles,
et qu'une rafale a au loin emportées! Ce doute était
son tourment. Il imprimait à sa chair un frisson;
il y faisait germer le grain d'une haine farouche
qu'elle ne se connaissait pas avant ce jour, et dont la
crainte d'être trahie l'enveloppait comme d'un de

ces tourbillons de poussière qui précèdent l'orage.

Malgré tout, cependant, elle persistait à vouloir partir. Ses préparatifs faits, ses dispositions prises, elle avait averti de ses intentions, en lui demandant le secret, la paysanne qui était à son service.

Elle avait écrit à la direction des postes à Mende pour obtenir d'être remplacée sur-le-champ dans son emploi. Elle attendait son successeur, ou, s'il n'était pas encore désigné, un employé surnuméraire à qui elle pourrait, dès le lendemain, transférer ses fonctions, puisque, dans sa demande, elle alléguait la nécessité de se mettre immédiatement en route.

Elle achevait son modeste repas, que la vieille Madeleine lui servait tristement. La nuit venait. Le jour expirant allongeait son ombre grisâtre à travers la salle à manger encombrée de paquets et de malles. Impressionnée par le silence du soir montant dans l'air tiède, pliant sous sa lassitude, douloureusement étreinte par l'angoisse que déchaînait en elle la perspective de son avenir incertain, elle ne touchait plus aux mets. Immobile et silencieuse, elle se livrait au caprice de ses fiévreuses pensées.

— Voilà M. Denis, dit tout à coup Madeleine.

Louise tressaillit, très-émue, car Denis avait l'habitude d'attendre, avant de se présenter chez elle le soir, que l'heure fût plus avancée et la nuit plus obscure. Il entra. Elle allait l'interroger; mais, à la pâleur de sa figure, à l'expression lamentable de ses traits décomposés, elle pressentit un malheur. Elle se leva brusquement, se précipita vers lui et l'entraîna dans le petit salon, dont elle ferma la porte.

— Qu'arrive-t-il, Denis? lui demanda-t-elle. D'où venez-vous? Que voulez-vous?

— Notre amour n'aura pas été longtemps paisible, répondit-il avec un accent d'amertume; à peine vient-il de naître qu'il est déjà menacé.

— Qui le menace? Parlez, parlez vite!

— Ma famille. On veut me marier.

— Avec qui?

— Peu importe le nom d'une personne que je ne connais pas, quoique je l'aie vue quelques instants, et que je ne veux pas connaître. Elle est venue dans notre maison aujourd'hui pour la première fois. C'est après son départ que j'ai su qu'on me la destine. Ma mère m'a conseillé de l'épouser.

— Qu'avez-vous répondu?

— D'abord que je ne voulais pas me marier; puis, comme ma mère insistait, je lui ai déclaré que je ne pouvais épouser celle-là, puisque j'en aime une autre.

— Et alors? demanda Louise pâle et haletante.

Effrayé de la voir ainsi, Denis n'osa d'abord lui avouer la vérité. Il voulut même lui en dissimuler la gravité. Il essaya de sourire, et dit :

— Alors, j'ai compris qu'il ne serait pas facile d'obtenir le consentement de ma famille.

— Vous m'avez nommée?

— Il le fallait bien. On me pressait...

— Donc votre mère refuse, reprit Louise, après un court silence.

. — Elle refuse.

— C'était à prévoir. Mais il est cruel de l'apprendre. Je crains, mon pauvre ami, que vous n'ayez parlé trop tôt. Je vous avais recommandé d'attendre. Un projet tel que le nôtre ne peut réussir qu'à force de patience et de prudence.

— Le moyen d'être patient et prudent quand on aime autant que j'aime!

Et, se rapprochant de Louise, il lui prit la main et voulut l'étreindre. Mais elle résista, et, se dégageant doucement, elle reprit :

— Espérez-vous que votre mère reviendra sur sa décision?

— Je l'espère, mais ce n'est pas de sitôt que cet espoir pourra se réaliser.

— Qu'allons-nous devenir? Qu'avez-vous résolu?

— Seul, je ne pouvais rien résoudre; je voulais votre avis. Je viens ici pour le connaître. J'ai promis à ma mère de ne pas me marier sans son consentement; mais j'ai exigé qu'elle renonçât, de son côté, à m'imposer une épouse de son choix. Il est donc vraisemblable qu'on me laissera en repos. Dès lors, quelque désir que j'aie de vous donner mon nom, chère Louise, quelque pressé que je sois de vous appeler ma femme, il me semble que, sous peine de déchirer le cœur des chères créatures qui m'ont élevé, je dois attendre des heures plus propices. Si cependant vous étiez d'une autre opinion, si vous pensiez que je vous appartiens, à vous, et rien qu'à vous, comme je considère que ce qui s'est passé hier me crée un devoir impérieux, je suis prêt à tenir mon serment. J'adresserai à ma mère des sommations respectueuses; nous irons nous marier et vivre ailleurs.

— Je ne vous pousserai jamais à vous révolter contre votre famille, Denis. Je pense, comme vous, qu'il faut remettre l'exécution de nos projets au moment où je pourrai entrer dans votre maison la tête haute, comme votre femme, et, à ce titre, être acceptée par tous.

— Ah! ma Louise bien-aimée, je n'attendais pas moins. J'avais deviné que vous étiez courageuse. Pourquoi ma mère n'est-elle pas présente à cet entretien? Elle comprendrait à votre langage que vous êtes digne de devenir sa fille. Mais elle le connaîtra; je ne désespère pas de lui apprendre à vous aimer, et le moment viendra où ses bras s'ouvriront pour vous accueillir. Jusque-là, nous attendrons. Hélas! souvent l'attente nous sera cruelle. Mais dans l'indestructible amour qui nous a rapprochés, nous puiserons la patience. Nous nous verrons tous les jours; chaque soir nous réunira, et, appuyés l'un sur l'autre, nous laisserons passer ce temps d'épreuves.

Denis s'exaltait au spectacle des joies qui, même dans le malheur, leur étaient encore réservées. Mais Louise, qui l'écoutait tristement, l'ayant interrompu, fit tomber d'un mot son exaltation.

— Tout cela est un rêve, mon pauvre ami, dit-elle en secouant la tête. Tout autre est la réalité. Ce que vous espérez ne saurait être. Je partirai demain.

— Vous partirez! s'écria-t-il stupéfait.

— Il le faut, et je suis prête. Ce que vous m'avez annoncé, je l'avais prévu, et j'ai dû me demander s'il était conforme à·l'honneur de continuer à nous voir. Interrogée, ma conscience a répondu négativement. Je braverais et j'offenserais le ciel si j'affrontais de nouveau la tentation à laquelle j'ai succombé hier. Je vous aime trop pour me flatter de l'espoir qu'en continuant à vous accueillir, je pourrais vous résister. Ma faiblesse d'un jour est excusable, et, je vous le jure, je ne la regrette pas. Mais, en se prolongeant, elle deviendrait criminelle. Le mystère de nos relations serait divulgué; la honte monterait autour de nous. Vous vous accoutumeriez à ne plus voir en moi que votre maîtresse, et, quand vous auriez conquis la liberté de m'épouser, je ne serais plus pour le monde qu'une fille perdue, et pour vous qu'un objet de répulsion et de mépris. Je ne serais plus digne de devenir votre femme. Voilà pourquoi je pars.

— Vous perdre quand j'apprends que vous m'aimez! N'espérez pas que je m'y résigne, Louise! Vous êtes libre de fuir; mais alors je fuirai avec vous. Après tout, ce sera un dénoûment, et, quelque irritée que soit ma famille, quand je vous aurai épousée, quand nous reviendrons mariés, il faudra bien qu'on nous accueille.

— Oui, ce serait un dénoûment; mais il pèserait toujours sur notre vie, car c'est moi que votre mère

accuserait de vous avoir entraîné à lui désobéir ; elle
ne me pardonnerait jamais, et, lorsque vous souffri-
riez de son ressentiment, c'est moi aussi que vous en
rendriez responsable.

— Mais me séparer de vous est au-dessus de mes
forces.

— Aurez-vous donc moins de courage que votre
amie ? Je vous en supplie, Denis, ne tentez pas d'affaiblir ma résolution. Elle déchire mon cœur ; mais
elle est inébranlable. Depuis que vous m'avez
quittée, j'ai réfléchi à ce qui s'était passé, à ce qui
pourrait se passer encore si je demeurais ici, et c'est
après m'être convaincue qu'il n'était pas d'autre
moyen de rester digne de vous, que j'ai décidé de
m'éloigner jusqu'au moment où les obstacles qui nous
séparent seront renversés. J'ai pris toutes mes dispositions dans ce but. Voyez, mes malles sont fer-
mées. Mes préparatifs n'ont pas exigé un long temps.
Demain, l'administration aura envoyé quelqu'un
pour me remplacer, et après mon départ Madeleine
m'expédiera mon pauvre mobilier. Je partirai sans
aller remercier votre grand'mère et votre mère de
leurs bontés pour moi. Vous vous chargerez de leur
expliquer ma discrétion.

En devinant enfin, à l'énergie de son accent,
qu'il n'ébranlerait pas sa détermination, Denis ne
put retenir les larmes qui gonflaient sa poitrine.

— Mais où irez-vous ? demanda-t-il ; j'ai le droit
de le savoir.

— Je n'entends pas vous le cacher, car sous la

réserve de ce que me commande notre dignité commune, dont je serai toujours la gardienne fidèle,
soyez-en sûr, je me considère comme vous apparte-
nant ainsi que vous m'appartenez. Je suis votre
femme, vous êtes mon mari, et vous connaîtrez toujours le lieu de ma retraite. Il me reste une parente,
une tante de mon père; elle est âgée et vit d'un
modeste revenu, dans un faubourg de Paris. Elle
m'avait offert déjà un asile auprès d'elle. Redoutant
d'être à sa charge, j'avais refusé; et puis, je préfé-
rais ma liberté. Mais les circonstances ont changé;
j'irai donc demander l'hospitalité à cette excellente
femme. C'est auprès d'elle que je vous attendrai. Mes
ressources ne sont pas abondantes; je travaillerai
pour les accroître. Dès mon arrivée, je vous écrirai
pour vous apprendre comment j'ai organisé ma vie.

Elle s'arrêta, lasse d'avoir parlé en se faisant violence pour dominer son émotion et ne laisser voir à
son ami que sa fermeté. Pour lui, il s'était apaisé en
l'écoutant. Maintenant qu'il connaissait les projets
qu'elle avait formés, il se rattachait à l'espérance de
la revoir bientôt. Cette espérance devenait même
une certitude. Depuis longtemps il se proposait
d'aller à Paris. Il avait entretenu sa mère de ce
voyage; elle ne s'y montrait pas hostile. Il se promettait de partir quelques jours après Louise. Certain de la retrouver, ce départ, dont la nouvelle l'a-
vait désespéré d'abord, lui apparaissait maintenant
comme l'heureuse solution des difficultés entre lesquelles il se débattait. Il se rassérénait, et, grâce à la

mobilité de sa jeunesse, ses craintes se dissipaient.

— Que le destin s'accomplisse donc! dit-il en soupirant; partez, mon amie, si vous croyez que vous ne pouvez mieux faire. Ce serait vous offenser, quand vos résolutions sont dictées uniquement par la volonté de sauvegarder l'avenir, que d'essayer encore de vous détourner de vos desseins. Votre loyauté les a dictés; je rougirais de les combattre plus longtemps. J'ai le pressentiment que notre séparation sera de courte durée, et qu'avant peu nous serons réunis de nouveau, mais cette fois pour toujours. Souvenez-vous seulement, ma bien-aimée, que désormais vous ne devez avoir d'autre guide ni d'autre protecteur que moi, que vous ne devez prendre aucun parti susceptible de modifier votre vie sans mon consentement, et qu'en toute occurrence grave, c'est votre devoir d'invoquer mon secours.

— Oh! cela, je le sais, soupira tendrement Louise, qui sentait, en voyant Denis résigné, s'affaiblir son courage. Mais vous-même, vous êtes responsable envers moi de votre propre repos, de votre santé. Vous ne devez rien entreprendre qui puisse les compromettre, et j'exige que vous me fassiez connaître vos peines et vos joies, toutes vos pensées, tous les incidents de votre existence.

— De loin comme de près, mon cœur sera pour vous un livre ouvert, dit-il en l'attirant passionnément à lui, sans que cette fois elle résistât.

Maintenant, c'est elle qui pleurait, vaincue et brisée par l'effort qu'elle venait de faire. Sa fière tête toute pâle avait roulé sur l'épaule de Denis dans le flot des cheveux d'or, et le long des joues brûlantes il buvait ses larmes. Alors, d'une voix où éclataient en même temps sa tendresse et ses craintes, elle murmura à son oreille :

— Lorsque, éloignée de vous, je ne serai plus là pour vous défendre contre les prières de votre mère ou contre le charme de la personne qu'on pousse vers votre cœur, ne m'oublierez-vous pas?

Cette question arracha un cri de colère à Denis, cri passionné qu'il souligna d'un geste indigné.

— T'oublier, Louise, après les serments que j'ai prononcés! Je serais donc traître et parjure! Si tu crois que je puisse devenir tel, pourquoi pars-tu? Si tu doutes...

— Non! non! je ne doute pas! dit-elle, convaincue, en posant sa main sur la bouche de Denis pour l'empêcher de continuer. Je crois en vous, mon ami; demain, quand je vous aurai quitté, je serai triste, je pleurerai sans doute; mais, malgré ma tristesse et mes larmes, je resterai confiante. Il est si doux de penser que vous m'aimerez toujours!

— Oui, toujours! reprit Denis en la serrant plus fort entre ses bras.

Dans le silence du soir, assis l'un près de l'autre, ils s'entretinrent longtemps encore. Au moment de se séparer, ils avaient tant de choses à se dire! Une grande mélancolie montait autour d'eux; mais, après les explications qu'ils venaient d'échanger, ils regardaient l'avenir sans trouble et rassurés.

## X

### LE SECRET DE MADEMOISELLE DE BRINYON

— Viens avec moi faire un tour dans le jardin, ma
chère fille, dit le marquis de Brinyon à Valentine,
au moment où, le déjeuner fini, ils sortaient de table.
J'ai à te parler, et en nous promenant nous pour-
rons causer librement.

— Je vous suis, père, répondit-elle, un peu surprise du ton sérieux, presque solennel, de son grand-
oncle.

Dans le vestibule de l'hôtel de Brinyon, elle prit
une ombrelle et se dirigea lentement vers le jardin,
où le marquis l'avait déjà devancée. Ce jardin, atte-
nant à la maison patrimoniale des Brinyon, avait
une vaste étendue. De vieux arbres couvraient de
leur ombre les pelouses, dont des fleurs en corbeille
égayaient la verdoyante uniformité. Dans la chaleur
de midi, tempérée par les feuillages épais, à travers
lesquels le soleil piquait le sol d'une multitude de
taches d'or, montait le parfum des roses et s'élevaient
des chants d'oiseaux. Les eaux claires d'un immense
bassin, moirées par le souffle tiède de l'air, reflétaient
l'azur du ciel. A leur surface tremblaient de larges
feuilles de nénufar. Le long des murs, tapissés

d'espaliers, les fruits se balançaient, offrant aux caresses fécondes de ce beau jour leur peau vermeille.

Au-dessus de ces murs, entre les ramures des jardins voisins, on apercevait les façades grises des hôtels qui font de cette partie de Marvejols, habitée par les plus anciennes familles du pays, un quartier riant autant qu'aristocratique. Par delà les toits aux tuiles roses, les montagnes qui dominent et abritent l'agreste vallée au fond de laquelle est située la ville, découpaient sur l'horizon leurs cimes boisées, noyées dans une lumière éclatante. Magique était ce vivant tableau, dont le marquis et Valentine, de l'allée dans laquelle ils marchaient à pas lents, embrassaient tous les détails.

— M'expliquerez-vous, père, pourquoi vous m'avez conduite ici? demanda Valentine, après quelques instants de promenade silencieuse. Ce que vous avez à me dire est-il donc si grave, et ne pouviez-vous le dire en déjeunant?

— Nous n'étions pas seuls, mon enfant, répondit le marquis, et tu vas comprendre que cet entretien doit rester entre nous. Il s'arrêta, les mains appuyées sur le pommeau d'argent de sa canne fixée au sol devant lui, et regardant sa petite-nièce, il ajouta :
— Le baron de Jussac est venu me voir ce matin. Il te demande en mariage.

Une rougeur légère monta aux joues de Valentine; son regard exprima non la surprise, mais l'émotion qui venait brusquement de la saisir au cœur.

— Ah! M. de Jussac veut m'épouser, dit-elle, et qu'avez-vous répondu, père?

M. de Brinyon s'était remis à marcher.

— J'ai répondu que je ne pouvais rien répondre sans t'avoir consultée. Ce n'est qu'à toi, ma chère fille, qu'il appartient de décider, à toi seule.

— Eh bien, père, vous direz au baron que sa démarche me flatte et me touche, mais...

— Mais que tu ne veux pas de lui; je m'y attendais.

— Que je ne veux ni de lui ni de personne. Je n'éprouve pas le désir de changer ma vie. Je suis heureuse près de vous.

— Tu pourrais épouser Jussac et rester près de moi. C'est même ainsi qu'il l'entend. Il est tout prêt à quitter sa maison et à s'établir dans la nôtre, car il comprend qu'à mon âge, je ne saurais me résigner à te perdre et à demeurer seul.

— C'est un témoignage de sa délicatesse, auquel je suis sensible, mais qui ne peut me faire revenir sur un parti pris, très-arrêté, de rester fille.

— Je dois ajouter, continua Brinyon, que Jussac a trente-deux ans et une très-belle fortune. Sa famille, dans le présent comme dans le passé, est digne de la nôtre. Je ne la tiens pas pour un esprit supérieur; mais c'est un honnête homme, et j'ai lieu de penser que sa femme sera heureuse.

— Je n'en doute pas.

— Et cependant tu persistes dans ton refus?

— J'y persiste, père.

6

— Permets-moi cependant de dire encore, mon enfant, que je suis vieux, que la mort peut me prendre d'un moment à l'autre, et qu'il me serait cruel de mourir en te laissant seule.

— J'espère que Dieu ne vous ravira pas de sitôt à mon amour, père chéri; mais si ce malheur arrivait, personne ne vous remplacerait dans mon cœur. Je vivrais ici, dans la retraite dont votre tendresse m'a assuré la tranquille possession. J'y vivrais avec votre souvenir, et j'y serais heureuse, autant que je pourrais l'être après vous avoir perdu. Répondez donc à M. de Jussac de telle sorte qu'il ne puisse se blesser de mon refus; mais cessez d'insister près de moi. Je ne veux pas me marier.

A ces mots, le marquis s'arrêta de nouveau. Un fin sourire éclaira sa figure amaigrie et ridée, et il dit :

— Répondrais-tu avec la même résolution, si Denis de Baumars demandait à devenir ton mari?

La question était inattendue. En l'entendant, Valentine devint très-pâle, et l'une de ses mains se posa sur son cœur comme pour en contenir les battements.

— Denis! soupira-t-elle tremblante. J'ignore ce que je répondrais s'il exprimait un tel désir; je l'ignore. Mais il n'y songe guère, et je n'ai pas à me prononcer aujourd'hui en vue d'une hypothèse qui ne se réalisera pas.

— Tu as raison, répliqua le marquis. Il s'agit aujourd'hui de Jussac, et non de Denis. Ne songeons, en conséquence, qu'à ce qui concerne Jussac. Je lui répondrai comme tu le désires, ma fille ; cependant, si tu m'y autorises, j'ajouterai que ta décision n'est pas irrévocable, et que plus tard, peut-être...

Valentine l'interrompit :

— Non, mon père, non ; ni maintenant ni plus tard ! Il serait peu loyal de lui laisser une espérance.

Le silence suivit ces paroles. Le grand-oncle et la petite-nièce continuaient leur promenade sans se dire un mot ; lui, pensif, le front courbé, rayant le sable de l'allée de l'extrémité de sa canne traînant derrière soi ; elle, toujours un peu pâle, se maîtrisant pour ne pas trahir son émotion, les yeux obscurcis par des larmes qu'elle essayait de retenir.

— Si vous n'avez plus rien à me dire, père, fit-elle tout à coup en s'arrêtant, je rentrerai. J'ai des lettres à écrire...

— Va, ma chérie, va, répondit-il tendrement ; et surtout calme-toi, ma sensitive. Quand on a vingt ans et qu'on est belle, on est trop exposée à des demandes analogues à celle de Jussac pour s'en émouvoir.

Il l'embrassa ; puis, au moment où elle s'éloignait, il reprit :

— Veux-tu dire au cocher d'atteler le coupé ? Je vais à Chanac, et je partirai dans une demi-heure. M'accompagneras-tu ?

— Non, père ; je désire ne pas sortir, répondit-elle.

— Alors, à ce soir !

Son regard la suivit. Elle s'en allait lentement le

long des arbres ; derrière elle, son ombre s'allongeait en une silhouette élégante et svelte, tandis que la lumière jouait dans ses cheveux noirs.

— Elle aime Denis, c'est certain, pensait M. de Brinyon ; mais elle est trop fière pour en faire l'aveu. Il faut cependant en finir, et savoir si, oui ou non, le bonheur qu'elle souhaite est à portée de notre main. Je parlerai aujourd'hui à Hélène.

Hélène, c'était la marquise de Villacerf. C'est sous ce nom que, depuis un demi-siècle, elle remplissait ce cœur fier et fidèle, qui se contentait d'aimer en silence, et professait pour sa maîtresse idéale un culte si fervent, qu'il s'était taillé dans sa longue fidélité un bonheur fondé sur l'espérance de l'aimer toujours, de l'aimer même au delà de la vie.

Deux heures plus tard M. de Brinyon arrivait au château de Baumars. Justement la marquise s'y trouvait seule, Denis et sa mère étant partis aussitôt après le déjeuner pour la Bastide, afin de rendre aux Berteux leur visite de l'avant-veille. Madame de Villacerf, qui comptait ce jour-là sur son vieil ami, avait fait rouler son fauteuil dans le grand salon. Elle lisait, dans le demi-jour que laissaient entrer les fenêtres à moitié closes, devant lesquelles des stores tendus tamisaient la lumière trop vive du dehors.

— Bonjour, Sosthènes, dit-elle à M. de Brinyon, en lui tendant la main. Vous êtes donc venu seul ?

Il prit cette petite main restée fraîche encore et, s'inclinant, posa ses lèvres sur l'extrémité des doigts. Puis, s'asseyant en face de la marquise, il répondit :

— Valentine a été retenue à la maison par quelques occupations de ménagère, mais vous la verrez bientôt.

— J'y compté, dites-le-lui. Et après une pause : Savez-vous, mon ami, que vos visites sont un remords pour moi? reprit la marquise.

— Mes visites un remords !

— Je ne parle pas de celles que vous me faites à Marvejols pendant l'hiver, — là, nous voisinons, — mais de celles que vous me faites ici pendant l'été. C'est un fatigant voyage que vous entreprenez deux fois par semaine pour venir me voir. A votre âge, cette longue course souvent renouvelée n'est peut-être pas bonne pour la santé.

— Le voyage fût-il plus fatigant, ma belle amie, que je ne renoncerais pas au bonheur de vous voir, répondit M. de Brinyon. Je serais trop malheureux si j'en étais privé. Mais, si cela est nécessaire pour vous rassurer, je tiens à affirmer que ces excursions, loin de me fatiguer, me font le plus grand bien. J'en ai l'habitude, et je suis, grâce à Dieu, assez vigoureux pour supporter quatre heures de voiture. A vous dire vrai, vous m'humilieriez si vous aviez l'air d'en douter.

— Soit! je n'en douterai plus, dit-elle en riant.

— Vous êtes donc seule, aujourd'hui?

— Lucie et son fils sont chez Louville. Mais ils ne tarderont pas à rentrer, à moins qu'ils n'aient la fantaisie de dîner avec la noble famille Berteux.

6.

— Vous vous moquez d'elle, je crois. Est-ce que vous lui voulez du mal?

— Je ne veux du mal à personne. Mais je suis quelque peu exaspérée. Je trouve, je vous l'avoue, que ces gens-là occupent trop de place chez nous. Ici, on ne jure plus que par les Berteux. Berteux est un grand homme, sa fille une merveille, sa femme... on ne m'a rien dit de la femme, et je ne la connais pas.

.— Qui donc parle ainsi?

— Qui? Lucie. L'entrepreneur lui a tourné la tête.

— Il est riche et il a une fille! objecta gravement le marquis, pour qui cette réponse était une révélation. Denis partage-t-il l'engouement de sa mère?

— Denis! Je ne comprends rien à sa conduite. L'autre jour, quand mademoiselle Berteux est venue avec son père, il a été à peine poli pour elle, et aujourd'hui il semblait très-heureux de la revoir.

— C'est qu'il aura pensé depuis qu'un si beau parti n'est pas à dédaigner. — Madame de Villacerf garda le silence. — Il épousera cette jeune fille, continua M. de Brinyon d'un accent ironique, et il sera très-riche. Que peut-on souhaiter de plus? C'est ce que je disais ce matin même à Valentine. Figurez-vous que Jussac est venu me la demander. Il veut l'épouser, et elle refuse. Il a une belle fortune cependant.

Tandis qu'il parlait, madame de Villacerf avait baissé la tête tristement. Mais à ce dernier trait, elle la releva, et, plongeant ses yeux dans ceux de son ami :

— Ne raillez pas, Sosthènes, non, ne raillez pas. Ce qui se passe est lamentable, je le reconnais. Mais vous savez bien que ce n'est pas une demoiselle Berteux que je souhaitais pour petite-fille. J'avais formé d'autres projets; s'ils ne se réalisent pas, j'en serai très malheureuse, mais je n'aurai rien à me reprocher. Quant à Valentine, j'ai deviné son secret, et je la plains de tout mon cœur. J'aurais payé de ma vie le bonheur de la voir entrer dans ma famille; car je l'aime autant que vous l'aimez, comme si elle était notre enfant. Elle souffrira, la pauvre chérie, elle souffrira, et nous n'y pouvons rien! Qu'elle ait refusé Jussac, cela ne me surprend pas. Je n'aurais pas compris qu'elle se résignât à accepter son nom. Une fille comme elle à ce sot, était-ce possible?

Un profond silence suivit ces paroles. Les deux vieillards se regardaient tristement, accablés par leurs réflexions.

— Nous n'y pouvons rien, murmura enfin M. de Brinyon; si Denis aimait Valentine, il l'eût dit; s'il n'a rien dit, c'est qu'il ne l'aime pas.

— Non, il ne l'aime pas, répéta madame de Villacerf. Cette petite Parisienne n'aura pas de peine à trouver le chemin de son cœur. Pauvre Denis! Il passe à côté d'un bonheur certain pour voler à un bonheur douteux! Dieu le protége! Il aura besoin de protection et de secours, je le crains.

Son regard, image de son âme, avait pris une expression si navrée, que le marquis, en s'en apercevant, fut bouleversé. Il voulait bien être malheureux et souffrir; mais que son amie fût atteinte du même mal que lui, qu'elle partageât ses craintes et ses angoisses, il n'aurait pu s'y résoudre. Aussi entreprit-il de la rassurer. Après tout, mademoiselle Berteux était peut-être une femme accomplie, et peut-être aussi devait-on considérer comme une bonne chance qu'elle eût captivé Denis. Sa fortune aiderait à relever la maison de Baumars; l'avenir serait paisible, doux et réparateur. De son côté, Valentine se consolerait. Les espérances que l'on conçoit à vingt ans ne sont pas telles qu'en se dissipant elles laissent le cœur à jamais meurtri.

Il parlait avec feu, uniquement dominé par le désir de communiquer à son amie une conviction que lui-même n'avait pas. Mais elle secouait la tête d'un air de doute, comme si, par delà le temps, elle eût aperçu dans une vision prophétique les maux qui devaient fondre sur la famille.

— A quoi bon se faire illusion, Sosthènes? dit-elle tout à coup. Garde-t-on des illusions à notre âge? Nous connaissons trop la vie l'un et l'autre pour supposer que Denis trouvera le bonheur dans le mariage auquel il se résigne, et que Valentine, qui l'aime, pourra être heureuse séparée de lui. Quand on épouse une femme uniquement parce qu'elle est riche, que peut-on attendre d'elle? J'ai le pressentiment, mon ami, que c'en est fait de notre repos. Nous entrons dans les mauvais jours.

M. de Brinyon cessa de protester. Ce que disait la marquise, il le pensait lui-même. Il tenta cepen-

dant un dernier effort pour l'arracher à son abatte-
ment. Mais il ne put y parvenir. Pour la première
fois depuis qu'ils avaient contracté l'habitude de se
voir souvent et d'échanger leurs pensées, ils restaient
en face l'un de l'autre sans se rien dire, en proie à
une terreur mystérieuse, comme si quelque danger
redoutable les eût menacés.

## XI

### MARTHE BERTEUX SERA COMTESSE

Le lendemain de ce jour, vers onze heures, un
break attelé de deux vigoureux chevaux parcourait
rondement la route de la Bastide à Chanac. Dans ce
break, se trouvaient Mathias Berteux, sa femme, sa
fille, et le comte de Louville. Invités la veille par
madame de Baumars à passer la journée au château,
ils se rendaient à son invitation.

Marthe, les joues fouettées par le grand air, était
merveilleusement jolie. Son regard brillait plus vif
sous les boucles voltigeantes de ses cheveux blonds.
Un voile bleu enveloppait sa tête fine, coiffée d'un
chapeau de paille claire à larges bords. Sa robe en
toile écrue, bordée au cou et aux manches d'une
broderie, dessinait son corps élancé et souple. Sa
jeunesse resplendissait victorieuse dans la lumière
de ce matin d'été, et l'expression de son visage révé-

lait la joie qu'elle se promettait de cette journée de déplacement.

A côté d'elle, sa mère paraissait triste. A la voir grave et silencieuse, les cheveux grisonnants, la figure pâle, sans grâce dans ses vêtements sombres, on eût dit qu'elle se laissait conduire, résignée et insensible, sans demander où on la menait, sans savoir si elle goûterait quelque plaisir au terme de sa route, et sans oser l'espérer. Mais sa tristesse silencieuse n'étonnait ni sa fille ni son mari. Ils étaient accoutumés à la voir ainsi. Peu de temps après son mariage, ce caractère de mélancolie et d'indifférence s'était imprimé sur ses traits, et depuis, aucun des événements heureux de son existence, ni la naissance de Marthe, ni l'arrivée subite de l'opulence dans sa maison, n'avait pu le modifier.

Berteux seul aurait pu révéler la cause de cette transformation déjà ancienne, qui d'une jeune fille rieuse et hardie avait fait en moins de deux ans une créature timide et défiante, l'avait accoutumée à garder pour elle ses impressions et à souffrir sans se plaindre. Cette résignation était son œuvre, le fruit de la tyrannie hautaine qu'il exerçait sur sa femme, de la ténacité qu'il avait mise à l'asservir à ses caprices, et de l'injurieux dédain qu'en devenant riche il s'était fait un jeu de lui manifester, comme si la dévouée compagne des mauvais jours, durant lesquels il courait après la fortune sans l'atteindre, n'eût été bonne qu'à être sa victime.

Déçue dans ses espérances, paralysée dans ses

élans, Cécile Berteux s'était peu à peu repliée sur
elle-même. Ne possédant pas assez d'énergie pour
secouer le joug qui pesait sur sa vie, elle s'était
appliquée surtout à taire les causes de sa souffrance,
gardant si bien son secret que Marthe elle-même les
ignorait, et que, soit habitude de voir pleurer sa
mère, soit égoïsme, elle attribuait sa tristesse et ses
larmes à des inquiétudes chimériques et maladives
que le temps n'avait pu guérir. De là le ton de protection qu'à l'exemple de son père, elle employait
souvent envers madame Berteux. Elle l'aimait tendrement, mais la traitait volontiers ainsi qu'on traite
un être faible. Elle se passait de ses avis, ne les
lui demandait que pour la forme, et manifestait son
affection plus encore par des caresses extérieures
que par ces ardeurs de cœur qui sont une preuve
d'admiration et de confiance filiales.

Madame Berteux ne se plaignait pas plus à sa fille
qu'à son mari ; elle ne se révoltait jamais ; elle cédait
toujours ; les exigences capricieuses de Marthe, dissi-
mulées sous des mines d'enfant gâté, la trouvaient
aussi résignée que les volontés de Berteux despoti-
quement exprimées. C'est ainsi que, peu de jours
avant, elle avait quitté Vichy à l'improviste, en
interrompant le traitement exigé par sa précaire
santé, pour accompagner sa fille dans la Lozère, et
que, ce matin-là, elle se laissait conduire à Chanac,
alors qu'elle eût préféré passer la journée à la Bastide, retirée dans sa chambre.

Comme la voiture arrivait à l'entrée du village,

Berteux, qui durant le trajet était resté silencieux,
tendit le bras par-dessus la tête de Marthe assise à
côté de lui, et, touchant le coude du cocher, lui
donna l'ordre d'arrêter.

— Je descends ici, dit-il à Louville. J'ai quelques
personnes à voir dans Chanac, au sujet de notre
tracé. Veuillez conduire ces dames au château, mon
cher comte. Vous m'annoncerez. Je ne tarderai pas
à vous rejoindre. A bientôt, Marthe.

Sans dire un mot à sa femme, sans même la
regarder, il sauta sur la route aussi lestement que le
lui permettait son embonpoint. La voiture repartit
tandis qu'il s'en allait par le chemin qui conduit des
hauteurs de Chanac dans la partie basse du bourg.
A l'ombre d'un vieux mur qui longe ce chemin, il
marchait à pas lents, les mains derrière le dos, le
front penché, livré aux réflexions dont son esprit
était hanté depuis la veille; réflexions graves, pro-
voquées par les confidences de madame de Baumars.
D'abord, il avait souri à ce récit alarmant et n'en
avait retenu qu'un détail : c'est que Denis refusait
d'épouser Valentine. Ravi de voir disparaître la seule
difficulté qu'il eût redoutée, il s'inquiétait peu des
autres. Jugeant Denis d'après lui-même, gardant
une immuable foi dans la puissance de l'argent et dans
sa propre habileté, il se persuadait qu'il aurait aisément raison de l'influence que mademoiselle Gravelot prétendait exercer sur «son futur gendre». Qu'elle
osât le lui disputer longtemps, son orgueil, sa confiance en lui-même, lui défendaient de le supposer.

— J'irai voir cette ambitieuse personne, s'était-il écrié, et je serai bien surpris si je ne l'oblige pas à renoncer à ses prétentions. Rassurez-vous, comtesse.

Mais madame de Baumars, qui ne partageait pas sa tranquillité, avait recommencé son récit, en l'aggravant de divers traits oubliés la première fois, en appelant son attention sur certaines paroles prononcées par Denis, sur la violence des sentiments qu'il avait manifestés, et surtout sur la beauté de Louise Gravelot. Elle parlait de cette jeune fille, qu'elle connaissait, comme d'une créature séduisante, et dangereuse autant que séduisante. Alors, Berteux s'était ému en se demandant si le péril que la comtesse lui signalait, le moins prévu entre tous ceux qu'il pouvait prévoir, allait se dresser au travers de ses projets et les menacer. En proie à l'incertitude et au doute, il avait mal dormi, et, le jour venu, il s'était décidé à aller droit à ce péril pour en mesurer la gravité.

— Comment vais-je aborder cette belle personne? se demandait-il pour la dixième fois depuis le matin, en se dirigeant vers le bureau de poste où il croyait la trouver. Que lui dirai-je? Faut il tenter de l'émouvoir en lui parlant du désespoir de la famille de Baumars? Si c'est une rouée, elle rira de moi. Faut-il la menacer? La menacer de quoi? Que peut-on pour avoir raison d'une jolie fille qui défend son amoureux contre ceux qui veulent le lui prendre? Faut-il parler à son ambition? Oh! si elle est ambitieuse, il y a de l'espoir! Ou je ne sais rien

7

de la vie, ou une fille pauvre, élevée à Saint-Denis et merveilleusement belle, à ce que prétend la comtesse, ne doit pas être incorruptible.

La suite de sa pensée demeura inachevée, comme s'il en eût volontairement éloigné la formule trop nette ; mais elle avait dû s'ébaucher dans son esprit sous de joyeuses couleurs, car un sourire éclaira son visage assombri, tandis qu'une poussée de sang vers le cerveau empourprait subitement son cou de taureau et son front jusque sous les cheveux.

— Ce serait un dénoûment inattendu ! murmura-t-il.

Il était devant la maison de poste ; il poussa la claire-voie et entra dans le jardin qu'il traversa d'un pas alerte, la tête haute, avec des mines de diplomate qui entreprend une négociation importante. En pénétrant dans le couloir, il aperçut, par un guichet ouvert, l'intérieur du bureau, et dans ce bureau une vieille femme seule, assise et écrivant.

— Mademoiselle Gravelot est-elle visible ? demanda-t-il en se penchant à la hauteur du guichet.

— Mademoiselle Gravelot n'est plus ici, monsieur, répondit la vieille femme, qui se leva pour lui parler. Elle a quitté Chanac depuis trois jours. Elle partait pour Paris. Je la remplace provisoirement, jusqu'à la nomination du titulaire qui doit lui succéder.

Il s'attendait si peu à cette réponse qu'elle lui cloua la bouche. Il avait tout prévu, tout, excepté l'absence de celle qu'il venait voir.

— Elle a donc abandonné l'administration ? reprit-il quand il eut recouvré sa présence d'esprit.

— Oui, monsieur ; elle est démissionnaire. J'avais bien deviné qu'elle ne resterait pas dans les postes. Elle était trop au-dessus de son emploi. Il paraît que sa famille l'a rappelée.

— Me voilà très-embarrassé! J'avais une communication à lui faire.

— Je peux vous donner son adresse à Paris, monsieur : elle me l'a laissée.

Ouvrant un vieux registre, la préposée lut à haute voix :

« Mademoiselle Louise Gravelot, chez madame Simiani, 94, rue du Ranelagh, Passy-Paris. »

— Merci, madame, répondit Berteux, qui avait écrit l'adresse sur une page blanche de son portefeuille.

— Voici qui rétablit les choses en leur état normal, se dit-il une fois dehors. Puisque mademoiselle Gravelot a quitté Chanac, c'est que probablement elle renonce à épouser Denis. En tout cas, elle est loin, le danger devient moins imminent, et je reste maître du terrain. C'est un avantage. Nous allons voir quel parti on en peut tirer.

Il se remit en route pour se rendre au château, où il était attendu. Mais il avait fait à peine quelques pas, qu'il entendit son nom prononcé à haute voix derrière lui. Il se retourna. C'était Denis qui, l'ayant aperçu de loin, se pressait pour le rejoindre.

— C'est un bon génie qui me l'envoie, pensa-t-il en se campant fièrement au milieu du chemin, le rire aux lèvres et la main tendue. J'aurai son secret, ou je ne suis qu'un sot. Bonjour, comte, cria-t-il. Je bénis le hasard qui nous réunit.

— Je craignais d'être en retard, répondit Denis en le saluant. Votre présence me rassure.

— Vous êtes sorti de bonne heure, à ce que je vois.

— Oui, pour jeter un coup d'œil à des travaux que je fais exécuter à deux lieues d'ici.

Ils se remirent en marche, côte à côte, cherchant l'ombre sur la route déserte et baignée de soleil.

— Ma femme et ma fille sont chez vous avec Louville, dit Berteux. Elles m'ont devancé, tandis que je venais à la poste. Une admirable journée, monsieur Denis !

— Une journée qui sera suivie de beaucoup d'autres pareilles. L'été est merveilleux dans notre pays.

Après avoir échangé ces banalités, ils gardèrent le silence un moment. Puis, tout à coup, Berteux reprit :

— J'ai bien envie, comte, puisque nous sommes seuls, de vous ouvrir mon cœur.

Denis le regarda, surpris par cette singulière entrée en matière. Mais, sans remarquer son étonnement, Berteux continua :

— Ce que vous allez entendre, voilà longtemps que je veux vous le dire et que j'hésite. Que pensez-vous de ma fille ?

— Ce que je pense de mademoiselle Berteux ?

— Oh ! je devine bien que ma question vous parait

étrange et contraire aux convenances. Mais que
voulez-vous! je suis franc, tout d'une pièce. Il faut
me prendre tel que je suis. Répondez-moi donc en
toute sincérité.

— Puis-je, du moins, savoir pourquoi vous m'interrogez, monsieur? demanda froidement Denis.

— Est-il utile que je vous le dise, et ne vous semble-t-il pas plus simple de me répondre d'abord?

— Qu'à cela ne tienne. J'estime que mademoiselle Berteux est jolie, spirituelle, aimable et bonne,
digne, en mot, de son père.

— Ne croyez-vous pas aussi qu'elle est digne de
devenir la femme d'un brillant gentilhomme tel que
le comte de Baumars?

— Monsieur!

— Oui, oui, mon langage vous choque, c'est
entendu. Il est peu conforme aux usages, je le
reconnais. Mais soyez indulgent, en pensant au
motif qui me l'inspire. Je cherche à marier ma fille,
et j'ai rêvé que son mari vous ressemblait. Voyons,
monsieur Denis, voulez-vous l'épouser? Je lui assure
un revenu de cent mille francs, et, si vous agréez ma
proposition, je vous garantis un bénéfice annuel au
moins égal, résultant des affaires auxquelles je vous
intéresserai. Voilà ce que j'avais à vous dire. J'ai la
franchise d'un père qui veut le bonheur de son
enfant. J'espère que vous me comprendrez.

Denis restait absourdi et indigné. Cette offre bru-
tale, à laquelle il était loin de s'attendre, froissait sa
délicate nature. Elle l'eût froissée alors même que

son cœur l'eût poussé vers Marthe. Mais il en était
surtout blessé parce qu'elle le surprenait dans toute
l'ardeur de son amour pour Louise, Louise qu'il
continuait à chérir quoique absente, à laquelle il
songeait sans cesse, en attendant qu'il fût libre d'aller
la retrouver. Cependant la question de Berteux était
pressante.

— Je ne saurais vous en vouloir, monsieur, d'une
proposition faite pour me rendre fier, dit Denis.
Mais vous me permettrez de vous objecter que j'y
étais trop peu préparé pour y répondre sur-le-
champ.

— Ceci, monsieur Denis, est ce qu'en langage
clair nous appelons une phrase diplomatique. Croyez
que je mérite mieux que cette banalité ; la précision
de mes offres vous le démontre. Acceptez-vous?
Refusez-vous? Dites-le, afin que je sache à quoi m'en
tenir.

—J'avoue que je ne m'attendais pas à être mis ainsi
au pied du mur, reprit Denis, résolu à couper court
à un entretien qui menaçait de durer trop longtemps,
à son gré. J'aurais préféré conserver la liberté de
vous faire connaître à loisir mon sentiment. Mais
puisque vous désirez être fixé sur-le-champ, je vous
confesserai, monsieur, avec une franchise égale à la
vôtre, que, quels que soient les mérites de mademoiselle Berteux, il n'est pas en mon pouvoir de leur
rendre l'hommage auquel vous me conviez avec tant
de bienveillance. J'ai cessé d'être libre, et, pour vous
tout avouer, je me considère comme marié.

— Nous y voilà? pensa Berteux. Et, tout haut :
— Je vous demande pardon si vous êtes contrarié
de me l'avoir confié. Mais j'ignorais... Votre mère,
qui voulait encourager mes espérances, ne m'avait
rien annoncé de pareil.

— Elle ne pouvait vous annoncer ce qu'elle ignorait, monsieur. C'est depuis quarante-huit heures
seulement qu'elle est au courant de mes desseins.

— Serai-je indiscret en vous demandant si elle
les approuve?

— Nullement indiscret. Ma mère refuse de consentir au mariage que je souhaite, et son refus m'a
créé le devoir d'y renoncer provisoirement. Mais,
renoncer pour un temps, ce n'est pas abdiquer, et
je conserve mes espérances.

— Allons, n'en parlons plus! soupira Berteux,
qui ne se tenait pas pour battu et jugeait nécessaire
de gagner la confiance de Denis. C'est dommage! Ce
mariage nous eût ravis, ma femme et moi, et Marthe
aurait été si heureuse!

Sa parole expira dans une expression d'attendrissement et de regret, qui toucha Denis jusqu'au cœur.

— Mademoiselle Marthe ne me connaît pas, dit-il
simplement.

— Elle vous a vu deux fois, mon cher enfant.
C'est plus qu'il ne faut pour faire rêver une jeune
fille. Croyez bien que ce n'est pas sans avoir reçu
ses confidences que je vous ai parlé comme je viens
de le faire.

Denis ne répondit pas; son émotion devenait plus

intense. Le moyen de n'être pas ému, en apprenant
que cette jolie Parisienne l'avait remarqué et daignait
s'occuper de lui!

— Mais à quoi bon vous entretenir des souhaits
qu'avait formés son âme naïve? continua Berteux
d'un accent larmoyant. A quoi bon vous en entretenir, puisque vous n'êtes pas libre?

— Mademoiselle Marthe m'oubliera vite, observa
Denis, qui ne savait que dire. Je tiens si peu de
place dans sa vie!

Tout en parlant, ils avaient parcouru la plus
grande partie du chemin qui les conduisait au château. Maintenant, ils apercevaient la porte à une
courte distance.

— Si nous en restons là, pensa Berteux, la partie
est perdue. Aucune occasion de reprendre cet entretien ne s'offrira plus.

Obéissant à une inspiration soudaine, il se plaça
devant Denis, qu'il obligea à s'arrêter pour l'entendre.

— Libre à vous, mon cher comte, de croire que
ma fille se résignera à voir s'évanouir son rêve, dit-
il. C'est un trait de modestie qui vous honore, mais
qui n'est pas conforme à la réalité. Marthe a confié
à mon cœur le secret du sien, et, dussiez-vous
croire qu'elle a reçu le coup de foudre dont il est
question dans les romans; dussiez-vous même rire
d'elle et de moi, j'affirme que vous occupez dans
ce jeune cœur une place plus grande que vous ne
pensez.

— Je n'ai rien fait pour la prendre, monsieur.

— C'est vrai, et Dieu me garde de vous rendre responsable d'un accident causé, non par votre volonté, mais par des circonstances mystérieuses, contre lesquelles nous ne pouvons rien. Ce qui arrive, vous ne le vouliez pas. Je ne l'ai pas voulu plus que vous. Mais ma pauvre fille n'en est pas moins à plaindre, puisqu'elle vous aime, car telle est la vérité. Eh bien, je vous adresse une prière : ne détruisez pas trop brutalement son espoir. Ménagez sa sensibilité. Je lui ferai connaître peu à peu l'empêchement qui s'élève entre elle et vous; mais laissez-moi ce soin, et faites en sorte qu'elle puisse croire pendant quelque temps encore que vous ne vous refusez pas à devenir son mari.

— Sera-t-il loyal de la tromper?

— Il s'agit bien de loyauté! s'écria Berteux avec un emportement simulé; il s'agit du repos de mon unique enfant, de sa santé... Et puis, êtes-vous bien sûr, monsieur Denis, que vous m'avez dit votre dernier mot, et que vous serez toujours d'avis de repousser la fortune que vous apporte entre ses bras, en même temps que son cœur, une créature exquise?...

— Monsieur Berteux, ce doute est une offense.

— Eh! parbleu, oui! c'est ainsi qu'on parle d'abord, je le sais. Mais, à la réflexion, les idées se modifient. Vous penserez à tout ce que nous venons de nous dire, et en comparant la triste destinée que vous vous préparez par un mariage accompli contre la

7.

volonté de votre mère, au brillant avenir qui vous attend à Paris, près de moi, sur un théâtre digne de vos talents, si vous épousez ma fille, vous serez peut-être amené à conclure que le bonheur n'est pas là où vous le cherchez. Croyez-moi, ne vous hâtez pas d'engager votre vie.

— Vos conseils sont tardifs, monsieur, répliqua Denis ; ma vie est engagée, je le répète. Je ne refuse pas cependant de vous seconder, pour rendre moins pénible à mademoiselle Marthe la petite déception que, selon vous, elle doit fatalement éprouver. Je vous promets d'apporter beaucoup de prudence dans la démonstration que je tenterai pour la convaincre que je ne suis pas le mari qui lui convient.

— Ma reconnaissance égalera mes regrets, dit Berteux en se mettant de côté pour laisser le passage libre à Denis.

Maintenant, il reprenait espoir. Ses inquiétudes s'apaisaient. Tout fier de son audace, de son habileté dans l'art de mentir, il s'enorgueillissait d'avoir forgé de toutes pièces cette invraisemblable histoire de l'amour de Marthe. Il en attendait des résultats heureux, et quoiqu'il devinât que Denis restait défiant, il recommençait à croire au succès de ses efforts. Quant à Denis, il se débattait sous le poids d'un grand trouble, partagé entre une disposition naturelle à accepter pour vraies les affirmations de Berteux et la crainte d'être dupé ; bouleversé par tout ce qu'il venait d'entendre, et surtout par la révélation qui, dans cette jeune fille qu'il croyait vaine de ses mérites et indifférente à ce qui n'était pas sa beauté, lui montrait un cœur tendre, épris déjà de lui.

— Je suis allé à la poste, disait mystérieusement Berteux, quelques minutes après, à madame de Baumars, en la saluant. Mais la cage était vide; l'oiseau s'est envolé.

— Je le savais depuis hier, répondit-elle sur le même ton. Mademoiselle Gravelot est partie pour Paris. Je dois croire que Denis en est averti; moi, je n'ose l'interroger.

— Ne l'interrogez pas, comtesse, vous ne connaîtriez pas la vérité. Je la connaîtrai, moi, car je partirai demain, en vous laissant ma fille. Travaillez ici, tandis que je travaillerai là-bas, et croyez que nous réussirons.

— Je commence à l'espérer, puisque mademoiselle Marthe est avec nous, répondit madame de Baumars, au moment où la marquise de Villacerf faisait son entrée dans le salon, assise dans son fauteuil que poussait Denis.

L'entretien fut interrompu. Berteux en profita pour se rapprocher de sa fille.

— Mignonne, écoute-moi et retiens mes paroles, fit-il à demi-voix. Tu sais qu'il dépend de toi de devenir comtesse.

— Vous me l'avez déjà dit, mon père.

— Mais je dois t'avertir que tu as une rivale.

— Est-ce mademoiselle de Brinyon? demanda Marthe déjà inquiète.

— Non! celle-là, Denis n'en veut pas.

— Elle était la seule redoutable, s'écria la jeune fille. Et riant d'un joli rire, qui montra l'éclatante blancheur des dents sur l'incarnat des lèvres vermeilles, elle ajouta : — Monsieur mon père, j'ai l'honneur de vous avertir que, dans deux mois, je serai comtesse de Baumars.


# XII

### CHAGRIN D'AMOUR


Depuis quinze jours, Louise Gravelot portait le deuil de la vieille parente auprès de qui elle avait cherché un asile en fuyant Chanac. Sûre d'être accueillie maternellement dans cette maison toute pleine du souvenir de son père, elle n'y était arrivée que pour voir mourir madame Simiani, et apprendre, après avoir reçu son dernier soupir, que l'excellente femme l'instituait son héritière.

— Ce n'est pas l'opulence, mademoiselle, lui avait dit le notaire, le soir de l'enterrement, en lui donnant connaissance des dernières volontés de la morte; votre grand'tante n'était pas riche; mais c'est de quoi vivre à l'abri du besoin, modestement, comme elle a vécu.

Pour Louise, c'était quelque chose de plus; le moyen d'attendre, indépendante et libre, sans recourir à autrui, que Denis fût en état de tenir ses pro-

messes ! Elle avait donc pu se résigner à la solitude
et organiser sa vie en prévision de l'attente que lui
imposaient les événements.

Madame Simiani avait à son service depuis plusieurs mois une jeune femme qui demandait à rester
au même titre auprès de mademoiselle Gravelot.
Elle était veuve, sans enfants ; on la nommait
madame Gabriel. Sa physionomie chafouine, son
regard en dessous, ses attitudes obséquieuses, déplai-
saient à Louise. Elle consentit cependant à la garder,
par respect pour la mémoire de sa parente. En
revanche, elle ne crut pas manquer à ce qu'elle
devait à cette mémoire, en quittant le pauvre et
triste appartement où madame Simiani avait longtemps vécu et était morte. Elle s'installa au rez-de-
chaussée d'une petite maison qu'entourait un de ces
vastes jardins qui s'étagent sur le coteau de Passy.
Elle se créa là un intérieur riant et simple, où toutes
choses étaient à son gré. Si l'ameublement n'avait
rien de somptueux, sous les croisées s'étendait une
pelouse émaillée de fleurs, d'où l'on découvrait, à
travers les arbres descendant jusqu'à la Seine, le
cours du fleuve, l'immensité du Champ de Mars, la
masse confuse des maisons qui s'étendent au delà,
et, les dominant, la coupole dorée des Invalides,
qui resplendissait dans la lumière. Elle espérait
pouvoir vivre dans cette retraite, ignorée, paisible,
presque heureuse en songeant à l'avenir.

Cependant, c'est le regard assombri, le teint pâle,
les yeux obscurcis par les larmes, que nous la retrou-

vons, environ trois semaines après son départ de
Chanac, seule dans sa chambre, vers le soir d'une
orageuse journée. Assise près d'une croisée, elle
rêvait dans une attitude d'accablement. Quelle
femme n'eût pleuré à sa place? Depuis son arrivée
à Paris, bien qu'elle eût écrit plusieurs fois à Denis,
elle attendait encore une réponse. Pour quelle cause
restait-il sourd à ses prières et gardait-il le silence?
Avait-il oublié ses serments? Était-il malade? Ces
questions dressées devant son esprit affolé livraient
son âme aux plus cruelles angoisses. A diverses
reprises, elle avait voulu partir, retourner dans la
Lozère, aller elle-même interroger l'homme qu'elle
considérait comme lié à elle pour toujours. Mais
autant de fois elle avait formé ce projet, autant de
fois elle avait ensuite renoncé à l'exécuter, redoutant d'apprendre au terme de son voyage quelque
irréparable malheur.

Ce jour-là venait de s'écouler comme tous les
autres, sans lui apporter ce qu'elle attendait; elle
se demandait si la lettre si ardemment souhaitée
arriverait le lendemain ou si elle n'arriverait jamais;
et, au fur et à mesure que le soir venait, un sombre
désespoir montait dans son cœur, l'obsédait, l'enva-
hissait, la livrant à toutes les tortures de la jalousie,
à toutes les anxiétés de l'attente, anxiétés et tortures
dont elle connaissait bien la cruauté, car, déjà depuis
une semaine, elle les subissait.

Sa douloureuse rêverie fut soudain interrompue.
Madame Gabriel entrait pour annoncer qu'un inconnu

désirait parler à mademoiselle; un gros homme aux cheveux grisonnants, au teint fleuri, à la démarche lourde. Il se disait chargé d'une mission confidentielle, ce qui décida Louise à le recevoir.

— Mademoiselle, dit-il, lorsque, s'étant assis, il se vit seul avec elle, j'ai le pénible devoir de vous apprendre le mariage du comte Denis de Baumars. Il ne lui a pas été permis de résister au désir de sa famille. Mais, dans l'impossibilité où il s'est trouvé d'écouter plus longtemps son cœur, il s'est rappelé ce qu'il vous avait promis et ce qu'en conséquence il vous doit; il m'a envoyé vers vous afin de vous faire connaître la dure nécessité que lui crée le nom qu'il porte, et de vous exprimer sa ferme volonté de ne pas vous laisser sans ressources. Je suis ici pour faire ce que vous souhaiterez.

Stupéfaite et défaillante, Louise avait écouté silencieusement cet étrange discours, dont chaque parole était tombée sur son cœur comme un coup de massue.

— Qui me prouve que vous venez au nom du comte de Baumars, monsieur? dit-elle d'un accent où se révélaient à la fois son indignation et sa douleur. Je ne vous connais pas.

— Je me nomme Mathias Berteux, et vous comprendrez mieux ma démarche, mademoiselle, quand vous saurez que c'est ma fille, ma fille unique, une des plus riches héritières de Paris, que M. Denis doit épouser.

— Et c'est vous qu'il a choisi pour me l'apprendre!

s'écria Louise, en se levant, révoltée. Il est libre de violer la foi jurée; il est libre de m'abandonner, mais non d'aggraver, par l'insulte, l'infamie de sa conduite. Or, c'est m'insulter, monsieur, que de vous envoyer, vous...

— Veuillez vous calmer, mademoiselle, répondit Berteux, bouleversé par l'éclat qu'il venait de provoquer, et plus encore par la saisissante beauté de Louise; surtout ne vous hâtez pas d'accuser Denis. Il voulait vous écrire. C'est moi qui lui ai conseillé de n'en rien faire, et qui lui ai demandé de me confier la mission que je remplis aujourd'hui. Une lettre, mademoiselle, ne pouvait vous dire tout ce que je vous dirai moi-même; elle ne pouvait vous exprimer, surtout, la pitié profonde que je ressens pour vous et l'ardent dévouement que vous m'inspirez.

— Je n'ai besoin ni de l'un ni de l'autre, monsieur, répliqua Louise, dédaigneuse. Si vous êtes ici avec le dessein de m'apaiser par des protestations semblables à celles que vous venez de prononcer, ou de me consoler en me donnant à entendre qu'on est disposé à m'enrichir pour me dédommager, vous pouvez vous retirer.

— C'est que je n'ai pas épuisé les confidences que je dois vous faire.

— Parlez, alors, monsieur. Mais épargnez-moi l'humiliation d'une bienveillance que je ne peux croire sincère, venant de vous qui détruisez mon bonheur.

Assise au bord d'une chaise, faisant passer son

chapeau d'une main dans l'autre, machinalement,
comme pour occuper ses doigts, Berteux demeurait
embarrassé en présence de cette jeune fille hautaine,
digne, fière et belle, si différente de celle qu'il
s'était attendu à rencontrer. Depuis que, parti de
Chanac, il travaillait, avant même de la connaître,
à se délivrer d'elle, à briser les liens noués entre
elle et Denis, il considérait comme un chef-d'œuvre
d'habileté les procédés odieux auxquels il avait eu
recours. En quittant la Lozère, il s'était assuré
qu'aucune lettre venant de Paris à l'adresse de Denis
ne lui serait remise sans passer par les mains de la
comtesse de Baumars, chargée de détourner de leur
destination celles de mademoiselle Gravelot, et de
les détruire. En arrivant à Paris, il avait soumis à
une surveillance rigoureuse le domicile de madame
Simiani, acheté à prix d'or l'unique servante de la
maison, madame Gabriel, et coupé là, comme à
Chanac, toute communication entre Louise et Denis.
Maintenant, il se présentait pour achever son œuvre,
encouragé par ce que lui écrivait la comtesse de la
complaisance que mettait son fils à s'abandonner peu
à peu au charme pénétrant de Marthe. Il comptait
sur son éloquence, sur son savoir-faire, sur le pouvoir de l'argent qu'il était prêt à prodiguer pour
avoir raison, haut la main, des dernières difficultés.
Il croyait son plan merveilleux et avait tout prévu,
si ce n'est qu'au moment de l'exécuter il se trouverait
en présence d'un orgueil de femme repoussant ses
offres sans même vouloir les entendre.

Puis, à l'embarras résultant de sa déconvenue, venait se joindre l'action soudaine exercée sur tout son être par mademoiselle Gravelot. Déjà, lorsqu'à Chanac il avait entendu parler d'elle pour la première fois, une tentation singulière était montée à son cerveau perverti. Il ne croyait plus guère à la vertu des femmes, et pas du tout à la vertu d'une fille d'officier, élevée à Saint-Denis, tombée ensuite dans la pauvreté, et assez ambitieuse pour rêver de devenir comtesse. Enlever cette aimable personne à son futur gendre, quel meilleur moyen de lui démontrer qu'elle était indigne de lui? Mais ce projet diabolique n'avait fait que traverser son esprit, pour s'évanouir ensuite. Et voilà que, maintenant, la grâce de Louise le faisait revivre, et qu'un désir ardent et violent brusquement secouait les cinquante ans bien sonnés de Berteux. Ce désir ébranlait son audace, troublait son sang-froid, le rendait timide devant Louise indignée et méprisante. Cependant il fallait répondre.

— Le mariage que va contracter Denis, dit-il enfin, mêlant habilement le mensonge à la vérité, pour donner plus d'éloquence à son plaidoyer, ce mariage, mademoiselle, était depuis longtemps arrêté entre sa mère et moi. C'était, permettez-moi de vous le dire, la nécessité de relever la fortune détruite de la maison de Baumars, dont Denis est, vous le savez, l'unique héritier, qui avait décidé cette affaire. Quand on porte un nom tel que le sien, on se doit à ce nom ; on se doit au passé comme à l'avenir de la race d'où

l'on est sorti ; on a des devoirs. Denis les oubliait
quand il s'engageait envers vous ; il a été coupable
en les oubliant ; sa mère a dû les lui rappeler, et il
n'a pas été libre de s'y soustraire. Pour moi, mon
rôle était tout tracé, ajouta Berteux larmoyant. Ma
fille aime Denis. Si elle l'avait perdu, elle serait
morte !

— Et c'est à votre fille qu'on ma sacrifiée ? objecta
froidement Louise.

— Vous reconnaîtrez au moins, mademoiselle,
que, quelque digne de respect et de sympathie que
vous soyez, je ne pouvais prendre parti pour vous.

— Je ne vous en veux pas, monsieur.

— Vous en voulez à Denis ! Croyez qu'il a résisté ;
j'ai vu ses larmes, j'ai été le témoin de son désespoir.
Mais que pouvait-il contre les menaces de sa mère,
contre les supplications de son aïeule ?

— Et vous osez lui confier le bonheur de votre
fille, monsieur ! s'écria Louise, de votre fille qu'il
n'aime pas, qu'il n'aimera jamais !...

— Hélas ! mademoiselle, il m'en coûte de vous
détromper, dit hypocritement Berteux. Il l'aime.

— Il m'a donc menti ?

— Vous êtes belle, mademoiselle ; il était à vos
pieds.

— Vous a-t-il raconté ce qui s'est passé entre
nous ?

— Il me l'a raconté.

— Oh ! le lâche ! le lâche ! reprit Louise, laissant
couler les pleurs qui gonflaient sa gorge. Je com-

prends maintenant pourquoi il ne m'a pas écrit.
Qu'aurait-il pu m'écrire qui ne fût une offense pour
moi ou une honte pour lui?

— Il m'a tout raconté, continua Berteux, et c'est
pour cela que je suis ici.

— Que pouvez-vous donc pour moi, monsieur?

— Contribuer à réparer le destin dont vous êtes
victime, vous tendre une main amie, vous venir en
aide, si c'est nécessaire, aider peut-être un jour à
vous établir. Je ne remplirai pas seulement les vues
de Denis en veillant sur votre vie, j'obéirai aussi à
la sympathie qui me pousse vers vous. Puisque c'est
ma fille, hélas! qui, bien innocemment, devient la
cause de votre malheur, n'est-il pas juste que je vous
entoure de ma paternelle sollicitude? Ayez confiance,
mon enfant, ces mauvais jours passeront... En attendant, considérez-moi comme un ami dévoué, et ne
trouvez pas mauvais que je vous supplie de renoncer
à voir Denis, à troubler la paix de son ménage.

— Rassurez-vous, monsieur, reprit-elle fièrement,
résignée désormais; il est mort pour moi.

— Ne me direz-vous pas en quoi je peux vous être
utile? continua-t-il rassuré, satisfait de son œuvre et
ne songeant plus qu'aux moyens de gagner la confiance de cette créature d'une séduction si dominatrice.

— Je n'ai besoin de rien ni de personne, monsieur;
je vous remercie, fit-elle.

— Mais de quoi allez-vous vivre? Vous n'avez plus
d'emploi?

— La bonté de madame Simiani m'a mise à l'abri du besoin.

Berteux comprit que sa visite avait assez duré, que Louise voulait être seule afin de pleurer librement. Il se leva pour se retirer.

. — Ne me permettrez-vous pas de vous revoir, mademoiselle? demanda-t-il.

Elle était si malheureuse, si défaillante sous le fardeau de son amour brisé, qu'elle n'entendit pas la question qu'on lui adressait, et ne put y répondre. Berteux interpréta son silence comme un acquiescement.

— Je serai absent pendant un mois, reprit-il, la voix émue, toute chaude d'un accent de sympathie et de générosité. Mais, dès mon retour, vous me reverrez, mademoiselle. Courage! Je ne vous abandonnerai pas.

Sur le seuil de la maison, il rencontra madame Gabriel. Elle l'attendait, inquiète et craintive.

— Tout va bien, lui dit-il. Vous continuerez à veiller. Si vous pressentiez un coup de tête, quelque acte de désespoir, un départ, vous m'écririez à Marvejols. Songez à me bien servir; vous n'aurez pas à le regretter. N'oubliez pas, ajouta-t-il, de laisser des instructions au portier de la maison qu'habitait madame Simiani. Il ne doit, sous aucun prétexte, donner à personne l'adresse de mademoiselle Gravelot.

— Ce sera d'autant plus facile qu'il l'ignore, répondit madame Gabriel. Monsieur peut partir en repos : il sera content.

Lorsque Berteux remonta dans sa voiture, qui stationnait devant la porte, il était enchanté de lui, émerveillé de son savoir-faire, tout fier du succès de ses combinaisons. S'accusant mutuellement d'ingratitude et d'oubli, Louise et Denis étaient à jamais séparés. Ses ambitieux projets allaient se réaliser. Sa fille serait comtesse.

S'il s'était donné la peine d'interroger l'avenir, peut-être eût-il redouté les suites ultérieures de ses plans si savamment tramés. Ne se retourneraient-ils pas contre lui, lorsque ceux qui en étaient victimes découvriraient le rôle odieux qu'il venait de jouer? Mais son habileté manquait de prévoyance; l'avenir l'inquiétait peu. Et puis, quelque entière que fût sa satisfaction, elle était dominée par un sentiment plus intime et plus personnel, qui l'empêchait de la raisonner. De son entrevue avec Louise, il emportait une impression fiévreuse et profonde, un parfum capiteux qui le grisait et aiguillonnait ses sens dans un déchaînement de jeunesse reconquise et de désirs subitement éveillés. Il ne songeait à l'avenir qu'emporté par d'étranges rêves, dans lesquels sa vie se déroulait dorée par l'amour, associée étroitement à la vie de cette jeune fille d'une beauté si puissante, qu'il laissait en larmes et dont il rêvait de devenir le consolateur.

# LIVRE SECOND

---

## I

### GRAINE D'ACTIONNAIRE.

Sous la transparente lumière d'un joli matin de septembre, madame Floyd, « pédicure et manucure des princes et de la noblesse » , montait l'avenue des Champs-Élysées, du rond-point à l'Arc de triomphe. Paris, en ce quartier brillant, avait, à cette heure matinale, une physionomie pénétrante d'apaisement et de fraîcheur. Aux blanches façades des hôtels qui bordent l'avenue, les fenêtres des étages restaient closes. Mais, aux rez-de-chaussée, les portes cochères ouvertes laissaient voir, au fond des cours, à travers le nuage de poussière que soulevaient les balais sous les voûtes, des palefreniers en train de laver des voitures et d'étriller des chevaux, des jardiniers entre-bâillant les vitrages des serres pour y renouveler l'air, des fournisseurs se glissant par les portes de service, portant sur la tête des mannes pleines de provisions.

Puis, c'était, au passage, des marbres, des ors, des bouts de rampes, des palmiers verts, entrevus du dehors, sur les premières marches des montées d'escalier offertes pour une heure à la curiosité des passants.

Sur l'avenue, l'eau qui s'échappait en pluie des tuyaux d'arrosage, pour retomber sur la chaussée, piquait d'étincelles la brume légère et dorée de l'air, tremblant rideau au delà duquel l'Arc de triomphe encadrait magnifiquement un fond de ciel bleu. Dans l'embrasement du soleil naissant, cette brume molle s'éclairait, se colorait, enveloppait d'une vapeur lumineuse le sol, l'azur, les arbres, et jusqu'aux cavaliers qui dépassaient madame Floyd et se dirigeaient vers le Bois.

Ce mouvement de vie recommençante ne surprenait pas la brave dame. Elle avait eu le loisir de s'y faire, depuis trente ans que, des hauteurs de Montmartre où elle habitait, chaque jour la ramenait vers les mêmes lieux, à la même heure. Elle allait d'un pas régulier, mais lent; le pas d'une sexagénaire alourdie par l'obésité, que sa profession, peut-être aussi le soin de sa santé, condamne aux longues marches, et qui, dès le matin, règle sagement l'emploi de ses forces, afin d'équilibrer sa fatigue et d'en porter le fardeau, sans défaillance, jusqu'à la fin du jour. A observer sa démarche abandonnée et indolente, on eût deviné qu'aucun événement, quelque extraordinaire qu'il fût, ne pouvait l'être assez pour la décider à se départir de ses sages habitudes et à marcher plus vite.

Sa large face écarlate s'épanouissait dans la ruche blanche d'une capote en paille brune, au sommet de laquelle tremblait, sur des tiges en laiton, un bouquet de pivoines artificielles. Un waterproof défraîchi la couvrait des pieds à la tête, ne laissant passer, sous son extrémité fripée et décolorée, que les bords d'une antique robe verte, qui balayaient le trottoir derrière elle. Croisée sur son ventre, ses mains gantées de noir tenaient une petite boîte plate en maroquin brun, qui renfermait ses instruments de travail, « sa trousse », ainsi qu'elle disait non sans fierté à ses clients, comme si elle eût cherché à relever à leurs yeux sa position sociale et à donner aux humbles actes de son état les proportions d'une audacieuse opération chirurgicale.

Une maîtresse femme, madame Floyd! La plus habile « faiseuse de mains » qu'il y eût, la plus experte « arrangeuse de pieds », ayant eu l'art de former sa clientèle de ce que comptait de plus éminent, dans tous les genres, le monde parisien. « Pédicure et manucure des princes et de la noblesse », disaient ses cartes. Mais elle n'était pas exclusive, et cette formule orgueilleuse ne donnait qu'une imparfaite idée du nombre et de la qualité de ses relations. Il y avait beau temps que, du sommet social où elle opérait à ses débuts, elle s'était appliquée à gagner aussi la confiance des castes moins aristocratiques, sinon moins opulentes, à se démocratiser. Elle frayait non-seulement avec « les princes et la

8

noblesse », mais aussi avec la finance, la haute bour-
geoisie et la société galante.

— J'entre tour à tour chez Plutus, chez Pénélope
et chez Phryné, se plaisait-elle à répéter, en femme
qui sait son histoire.

Elle saisissait sur le vif la physionomie des inté-
rieurs; elle surprenait les drames de famille; elle
s'initiait aux conceptions des grands spéculateurs
et aux espérances des intrigants; elle essuyait les
larmes des belles éplorées; elle se mettait au courant des détails domestiques les plus intimes. Elle
se chargeait de porter des messages d'amour, se faisait l'intermédiaire des liaisons naissantes, atténuait
le choc des ruptures accidentelles ou définitives.
Elle racontait à droite ce qu'elle avait appris et en
profitait. Elle écoutait, retenait ce qui lui était revenu
de gauche, se faisant aimer de tous ceux qui l'appro-
chaient, leur devenant indispensable, quand une fois
ils avaient essayé de sa diplomatie et s'étaient accoutumés à n'avoir plus pour elle de secrets.

Chronique vivante, elle savait tout et connaissait
son monde sur le bout du doigt. Voulait-on se ren-
seigner à propos d'un étranger fraîchement débar-
qué, désirait-on découvrir l'amant de cœur de mademoiselle Trois-Étoiles, ou calculer les pertes subies
par M. Quidam à la dernière liquidation, on pouvait
s'adresser à elle, car, sur la plupart des personnages
en vue, elle était en état d'en narrer plus long que
la police. On recueille tant d'informations précieuses
en limant les ongles d'une jolie femme, ou en extir-

pant les cors d'un financier! n'est-ce pas, maman
Floyd? Ce n'était donc pas seulement son embonpoint
qui rendait sa démarche pesante et solennelle; c'était
aussi le fardeau des secrets confiés à sa discrétion.
Elle n'ignorait rien de ce que cachaient derrière
leurs murailles la plupart des maisons devant lesquelles elle passait. Elle avait tout fouillé de son œil
chercheur, les alcôves et les coffres-forts. Une femme
devient redoutable quand elle sait tout ce que savait
madame Floyd; oui, terriblement redoutable, surtout
quand elle est parvenue à faire croire à ceux mêmes
qu'elle trahit que sa mémoire reste toujours close
comme un tombeau.

Arrivée au rond-point de l'Étoile, elle s'arrêta
devant l'un des hôtels qui donnent à la place un
caractère monumental. C'était l'hôtel que Mathias
Berteux avait acheté deux années avant, avec le pro-
duit des gains réalisés par lui sur la construction des
chemins de fer portugais, et qu'il habitait depuis;
palais somptueux qui dressait insolemment sa façade
devant l'Arc de triomphe, comme pour opposer aux
œuvres de la gloire les œuvres de l'argent. Elle en
fit le tour jusque dans la rue de Tilsitt, où se trouvait l'entrée, franchit la grille, traversa la cour, après
avoir répondu au salut familier du portier, et, au delà
d'une massive porte vitrée, se trouva dans l'escalier.

— Montez vite, madame Floyd, lui cria du second
étage le valet de chambre de Berteux, penché sur la
rampe. Vous êtes attendue. Monsieur vous a deman-
dée trois fois.

Mais, au lieu d'obéir, elle s'arrêta sur une marche, tira sa montre, la regarda, et répondit en levant la tête :

— Je vous prie de remarquer, monsieur Jean, qu'il est huit heures moins deux minutes. Je ne suis donc pas en retard.

— On ne vous accuse pas, madame Floyd. Mais monsieur est si pressé ce matin !

— Ce matin comme tous les jours, fit-elle en recommençant sa lente ascension. Depuis un an que je viens ici une fois par semaine, je ne l'ai jamais vu autrement que pressé. Il a bien tort de se décarcasser de la sorte. Si j'en faisais autant, j'arriverais chez mes clients, suante, échauffée, la main tremblante, et je les estropierais. Du calme, monsieur Jean, du calme, tout est là.

— Je cours vous annoncer, répliqua Jean, au moment où elle mettait le pied sur le palier du second étage.

Elle resta debout, en l'attendant, appuyée à la rampe, reprenant haleine et s'essuyant le front où perlaient, malgré la prudente lenteur de sa marche, quelques gouttes de sueur. Jean reparut presque aussitôt. Il la fit entrer chez Berteux, qu'elle trouva, sortant du bain, enveloppé dans une robe de chambre en laine blanche, allongé sur un canapé devant une table chargée de papiers qu'il examinait, et parmi lesquels se trouvaient à portée de sa main, sur un plateau d'argent, du vin de Madère et des biscuits.

Un jour clair et joyeux pénétrait par deux fené-

tres dans cette vaste pièce, meublée avec un grand
luxe, et dont les murs étaient tendus de drap bleu.
Par une porte entre-bâillée, on apercevait le cabinet
de toilette, avec sa table de marbre blanc, toute
chargée de brosses montées en ivoire et de flacons en
cristal taillé, la toile cirée jetée sur le parquet, et la
baignoire d'où montait, sur la blancheur du linge
humide, une vapeur tiède qui s'en allait au dehors
par une croisée ouverte.

— Monsieur, je suis votre servante, dit madame
Floyd en saluant Berteux.

— Bonjour, madame Floyd, bonjour, répondit-il
d'un ton bonhomme, en posant sur la table le papier
qu'il lisait. Je ne vous en veux pas ; mais vous pourrez
vous vanter de m'avoir fait attendre.

— Huit heures sonnent, monsieur.

— Vous auriez pu être là une demi-heure plus
tôt.

— C'est le temps qu'il me faut pour venir de chez
M. Albert Malécot chez vous, monsieur. J'arrivais
chez lui à sept heures ; j'en sortais à sept heures et
demie. Vous voyez que je n'ai pas perdu une minute.

— Vous en auriez gagné vingt si vous étiez venue
en voiture. Il faudra me donner la liste de vos clients,
ajouta-t-il gaiement. Je les inviterai à s'unir à moi
pour vous offrir un coupé et un cheval.          .

— Ne vous donnez pas cette peine, monsieur. Mes
moyens me permettent de louer une voiture au
mois ; mais ma santé me le défend. Une voiture ! ce
serait ma mort. Il me faut de l'exercice, beaucoup

8.

d'exercice. Je lutte contre l'embonpoint, monsieur, je lutte avec succès, mais à la condition d'aller à pied.

Tout en parlant, elle avait ouvert la boîte aux instruments, posée à terre à côté d'elle, et s'était assise en face de Berteux sur une chaise basse, en couvrant ses genoux d'une serviette blanche. Pensif, il la regardait faire.

— Je suis prête, monsieur, dit-elle.

Il laissa tomber sa pantoufle, et posa sur la serviette son pied nu, un gros pied rouge, à la peau rude, toute soulevée par le dessin des veines gonflées, et moite encore de la chaleur du bain.

— Travaillez, soupira-t-il résigné.

De ses mains grasses aux ongles bombés et roses, éclatant spécimen de son savoir-faire, madame Floyd se mit à l'œuvre, taillant, rognant, limant. On n'entendait plus que le bruit des ciseaux qui brillaient au bout de ses doigts blancs.

— Quand j'ai quitté M. Malécot, fit-elle tout à coup, il allait s'habiller pour venir vous trouver, monsieur.

— Oui, nous avons un rendez-vous.

— Au sujet du Comptoir central des valeurs mobilières, sans doute, cette société que vous fondez avec lui, au capital de vingt cinq millions?

— Vous savez cela, madame Floyd? Qui vous a si bien instruite?

— La rumeur publique. On ne parle pas d'autre chose. Les actions se négocient avec une prime de deux cents francs.

— Une prime de deux cents francs, avant d'être émises !

— Ce sera un fier succès.

— Je le crois, madame Floyd, je le crois. Mais j'ajoute que ce succès est mérité. Songez donc ! une banque comme celle que je crée, avec un capital sérieux, un conseil d'administration hors ligne, le doublement du capital assuré avant qu'il soit trois mois, tout un programme d'opérations lucratives, c'est une chose qui ne se voit pas tous les jours.

— Une idée d'homme de génie, objecta tranquillement madame Floyd.

— Si vous en êtes convaincue, il faut le dire, le répéter, ne pas vous lasser de le proclamer, reprit Berteux. Vous voyez beaucoup de monde ; faites-nous de la propagande.

— Je n'y manquerai pas, monsieur.

Il y eut un silence. Berteux se tenait coi, blotti sur le canapé, abandonnant ses pieds à madame Floyd.

— L'ami Malécot est-il toujours amoureux de la belle Blanche Marcigne ? demanda-t-il au bout d'un moment.

— Votre question est indiscrète, monsieur.

— Indiscrète ! Malécot est un ami. Si je la lui posais, il y répondrait. Vous pouvez donc me répondre. D'ailleurs, il ne saura pas que je vous ai parlé de son amie.

— Il est toujours très-heureux avec elle.

— Une interminable lune de miel, alors ! Ça

doit lui coûter gros. La petite a les dents longues.

— C'est vrai! Mais elle est si jolie qu'elle ne saurait faire payer trop cher sa fidélité. L'autre pied, monsieur.

— Sa fidélité! s'écria Berteux en obéissant. Vous croyez donc qu'elle est fidèle a Malécot?

— Je le crois, j'en suis même sûre.

— On m'a pourtant affirmé le contraire.

— *On* est un grand menteur, monsieur.

— Si vous saviez à qui s'applique cette épithète, madame Floyd, dit Berteux en riant, vous la regretteriez. C'est par mon gendre que j'ai appris les fredaines de Blanche. Il paraît qu'elle en fait voir de grises à Malécot.

— Votre gendre! s'écria madame Floyd, oh! les hommes! Monsieur, vous ne me trahirez pas, mais j'affirme que M. le comte de Baumars est le dernier qui ait le droit de médire de la personne dont nous parlons.

— Pourquoi? demanda Berteux, cessant de rire.

— Parce qu'il n'ignore pas qu'il se fait l'écho de propos calomnieux. Or, un galant homme ne doit pas calomnier une femme, même pour se venger d'un refus.

— Un refus! Que me chantez-vous, madame Floyd?

— Une chanson qui ne dit que la vérité.

De nouveau le silence se fit. Berteux, un peu pâle, les lèvres serrées, suivait d'un œil morne le

jeu de la pédicure autour de son pied. Sa sérénité
de tout à l'heure venait de s'évanouir, et les plis de
son front attestaient que de sombres pensées maintenant hantaient son esprit. Quand madame Floyd
eut fini, il se redressa, remit ses pantoufles; et comme
elle était venue s'asseoir à côté de lui, au bord du
canapé, il lui tendit une de ses mains sur laquelle
elle continua à opérer, coupant les chairs mortes à
l'extrémité des doigts, arrondissant les ongles, couvrant leur surface de poudre rose et les frottant avec
un lambeau de peau de gant pour leur donner un
brillant éclat. Soudain, cédant à la curiosité qui le
tourmentait, Berteux reprit doucement :

— On parle donc de mon gendre, madame Floyd?

— Je ne sais si je dois, monsieur...

— Oh! dites! Vous devinez bien que ma question
est sérieuse.

— Plus sérieuse probablement que les histoires
qui circulent sur M. le comte.

— Et ces histoires, vous les connaissez?

— Toujours les mêmes. M. le comte est jeune;
il s'amuse; on l'a vu aux Ambassadeurs avec une jolie
personne aux cheveux jaunes; il joue gros jeu à son
cercle; il engage des paris aux courses et il les perd.
Voilà ce qui se raconte; mais est-ce vrai?

— Ajoutez qu'il a fait la cour à Blanche Marcigne.

— Cela, je ne peux le nier; je le tiens d'elle.

— Et ma pauvre fille qui relève à peine de couches et qui ne se doute de rien!

— Heureusement, monsieur! Vous ne pouvez souhaiter qu'elle découvre la vérité.

Berteux baissa la tête sans répondre.

— Je suis désolée si je vous ai révélé des faits que vous ignoriez, dit avec timidité madame Floyd.

— Vous ne m'avez rien révélé, répliqua Berteux. Je ne savais rien de précis, mais j'avais deviné que Denis se dérange. C'est égal! être allé chercher au fond d'un pays perdu un gentilhomme pauvre, honnête, ignorant les turpitudes de Paris, l'avoir choisi tel avec l'espoir qu'il serait un mari fidèle et irréprochable, et le voir se transformer en viveur, moins de quinze mois après son mariage, c'est cruel, madame Floyd, avouez-le.

— Cruel, oui, monsieur, mais logique; et je m'étonne qu'un homme de votre expérience ait pu penser qu'un jeune provincial de bonne mine, portant un beau nom, pourrait passer de sa pauvreté à la richesse, de ses montagnes sauvages aux séductions de Paris, d'un isolement sans joie aux tentations qu'allait faire naître sous ses pas sa situation nouvelle, sans subir l'ivresse de tant de plaisirs devinés ou entrevus, et sans être entraîné à y mordre, alors qu'ils étaient mis à sa portée. Au surplus, n'exagérons rien. Que M. le comte ait fait la fête, cela n'est pas douteux. Mais il n'est pas à ma connaissance qu'il ait dépassé la mesure, et sans doute vos conseils suffiraient à l'arrêter sur une pente périlleuse, s'il s'y engageait.

— Dieu vous entende! Je lui parlerai, et j'espère

qu'il me comprendra. Malheureusement, je n'ai pas assez d'autorité pour lui imposer mes conseils. Et puis, confessa-t-il pour conclure, il est bien certain que l'exemple que je lui donne n'est pas très-édifiant.

Madame Floyd, ayant accompli sa tâche, écoutait, grave et discrète, Mathias Berteux, en rangeant ses instruments dans leur boîte. Quand elle eut fini, prête à partir, elle resta debout devant lui, une pointe d'ironie au fond de son regard froid, un peu surprise d'entendre ce féroce égoïste, qui ne s'était jamais occupé que de lui, s'inquiéter tout à coup, comme par hasard, de l'inconduite de son gendre, et, au moment où il en apprenait divers traits, tenter de la justifier en rappelant la sienne.

— Il est vrai que vous êtes jeune encore, monsieur, dit-elle enfin.

— Oui, c'est cela, raillez-moi! Je ne suis pas jeune, madame Floyd. Mais on aime à tout âge, et je suis amoureux, tout comme Malécot; seulement, celle que j'aime n'est pas une Blanche Marcigne.

— Je dois vous croire, monsieur, puisque je ne la connais pas.

— Non, vous ne la connaissez pas, madame Floyd, ni vous, ni personne. Je la cache, continua Berteux, à qui ce souvenir subitement évoqué rendit sa belle humeur, et je la cacherai, je l'espère, longtemps encore. Ah! mon Dieu, neuf heures moins un quart! s'écria-t-il, après avoir jeté les yeux sur la pendule; Malécot va venir; je n'ai que le temps de m'habiller. Au revoir, madame Floyd!

— Un mot seulement, monsieur, dit-elle en le retenant d'un geste.

— Parlez vite, si ce n'est pas long.

— Pourrai-je, avec votre protection, être admise à souscrire aux actions du Comptoir central des valeurs mobilières, à souscrire au pair, bien entendu?

— Vous voulez de nos actions?

— Puisqu'elles font prime, monsieur. Hier soir, j'ai voulu en acheter à la petite Bourse; on n'en trouvait pas à moins de six cents francs. Je n'ai pas osé les payer si cher, et j'ai pensé que si vous vouliez m'en donner deux cents à l'émission...

— Deux cents, c'est trop! Je me suis laissé arracher déjà tant de promesses! Vous en aurez cent, et c'est encore un fameux cadeau que je vous fais, madame Floyd, car je les prends sur les miennes, et nous comptons bien qu'à la fin du mois chaque titre gagnera trois cents francs. Je ne le regrette pas, du reste; je suis ravi, au contraire, de vous faire profiter d'une bonne aubaine.

— Merci, monsieur, vous n'obligez pas une ingrate. Quand dois-je vous apporter le montant de mon versement?

— Envoyez-le à la Banque Malécot, au crédit de mon compte. Je vous inscris pour cent actions, ajouta-t-il, en traçant au crayon le nom de madame Floyd à la fin d'une longue liste qu'il prit sur la table parmi ses papiers. Dans quelques jours, quand nos bureaux seront installés, vous vous y présenterez avec

votre récépissé; on vous l'échangera contre un
certificat d'inscription. Et puis, croyez-moi, ne vous
hâtez pas de vendre. Nous voulons atteindre en
quelques semaines le cours de mille francs. Ne le
répétez guère; mais faites-en votre profit.

Quand madame Floyd sortit de l'hôtel, elle marchait dans un rêve doré. Cent actions cédées par
Malécot, à qui elle n'avait pas dit qu'elle comptait en
demander à Berteux; cent actions cédées par Berteux, à qui elle avait laissé ignorer qu'elle en tenait
autant de Malécot, lui assuraient, dans un avenir
prochain, à en croire les fondateurs du Comptoir
central, un gain variant de soixante mille à cent
mille francs. Ce bénéfice inespéré, si facilement
obtenu, ne se liait dans la pensée de madame Floyd
à aucun projet de retraite définitive, à aucun rêve de
vie oisive et indépendante. Il ne représentait, à ses
yeux, qu'un accroissement de la fortune qu'elle possédait déjà, fruit d'économies laborieusement amas-
sées ou d'heureuses spéculations, entreprises sur le
conseil d'un de ses clients de la haute banque; un
accroissement, pas autre chose, car, pour rien au
monde, elle n'eût abandonné la carrière qu'elle parcourait depuis trente ans, au cours de laquelle elle
s'était créé de brillantes et utiles relations, et qui se
résumait pour elle dans le souvenir des joies longue-
ment savourées, des confidences reçues, des secrets
surpris et des profits réalisés. Elle voulait tailler, ro-
gner, limer jusqu'à la fin de sa vie; elle ne se voyait pas
vieillissant les mains oisives; elle redoutait le repos.

Comme elle tournait le coin de l'avenue, elle croisa le coupé d'Albert Malécot. L'associé de Berteux l'aperçut au passage, se pencha à la portière et lui envoya de la main un amical bonjour, tandis que sa figure en lame de couteau, maigre et chafouine, grimaçait un sourire.

— Ils vont travailler pour moi, pensa-t-elle en se rengorgeant. Travaillez, mes agneaux. Puisse le ciel vous inspirer et votre habileté faire monter les actions du Comptoir central des Valeurs mobilières!

Elle s'épanouissait dans un mouvement de satisfaction orgueilleuse, en se remettant en route pour continuer sa tournée quotidienne chez ses clients.

## II

### COMMENT SE FORME UN CONSEIL D'ADMINISTRATION.

La conférence entre les deux associés durait depuis une heure. La porte du cabinet de Berteux restait close. Jean, le fidèle valet de chambre, avait reçu l'ordre de la défendre rigoureusement contre les visiteurs, qu'il introduisait, en attendant qu'elle s'ouvrît, dans l'un des salons du premier étage, au fur et à mesure qu'ils se présentaient.

Assis devant la croisée entre-bâillée d'où son regard suivait distraitement le défilé des cavaliers et des voitures autour de l'Arc de triomphe, Albert Malécot fumait un cigare en écoutant Berteux qui lisait à haute voix les statuts du Comptoir central des Valeurs mobilières.

— Est-ce bien ainsi? demanda Berteux lorsqu'il fut arrivé à la dernière ligne du manuscrit.

— Pas un mot à changer, répondit Malécot en se levant. Nous n'avons plus qu'à aller chez le notaire pour signer les actes. Il nous attend à onze heures.

— As-tu le certificat de versement?

— Le voici.

— Tout est donc régulier.

— A peu près. Ce qui ne l'est pas se régularisera dans quelques semaines, après la liquidation du syndicat que nous avons formé pour la vente de nos titres. D'ailleurs, qui pourrait se plaindre? Ne sommes-nous pas là, toi et moi, comme garants?

— Ça, c'est vrai, dit Berteux en souriant; nos deux signatures réunies valent assez d'argent pour inspirer à tous confiance et sécurité. Si l'on nous eût prédit, il y a vingt-cinq ans, mon vieux Malécot, qu'un jour viendrait où les millions afflueraient dans notre caisse, si l'on nous eût prédit cela, aurions-nous été assez incrédules!

— Toi peut-être; mais pas moi, répliqua Malécot; je n'ai pas douté de l'avenir.

— Te voyais-tu à la tête d'une société financière au capital de vingt-cinq ou de cinquante millions, installé en cette qualité dans un véritable palais élevé sur la place de la Bourse?

— Je me suis vu plus loin et plus haut.

— Au pouvoir, alors! ministre des finances?

— Peut-être, répondit Malécot en jetant vers le ciel un regard de défi, comme pour le prendre à témoin de la sincérité de ses paroles. Oui, j'affirme que je n'ai pas désespéré un seul jour du résultat de nos efforts, même quand nous traînions mélancoliquement sur le pavé des rues nos projets et notre impuissance à les réaliser !

— Ah! tu es solidement trempé.

— J'ai confiance en mon étoile, voilà tout, objecta Malécot.

C'était un petit homme maigre et tout nerfs, qui se démenait en parlant, les mains crispées sur le dossier de la chaise à laquelle il continuait à s'appuyer, quoique debout. Des petits yeux sans éclat éclairaient sa face blême; l'ossature accentuée de son pâle visage, si différent du visage gras et fleuri de Berteux, révélait la maigreur de sa personne.

— Espérons qu'elle nous protégera, ton étoile, reprit Berteux. A propos, fit-il, ne serait-il pas nécessaire, avant d'aller chez le notaire, d'arrêter définitivement la liste des administrateurs?

— N'est-elle pas arrêtée?

— C'est pour en finir que je t'avais mandé ce matin. Les statuts, continua Berteux, disposent que le conseil d'administration se composera de sept membres au moins, de onze au plus. Pour commencer, nous n'en ferons élire que sept. Nous disons : Mathias Berteux, président, et Albert Malécot, vice-président; puis, le comte de Louville, député, officier de la Légion d'honneur ; le président Pégardie, ancien magistrat, chevalier de la Légion d'honneur ; Daniel Reyre, intendant général en retraite, commandeur de la Légion d'honneur ; le comte Denis de Baumars, propriétaire...

— En voilà des capacités financières de haute volée, s'écria railleusement Malécot. Reyre tombe en enfance ; Pégardie devient aveugle. Quant à ton gendre, il n'entend rien aux affaires...

— Tu te trompes, Malécot, il est plus fort que tu ne crois.

— Soit, mais les deux autres?

— Comptes-tu pour rien l'autorité, la respectabilité de leur nom?

— Tu as réponse à tout, Berteux. Je m'incline. Mais nous ne sommes que six...

— Il nous faut encore un collègue.

— Il est trouvé. Ajoute à ta liste Tony Malécot.

— Tu veux faire entrer ton fils dans le conseil? s'écria Berteux.

— Tu y as bien fait entrer ton gendre ! répartit aigrement l'associé.

— A cause de son titre, cher ami... Ton fils est jeune, joueur, grand mangeur d'argent ; il m'effraye...

— Te figures-tu par hasard que le comte de Baumars est un petit saint? C'est lui qui devrait t'effrayer! Depuis quinze mois qu'il est marié et qu'il habite Paris, il a franchi un rude chemin.

— Malécot, tu vas me blesser...

— Toi, tu m'as déjà blessé, Berteux. Si tu veux que

je te tolère ton gendre, tolère-moi mon fils. Ils se
valent.

— Nous ne nous brouillerons pas pour si peu,
répondit Berteux résigné, en ajoutant le nom de
Tony Malécot à la liste des membres du conseil
d'administration. Voilà qui est fait. Seulement, il
est bien entendu que tu t'engages à surveiller le
petit.

— J'allais te demander le même engagement au
sujet de ton gendre. C'est ton devoir autant que le
mien, mon vieux, de ne pas mettre la bride sur le
cou à ces jeunes gens. Nous sommes responsables
de leurs actes.

Choqué par les ripostes pressées de son associé,
Berteux allait protester, ne pouvant se résoudre à
admettre que le brillant gentilhomme dont sa fille
portait le nom fût assimilé à ce petit Tony Malécot,
dont les journaux avaient conté maintes fois les
scandaleuses extravagances. Il eut cependant assez
d'empire sur lui-même pour dissimuler son mécon-
tentement. Son associé lui était nécessaire; il ne
voulait pas compromettre par une querelle l'entente
qui régnait entre eux.

— Nous n'avons pas songé aux commissaires-cen-
seurs, dit-il.

— Il sera aisé de les recruter parmi nos amis. Ce
qu'il nous faut surtout, c'est un homme docile et
souple, un homme de paille, quoi!

— Mais encore est-il bon qu'il ait quelque notoriété.

— Eh bien, nous avons le temps d'y penser. Pour le quart d'heure, il s'agit d'aller chez le notaire. Partons-nous?

— Dans quelques minutes, répondit Berteux en tirant le cordon d'une sonnette. Ai-je des visites? demanda-t-il au valet de chambre accouru à son appel.

Jean lui remit une demi-douzaine de cartes qu'il lut du bout des yeux, rapidement.

— Tiens, le voilà, notre commissaire-censeur, dit-il en riant à Malécot. Comme dans les comédies, c'est le ciel qui l'envoie.

Et s'adressant à Jean, il ajouta :

— Excusez-moi auprès des personnes qui m'attendent : appelé au dehors par un rendez-vous pressé, je les prie de revenir demain matin. Ne retenez que M. le baron de Jussac, et faites-le monter.

— Le baron de Jussac! connais pas, fit Malécot lorsque Jean fut sorti.

— Un provincial, ami de mon gendre, bonne noblesse du Midi; un brave garçon, mais un pur imbécile.

— Ce qu'il nous faut, alors.

— Doucement, donc, Malécot. Si quelqu'un t'entendait, on pourrait croire que nous ne sommes pas résolus à rester dans les limites de la plus rigoureuse légalité.

— Ce quelqu'un-là se tromperait. Mais sans nourrir des intentions délictueuses, il est permis à des hommes d'affaires de prévoir les cas où un censeur trop scrupuleux pourrait entraver leurs opérations.

Le baron de Jussac entrait. En le voyant, Malécot fut rassuré. Ce gros garçon, aux yeux ronds sans expression, au teint écarlate, à la tenue prétentieuse, à la parole embarrassée, était bien l'homme qu'il fallait.

— Bonjour, baron, s'écria Berteux, en faisant quelques pas à sa rencontre, les mains tendues. Je ne m'attendais guère au plaisir de vous voir ce matin. Je ne vous savais pas à Paris. Je ne reçois pas aujourd'hui; mais, quand on m'a dit que vous étiez là, j'ai fait une exception en votre faveur.

— Vous m'honorez infiniment, monsieur Berteux, répondit Jussac, très-flatté d'être l'objet d'une distinction si précieuse.

— M. Malécot, mon associé, que je vous présente. Malécot, M. le baron de Jussac, lieutenant de louveterie de l'arrondissement de Marvejols, grand propriétaire dans la Lozère. — Les deux hommes se saluèrent. — Depuis quand êtes-vous arrivé? reprit Berteux.

— Depuis hier, monsieur.

— Avez-vous vu Denis?

— Je suis allé le prendre chez lui ce matin, et nous sommes venus ensemble. Pendant que je vous attendais, il s'est fait annoncer à sa belle-mère. Il est auprès d'elle.

— Ne dois-je qu'à mon gendre le plaisir de vous voir, baron, ou bien aviez-vous à me parler?

— Vous savez, monsieur, que je ne traverse jamais Paris sans venir vous offrir mes hommages. Donc, de toute manière, j'aurais sonné à votre porte. Mais la vérité m'oblige à dire que j'ai un service à vous demander, et que c'est sur le conseil du comte de Baumars que je me décide à vous le demander.

— Un service ! De quoi s'agit-il ?

— J'ai conçu le désir d'être actionnaire de l'établissement financier que vous créez.

— Quoi ! vous aussi, baron, vous voulez devenir spéculateur !

— J'ai quelque argent, repondit timidement Jussac, et je cherche à en tirer un bon revenu.

— Rien de plus sage. Ce que vous me demandez est difficile...

— Je viens trop tard ?

— Vous venez tard, mais pas trop tard. Il ne sera pas dit que je vous aurai refusé la première faveur que vous me demandez. Veuillez dîner ce soir avec nous ; nous verrons à arranger les choses à votre gré. Du reste, mon cher baron, puisque vous avez assez de foi dans mes affaires pour me confier vos capitaux, je vais vous soumettre une proposition qui, si vous l'agréez, vous mettra plus près de moi que vous n'y avez été jusqu'ici et me fournira des occasions fréquentes de grossir votre fortune.

— Vous me comblez, monsieur, balbutia Jussac, tout ébloui avant même de savoir de quoi il s'agissait.

— Dans l'établissement que je fonde, les fonctions

9.

de commissaire-censeur sont encore disponibles. Les voulez-vous?

— A quoi cela m'oblige-t-il?

— A venir une fois par an lire devant les actionnaires assemblés un rapport de deux ou trois pages, et à recevoir pour ce léger travail une indemnité annuelle de trois mille francs.

— C'est que je n'entends rien aux chiffres, et ce rapport...

— Vous le trouverez tout rédigé le jour où vous devrez le lire.

— Alors je ne vois pas ce qui pourrait m'empêcher de répondre affirmativement à vos offres bienveillantes, monsieur.

— Acceptez-les, baron, vous n'aurez pas à le regretter. C'est pour vous une entrée dans les grandes affaires.

Dans les grandes affaires! Ces mots prenaient aux yeux du baron de Jussac des proportions singulières. Il en fut comme écrasé.

— Je ne sais, dit-il, comment j'ai pu mériter de telles preuves de votre bonté.

— N'êtes-vous pas l'ami de mon gendre? s'écria joyeusement Berteux. Tenez, le voilà.

Denis n'était plus le jeune homme timide et simple que connaît le lecteur. Quinze mois de vie parisienne l'avaient métamorphosé. Vêtu à la dernière mode, le chapeau sur l'oreille, une canne à la main, resplendissant de jeunesse et de vanité satisfaite, il était beau comme un jeune dieu. Le malheur, c'est qu'il le savait. Déjà les femmes le lui avaient dit, d'autres femmes que la sienne; et l'on n'ignore pas combien les hommes sont sensibles à des confidences de cette espèce et en tirent des motifs de s'enorgueillir.

L'expression un peu insolente de sa physionomie, la netteté cassante de sa parole, la vivacité de son regard toujours en éveil, le sourire facile qui plissait dédaigneusement ses lèvres, tout révélait l'imperturbable aplomb que donnent la possession de l'argent et une haute situation sociale.

— Comment va votre femme, Denis? lui demanda Berteux en lui serrant la main.

— Aussi bien que vous et moi, mon père. Avant huit jours, elle sera debout.

— Ce ne sera pas trop tôt, répliqua Berteux à demi-voix. Vous avez eu, comme mari, de longues vacances, et je crains que vous n'ayez un peu abusé de votre liberté.

— Je ne comprends pas, dit Denis, le visage empourpré.

— Oh! je ne vous demande pas de confidences, quoique j'en aie appris de belles sur votre compte. Vous vous la coulez douce, mon gaillard. J'espère du moins que, maintenant que votre femme vous est rendue, vous redeviendrez un mari fidèle.

Denis n'eut pas le temps de répondre. Malécot interpellait Berteux. Il fallait partir, aller chez le notaire. Il entraîna son associé. Berteux le suivit, en rappelant à Jussac qu'il l'attendait le soir à dîner.

—Où allez-vous, Jussac? demanda Denis au baron,

en descendant l'escalier sur les talons de Berteux et de Malécot. Si vous n'avez rien de mieux à faire, venez une heure au Bois avant déjeuner.

— C'est qu'il faut que j'aille chez mon banquier.

— Pour lui demander de l'argent?

— Pour savoir de quelle somme je peux disposer en ce moment. Votre beau-père a consenti à me céder des actions du Comptoir central des Valeurs mobilières.

— Combien? fit Denis vivement.

— Je n'en sais rien; il ne me l'a pas dit.

— Arrachez-lui-en le plus que vous pourrez. Vous êtes sûr de les vendre avec une prime énorme.

— Les vendre! Je ne dois donc pas les garder?

— Pourquoi faire? miséricorde!

— Pour toucher l'intérêt et les dividendes.

— Ah! vous croyez aux dividendes, vous! fit railleusement le comte de Baumars; on voit bien que vous arrivez de Marvejols. A votre place, je vendrais tout, en réalisant la prime. La prime, voyez-vous, il n'y a que cela de sûr; le dividende, c'est l'aléa. A ce soir, mon cher!

Un joli coupé stationnait devant la porte. Denis y monta en donnant un ordre au cocher. Le cheval prit le trot dans la direction du bois de Boulogne. Jussac le regarda partir, partagé entre un sentiment inavoué d'envie et le doute où le jetaient les paroles incompréhensibles pour lui que Denis venait de lui faire entendre.

— Que veut-il dire? se demandait-il en descendant

l'avenue Friedland. Il ne croit pas aux dividendes!
Il me conseille de vendre mes actions! L'affaire est-
elle donc mauvaise? Mauvaise, elle ne peut pas
l'être, puisque Berteux m'y fait entrer avec des fonctions lucratives. C'est égal, j'interrogerai Denis. Il
faudra bien qu'il s'explique.

Après le départ de Berteux et de Malécot, les
portes de l'hôtel s'étaient refermées. Les gens, un
peu dérangés par le mouvement matinal, les visites,
les appels du maître, reprenaient paisiblement leur
tâche quotidienne. Seule dans sa chambre, madame
Berteux achevait sa toilette, un moment interrompue
par la visite de son gendre. Un grand silence régnait
dans la maison, maison trop grande pour ceux qui
l'habitaient, et dont le luxe était d'autant plus lourd
aux épaules de Cécile, que, depuis le mariage de sa
fille, elle y vivait seule presque toujours. Lorsque
Marthe s'était mariée, madame Berteux avait exprimé
le désir de la garder près d'elle. Mais le jeune ménage
voulait l'indépendance. Il avait refusé les offres de
la mère et s'était installé dans la rue de Marignan,
à un premier étage.

Dès ce moment, la tristesse de Cécile s'était accrue
avec la solitude. Son mari, qui, déjà même avant ce
temps, mangeait rarement chez lui, trouvant bon à
saisir tout prétexte qui le faisait libre, n'y mangeait
plus, sauf le dimanche et le jeudi qu'il consacrait à
sa famille. Ces jours-là, on recevait quelques rares
amis, on ouvrait les salons, et, pour trois ou quatre
heures, l'hôtel retrouvait le mouvement et la vie.

Mais durant la semaine, le silence et la solitude
recommençaient. Berteux sortait tous les jours avant
midi, pour ne rentrer qu'à une heure avancée de la
soirée. Le bruit courait parmi les gens que monsieur
avait une maîtresse et qu'il passait chez elle tout le
temps que ses affaires n'absorbaient pas. Jean, le
valet de chambre, était le seul, disait-on, qui la
connût. Mais Jean, depuis vingt ans au service de
Berteux, investi de sa confiance, inspirait quelque
terreur à la domesticité, sur laquelle il exerçait, par
ordre, une surveillance incessante; et personne n'eût
été assez téméraire pour l'interroger.

Ce que les gens de l'hôtel Berteux ignoraient,
Cécile l'ignorait elle-même. Toujours seule depuis
le mariage de Marthe, elle avait pris l'habitude de
se faire servir dans son appartement, d'où elle ne
sortait guère que pour aller voir sa fille. Pauvre
créature! Elle était parmi les vivants comme une
morte. Toujours dominée par son mari, aux yeux
de qui elle représentait la compagne des débuts
modestes et dont l'attitude était comme un constant
reproche adressé à ses humbles origines, elle n'avait
pu s'élever avec sa fortune. Au milieu du luxe dont
elle était environnée sans en connaître la source, elle
restait la créature simple et sans prestige que, bien
des années avant, Berteux avait découverte au fond
d'une petite ville de province et épousée uniquement
pour sa mince dot. L'opulence, en entrant
dans sa maison, l'avait plus surprise que charmée,
ne lui avait créé aucun besoin nouveau. Disposant

d'un revenu que son vaniteux mari ne marchandait jamais, elle ne s'habillait pas mieux qu'au temps de sa médiocrité, ne recherchait pas plus de bien-être, comme si, sous le fardeau de ce train dé maison que Berteux ne trouvait jamais assez brillant, elle eût été attristée et gênée.

Ce matin-là, au moment où Berteux venait de partir avec Malécot, Cécile se préparait à aller chez sa fille, que les suites de ses premières couches obligeaient encore à garder la chambre. Elle savait par Denis que la mère et l'enfant continuaient à se bien porter, et, pour appeler un peu de joie dans sa triste vie, elle avait formé le projet de déjeuner avec eux. La perspective de quelques heures à passer entre le lit de sa fille et le berceau de son petit-fils mettait un sourire sur ses lèvres pâlies, un rayonnement d'espérance dans son regard attristé. Depuis la naissance du cher être, il lui semblait que les choses se modifiaient en elle et autour d'elle; elle envisageait l'avenir avec plus de confiance. Elle goûtait, en songeant à cet enfant, toutes les douces anxiétés d'une maternité nouvelle, et peut-être son cœur meurtri, désabusé, commençait-il à croire que le bonheur n'est pas un vain mot.

— Voici une lettre pour madame, dit sa femme de chambre en entrant à l'improviste. C'est de madame la comtesse. Le domestique qui vient de l'apporter demande s'il y a une réponse.

Cécile prit la lettre sans émotion. Presque tous les matins, Marthe lui écrivait ainsi des billets courts,

demandant un conseil, parlant du bébé, de la nourrice, d'un achat urgent à faire; mille riens char-
mants, ces riens qui remplissent la vie des jeunes
accouchées et les loisirs des longues convalescences.
Elle déchira l'enveloppe, déplia la feuille de papier
pliée en quatre et lut : « Mère chérie, viens vite,
j'ai besoin de toi; je suis bien malheureuse; Denis
me trompe. — MARTHE. »

Madame Berteux se sentit pâlir; le sang affluait à
son cœur, en précipitait les battements.

— Il n'y a pas de réponse, dit-elle à la femme de
chambre, dont elle surprit le regard curieux fixé sur
elle; je vais chez ma fille.

Une fois seule, elle se laissa tomber sur une
chaise en murmurant :

— Elle aussi, trompée, abandonnée peut-être,
livrée au même avenir douloureux que sa mère.
Oh! ce serait le dernier coup.

Des larmes, lentement, remplissaient ses yeux, et
coulaient sur ses joues décolorées.

### III

#### PETITES JOIES ET GRANDES TRISTESSES.

Un tableau toujours joli, dans sa banalité, que
celui d'une jeune mère souriant à son premier-né.
Ce tableau se renouvelait tous les matins dans la

chambre où Marthe Berteux, comtesse de Baumars,
attendait patiemment l'heure de ses relevailles.
A son réveil, quand la « bonne sœur » qui lui donnait des soins avait soulevé les rideaux et livré passage au jour, elle faisait apporter près de son lit le
berceau de l'enfant; elle renvoyait la nourrice, elle
renvoyait la « bonne sœur », elle restait seule avec le
petit, et, accoudée à l'oreiller dont les dentelles
montaient autour de son bras frais et blanc, le front
penché sur le berceau aux courtines roses, elle
regardait son fils dormir, elle écoutait ses vagisse-
ments doux comme un gazouillement d'oiseau, et
s'il ouvrait les yeux, en agitant ses mains frêles, elle
essayait de saisir au fond de son regard la vision
qu'il semblait poursuivre en deçà de la vie, comme
si quelque lien mystérieux l'eût encore attaché au
monde d'où son âme s'était élancée pour venir
habiter son corps.

Marthe ne connaissait pas de joie plus profonde
que cette contemplation silencieuse. Pendant les
longs mois de sa grossesse, alors qu'un peu écrasée
sous le précieux fardeau de sa maternité naissante,
elle souffrait mille angoisses et mille terreurs,
en prévision de l'enfantement, elle ne comprenait
pas encore son bonheur. Mais lorsqu'au milieu de
cruelles souffrances, désespérée, anéantie, déchirée,
croyant qu'elle allait mourir, elle avait entendu le
cri de l'être sorti de ses entrailles; lorsque Denis,
penché sur elle, tout pâle, lui avait dit en l'embrassant : « C'est un garçon, ma chérie! » lorsqu'on lui

avait présenté, emmaillotté dans les langes, ce pet
bonhomme dont les yeux s'entr'ouvraient à pein
et qui n'avait pas même la taille des poupées ave
lesquelles, fillette, elle jouait, — alors un boulever
sement délicieux s'était opéré en elle, emportan
en une minute le souvenir des maux qu'elle vena
d'endurer. Un flot de larmes avait inondé ses joues
tandis que son cœur s'épanouissait dans la joie trion:
phante des mères. Et c'est depuis ce moment que
chaque matin, elle restait en tête-à-tête avec so
fils, lui parlant déjà comme s'il eût pu la com
prendre.

En le regardant, elle se créait tout un monde d
projets et d'espérances. Comme elle allait l'aimer
le choyer, le dorloter, ce cher trésor, qui créa
entre elle et Denis un lien nouveau! Tant qu'i
serait petit, elle lui prodiguerait les gâteries; mai
lorsqu'il commencerait à grandir, elle l'entourerai
d'une tendresse intelligente; elle deviendrait sévèr
au besoin, car elle voulait l'élever virilement. Le
diverses étapes de la vie qu'elle allait parcouri
avec lui se déroulaient devant son imagination
charmée. Elle se voyait se promenant au Bois
assise dans sa voiture, la nourrice à ses côtés, e
l'enfant, merveilleusement paré, dans les bras d
la nourrice. On se retournait, on admirait l'enfant
et aussi un peu la mère. Plus tard, le bébé faisai
ses premiers pas sur les rochers de Chanac, sou
les yeux de sa grand'mère de Baumars et de so
aïeule de Villacerf; et de toutes les sollicitude

qu'il éveillerait, elle, la mère, aurait sa part. Puis,
il grandissait, et alors se succédaient l'entrée au col-
lége, la première communion, les succès scolaires,
les examens, l'initiation à la vie. Enfin, Marthe
s'élançait, par la pensée, à vingt-cinq ans plus tard;
elle mariait son fils, lui donnait une compagne qui
l'aimerait autant qu'elle-même aimait Denis. Alors,
sa tâche serait accomplie; elle aurait fait un homme.
Et à ce rêve exquis s'ajoutaient d'autres rêves : sûrement, elle serait mère une seconde fois, elle aurait
une fille, et c'étaient encore des bonheur suaves, à
l'éternité desquels croyait sa jeunesse, comme elle
croyait à l'éternité de l'amour de son mari. Et c'est
parce qu'elle en savourait par avance l'infinie douceur qu'elle souriait ordinairement à son fils
gazouillant sous les dentelles de son berceau.

Mais, ce jour-là, ce n'est pas un sourire qui plissait ses lèvres pâlies, tandis qu'elle se penchait avi-
dement sur l'enfant endormi; c'était une contraction
douloureuse, provoquée par un amer chagrin. La
grâce pure de son visage noyé dans la masse dorée
de ses cheveux légers comme un souffle s'était voilée
de gravité et de mélancolie. Un pli rayait son front
pur, et, sous les larmes silencieuses, on lisait au
fond des yeux l'expression d'un subit désespoir, dont
l'orgueil de la femme essayait de contenir l'éclat. La
« bonne sœur » s'était retirée discrètement, inquiète
du changement survenu dans l'état de son accouchée,
n'osant l'interroger, mais devinant bien que quelque
événement pénible avait troublé sa quiétude.

C'est dans cet état que madame Berteux, accouru
à l'appel de sa fille, la trouva.

— Maman, maman, je suis bien malheureuse
s'écria Marthe en voyant entrer sa mère, et donnai
un libre cours à ses larmes.

— Apaise-toi, ma fillette chérie, répondit Cécil
en se débarrassant de son chapeau et de son man
teau, après avoir embrassé Marthe.

Puis, éloignant doucement le berceau, non san
dévorer d'un regard le petit ange qui restait immo
bile, les yeux ouverts, elle s'assit auprès du lit, pass
son bras autour du cou de sa fille et la tint là, retrou
vant pour l'interroger et la consoler, le tendre lan
gage qu'elle lui parlait autrefois lorsqu'elle s'attacha
à calmer ses peines d'enfant.

— Mon mari me trompe! reprit Marthe ave
exaltation.

— Comment le sais-tu?

— J'avais conçu des inquiétudes depuis quelque
jours. Quand il venait m'embrasser le matin, il m
semblait froid, préoccupé; ses traits étaient défaits
Je n'ai pas beaucoup d'expérience encore; mais l
cœur, quand il aime, a des intuitions et des pressen
timents. Cette nuit, réveillée vers trois heures, j'a
été toute saisie par l'affreuse pensée qui m'est venue
Denis n'abusait-il pas de la liberté que l'état où j
suis m'oblige à lui laisser? J'ai voulu en avoir l
cœur net. J'ai prié la bonne sœur d'aller frapper
la porte de sa chambre et de lui dire que je désirai
lui parler. Elle est revenue bientôt. M. le comt

n'était pas rentré. Tu comprends... A trois heures du matin, où pouvait-il être, si ce n'est chez une femme?

— Et tu n'as pas d'autre preuve?

— Celle-là ne suffit-elle pas? D'ailleurs, j'ai su par son valet de chambre que, depuis quinze jours, il ne rentre jamais qu'à une heure avancée de la nuit. Enfin, aujourd'hui, pour la première fois, il est sorti sans venir m'embrasser. Il a allégué que mon père l'attendait, et je ne l'ai pas encore vu. N'est-ce pas que c'est horrible? Ah! vois-tu, pauvre maman, mon bonheur est brisé. D'abord, je veux partir : je ne dois pas rester sous le toit d'un homme qui me trahit. Je prendrai mon fils et je retournerai près de toi...

Madame Berteux secoua la tête.

— Ce sont là des décisions graves, dit-elle; trop graves pour les arrêter ainsi dans un moment d'exaltation. Il faut du calme et du sang-froid, mon enfant. A supposer que ce que tu redoutes soit vrai, il faudrait savoir si le mal est sans remède. Denis a pu se laisser entraîner; mais il t'aime, et il suffira, j'en suis sûre, du spectacle de ta douleur pour ouvrir son cœur au repentir et te le ramener. Tu dis que ton bonheur est brisé, tu exagères; ce qui est vrai, c'est que l'avenir et la durée de ce bonheur dépendent de ce que tu vas faire. C'est par un coup de tête irréfléchi que tu t'exposerais à le détruire.

— Mais si Denis m'a trompée, il faudra donc que je pardonne!

— Oui, ma fille, dans l'intérêt de ton enfan
répondit madame Berteux, en désignant d'un gest
le berceau. J'ai bien pardonné, moi !

— Toi, ma mère, tu t'es résignée, sans même t
plaindre ! s'écria Marthe ; tu as souffert silencieuse
ment ; longtemps, mon inexpérience et mon igno
rance m'ont fait attribuer ta tristesse et tes larmes
des inquiétudes maladives, et peut-être n'ai-je pa
pris à tes chagrins la part que m'imposait le devoi
filial. Il faut me pardonner, j'en ignorais la cause
c'est depuis quelques jours seulement que, sou
l'empire de mes angoisses, j'ai compris les tienne
et deviné pourquoi, ta vie durant, tu as été si mal
heureuse. Mais ton propre exemple, ma mère, m
dicte ma conduite ; si, au début, tu avais protesté
répondu à l'offense par un éclat...

— Je ne sais ce qui serait arrivé : mais, témoin d
la division de tes parents, toi-même, que serais-t
devenue ?

— C'est donc pour moi que tu t'es sacrifiée, m;
mère ?

— C'est pour toi, mon enfant.

Marthe étreignit sa mère contre sa poitrine, l
couvrant de baisers et de larmes.

— Mais je n'ai pas tes vertus, murmurait-elle ; j
n'ai pas ta résignation. Si Denis se détache de moi
s'il ment à ses promesses, s'il me délaisse, que j
proteste ou que je me taise, j'en mourrai.

— Même si tu devais en mourir, continua madam
Berteux, il vaudrait mieux éviter à l'avenir de to

fils le pesant souvenir d'un scandale de famille...

— Oh! toi, tu es une sainte!

— Non, mais une mère qui t'adore, ma chérie, et qui ne veut pas que, par un emportement irréfléchi, tu compromettes irréparablement ton bonheur, menacé peut-être, mais non détruit. Vous êtes bien jeunes, Denis et toi, pour en arriver à l'extrémité dont tu parlais tout à l'heure. Outre que tu le pousserais à une vie désordonnée en l'abandonnant, souvent, crois-en mon expérience, tu regretterais ta rigueur, tu regretterais de n'avoir pas pardonné. S'il est coupable, pardonne, je t'en supplie; épargne-toi le remords d'avoir été trop sévère, d'avoir brisé toi-même le lien qui t'attache à ton mari.

— Devrai-je donc tolérer son offense?

— Encore faudrait-il être sûre qu'il t'a offensée.

— Je te répète que, depuis quinze jours, il ne rentre que fort tard dans la nuit, et qu'il me l'a caché.

— Cela ne prouve rien. N'est-il pas d'un cercle?

— Oui; mais il n'y va jamais.

— C'est-à-dire qu'il n'y allait pas lorsque tu étais debout et l'obligeais à rester près de toi. Mais, depuis six semaines, se trouvant un peu seul, ne sachant que faire de ses soirées, il a sans doute contracté des habitudes; peut-être même aura-t-il joué, ce qui expliquerait ses rentrées tardives. Certes, donner son temps au jeu, ce serait grave, et il y faudrait couper court; mais cela n'aurait pas le caractère odieux d'une infidélité.

— C'est vrai, pourtant, que sa conduite pourrait

s'expliquer ainsi, dit Marthe, dont l'espoir, évoqué par sa mère, séchait les larmes.

— Tu vois donc qu'il ne faut pas se hâter de désespérer, reprit madame Berteux; sois prudente et patiente, mon enfant. Ne laisse pas voir à ton mari que tu as conçu des soupçons. Attache-toi seulement à le retenir dans votre maison; dès que tu seras debout, fais-lui un intérieur aimable et souriant. Efforce-toi de lui plaire. Il est bon, il est généreux, et il t'aime. Tu réussiras à assurer ton empire sur lui. Ah! si ton père lui avait ressemblé!...

Elle s'arrêta sur cette allusion au passé, ne voulant pas en dire davantage, dans la crainte de paraître se plaindre de son mari ou le blâmer. Marthe ne releva pas ses paroles; mais elle sentait son cœur se gonfler d'une émotion inconnue. Sa mère prenait à ses yeux une physionomie nouvelle, grandissait, ennoblie, parée en quelque sorte d'une auréole, l'auréole du long martyre qu'elle venait de laisser discrètement deviner, sans vouloir en raconter les péripéties.

— Tu me donnes à déjeuner? dit madame Berteux à sa fille.

— Tu restes? s'écria joyeusement Marthe.

— Alors même que tu ne m'aurais pas écrit, c'était mon projet.

— Tu déjeuneras là, près de moi, avec Denis; car j'espère bien qu'il va rentrer.

Madame Berteux s'était levée pour se rapprocher du berceau. Maintenant, elle souriait, penchée sur

son petit-fils réveillé, et son cœur s'épanouissait dans
une béatitude profonde, au spectacle de ces bras
frêles qui s'agitaient et de ces lèvres roses d'où s'en-
volait un murmure monotone et doux, tandis qu'un
rayon d'intelligence, faible encore, s'allumait au fond
des yeux, comme ces premières lueurs d'aurore qui
blanchissent le ciel à la fin des nuits. Marthe, rassurée déjà, suivait d'un regard rasséréné les jeux de
la grand'mère et du petit-fils.

— Madame la comtesse, voilà M. le comte, dit,
en entrant tout à coup, la « bonne sœur », joyeuse
de la nouvelle qu'elle apportait à son accouchée.

— Merci, ma sœur, répondit Marthe, qui sentait
renaître sa tranquillité. Voulez-vous dire à la nourrice de prendre Bébé, et prévenir à l'office que nous
déjeunerons ici? ma femme de chambre nous servira.

La « bonne sœur » allait sortir pour exécuter ces
ordres. Elle dut se ranger pour laisser passer Denis.
Il s'avançait, la gaieté dans les yeux, une énorme
botte de roses à la main, vers le lit de sa femme.

— Bonjour, mignonne, fit-il en se penchant sur
le lit et en posant ses lèvres sur le front de Marthe,
après lui avoir offert les fleurs. Je n'ai pu te voir
ce matin; Jussac est venu me chercher, et j'ai dû
l'accompagner chez ton père. Mais, avant de partir,
j'ai eu soin de m'assurer que ta nuit avait été bonne.

— Embrasse ton fils, répondit Marthe rouge de
plaisir. On va l'emporter; c'est l'heure de son sommeil. N'est-ce pas qu'il est beau?

— Il te ressemble, répliqua Denis, obéissant.

Puis il tendit la main à sa belle-mère et se rapprocha du lit de sa femme.

— Il ne faut pas t'habituer à sortir sans venir me dire adieu, reprit Marthe à demi-voix, d'un accent de doux reproche. Ton baiser m'a manqué ce matin, et j'ai pleuré.

— Tu as pleuré! Animal de Jussac!

— Il n'est pas si coupable que tu le dis, mon chéri. Tu pouvais bien le laisser cinq minutes et venir...

— C'est vrai! J'ai eu tort.

— Oh! je vois bien qu'il est grand temps que je me relève, Denis; tu t'accoutumerais trop vite à te passer de moi. Ne nie pas, va, c'est inutile; si tu osais nier, tu m'obligerais à te parler de tes rentrées tardives, au milieu de la nuit.

— Qui t'a dit?...

— Tout se sait; et si je voulais savoir aussi où tu passes tant de longues heures, loin de moi, il me serait facile de le découvrir.

— Assurément. Tu n'aurais qu'à m'interroger; je ne mentirais pas.

Elle l'attira plus près d'elle, et murmura a son oreille :

— Jure-moi que tu n'étais pas chez une femme!

— Cette folie! balbutia-t-il, le sang aux joues.

— Jure, ou je croirai que tu me trompes.

— Je jure que je ne te trompe pas, répliqua-t-il avec vivacité. Je suis allé au cercle, j'ai joué, j'ai perdu, et j'y suis retourné pour me rattraper.

— Les cercles sont de mauvais lieux, dit Marthe,

que la franchise de son mari achevait de désarmer. Promets-moi de n'y pas retourner.

— J'en prends l'engagement, et n'y ai aucun mérite; c'est si bête de passer la moitié de la nuit autour d'une table de baccarat; au matin, on a les nerfs en capilotade.

— Je m'étais bien aperçue du mauvais état des tiens, répondit Marthe en scellant d'un tendre baiser cette courte explication. Mais je te pardonne en faveur de tes bonnes promesses. J'étais absurde tout à l'heure, ajouta-t-elle en s'adressant à sa mère, qui revenait de son côté, après avoir assisté avec sollicitude à la sortie de l'enfant, rendu à sa nourrice. Il m'aime toujours.

On apportait une table toute servie, qui fut poussée contre le lit de Marthe. Le chagrin de la jeune femme s'était envolé. Denis jouait avec elle comme un enfant; il lui témoignait une tendre sollicitude. Madame Berteux sentait s'évanouir ses craintes, se reprenait à espérer que l'avenir de sa fille serait doux, exempt d'orages. Le repas s'achevait; on vint avertir Denis que Tony Malécot demandait à le voir et l'attendait dans son cabinet.

— Je suis obligé de reprendre ma liberté, ma chérie, dit-il à sa femme.

— Déjà? fit Marthe tristement.

— Tu vois, Tony Malécot est là.

— Mais, quand il sera parti, tu pourras revenir.

— Quand il sera parti, ce sera l'heure d'aller à la Bourse.

— Vous jouez donc à la Bourse, Denis? demanda madame Berteux avec inquiétude.

— Jouer, c'est beaucoup dire, ma mère, répondit-il; j'y fais quelques rares opérations, d'après les conseils de M. Berteux. Mais ce n'est pas là ce qui m'y attire. J'y vais surtout pour surveiller des intérêts qui nous sont communs, à lui et à moi.

— Ne vous laissez pas entraîner par l'exemple des spéculateurs, mon ami, je vous en supplie, continua Cécile. La Bourse ne porte pas bonheur aux jeunes gens. Si votre beau-père daignait m'écouter, il ne vous y aurait jamais envoyé. Votre place n'est pas là.

— Alors, chère maman, j'aurais dû renoncer aux affaires! Demandez à Marthe si c'est son avis. Réponds, ma chérie.

— Oh! moi, pourvu que tu m'aimes, je serai toujours heureuse.

— Pourvu aussi que je dore notre amour, et que je sois en état de satisfaire les fantaisies de madame ma femme, continua Denis sur le même ton.

— Mais vous avez cent mille francs de rente, mes enfants, s'écria madame Berteux.

— A peine de quoi nouer les bouts, maman. Nous serions gênés si je ne gagnais quelque argent. Mais soyez sans crainte, je suis prudent.

Madame Berteux poussa un long soupir, sans comprendre comment on pouvait être gêné avec un si gros revenu. Denis lui baisa la main, puis s'approcha de sa femme pour l'embrasser.

— Dîneras-tu avec moi? demanda-t-elle.

— Ne t'ai-je pas dit que j'étais invité chez ton père avec Jussac?

— Oh! si papa se mêle aussi de me prendre mon mari! s'écria Marthe en s'abandonnant à ses baisers.

Il quitta la chambre pour rejoindre Tony Malécot. Un peu plus jeune que le comte de Baumars, l'unique héritier d'Albert Malécot ressemblait étonnamment à son père. Même taille exiguë et sans grâce, même visage pointu, même regard méchant. Plus de jeunesse avec des traits pareils; au total, un personnage quasi difforme, avec ses épaules en portemanteau, ses bras trop longs, ses mains trop larges et ses pieds trop grands; du reste, vêtu comme un parfait gommeux, parlant d'une voix nasillarde et traînante, ayant toujours l'air de plier sous le fardeau d'une énorme lassitude et d'être prêt à rendre l'âme en vomissant une plaisanterie de mauvais goût.

— Bonjour, comte, dit-il à Denis en le voyant entrer, bonjour. Est-ce que je vous dérange?

— Nullement, mon cher. Vous aviez à me parler?

— Oui, une commission que je me suis chargé de vous transmettre, répondit Tony en s'allongeant dans un fauteuil, le chapeau sur la tête et une badine à la main. A propos, je dois vous féliciter, ou, pour mieux dire, nous féliciter, ajouta-t-il. Et comme Denis l'interrogeait des yeux : — Quoi! vous ne savez pas? Alors, comte, je vous annonce que vous êtes administrateur du Comptoir central des Valeurs mobilières.

10.

— Je l'ignorais.

— Je le tiens de papa. Il a bien voulu m'apprendre que j'étais investi des mêmes fonctions que vous. M'est avis que nous n'allons pas nous ennuyer, ou, pour parler clair, que nous gagnerons quelque argent. Cela arrivera très à propos. Je suis panné, mon bon, mais d'un panné!...

— Votre père vous fait cependant une grosse pension?

— Trente mille francs, trente pauvres mille francs, que je parviens à doubler par mon savoir-faire, c'est vrai! Mais c'est si peu, cela! Où voulez-vous que j'aille? Les femme, les courses, le tir aux pigeons, le cercle, Monaco! C'est-à-dire qu'il n'y a pas de mendiant dans une position plus pitoyable que la mienne. Parole d'honneur, si je n'avais pas été nommé administrateur du Comptoir central, je n'avais plus qu'à me brûler la cervelle.

— Vous croyez donc qu'on gagnera gros au Comptoir?

— Cela dépend de ce que nos chers parents daigneront faire pour nous. Je vous avoue que je n'attends pas grand'chose de leur générosité naturelle. Ce sont de bons parents, mon papa et votre estimable beau-père, mais on ne saurait prétendre qu'ils sont généreux. Inutile d'insister, n'est-ce pas? Nous savons, vous et moi, à quoi nous en tenir. Exemple : ils pourraient nous faire gagner un joli sac en nous offrant à chacun un millier d'actions. Il y aura trois cents francs de prime; mille fois trois cents francs,

calculez! Eh bien! vous verrez qu'ils nous en offri-
ront cent, et encore! Un os à ronger, quoi!

— Mais alors, objecta Denis, je ne vois pas...

— Comment nous nous dédommagerons? Un peu
de patience, comte, vous allez comprendre. Il paraît,
ajouta Tony en baissant la voix, qu'on va nous nommer, vous et moi, administrateurs délégués. N'en
parlez pas; c'est un secret. Mon aimable papa me
l'a confié avec des airs mystérieux, en me faisant
remarquer que nous ferions là nos premières armes.
Administrateurs délégués, c'est-à-dire maîtres du
personnel, maîtres des titres, maîtres de la caisse!
Une caisse! J'aurai une vraie caisse!

— Qu'en ferez-vous? demanda Denis en riant.

— Ce que j'en ferai? Il le demande! Le fondement
de ma fortune, comte; la base d'une série d'opérations gigantesques. J'ai des projets.

— Encore vous faudra-t-il l'autorisation du Conseil.

— Comme administrateur délégué, j'aurai le
droit d'engager la Société, répliqua Tony, et je l'en-
gagerai! Ah! on les verra, mes premières armes! Elles
feront quelque bruit. Du reste, je n'en veux pas parler à l'avance. Attendons demain. Je ne vous dis
qu'un mot, comte : c'est que si vous marchez d'accord avec moi, avant peu nous serons riches.

— Ce n'est pas à dédaigner, répondit Denis, troublé par les étranges perspectives qui venaient d'être
évoquées devant lui.

Puis, après un court silence :

— Vous aviez une commission pour moi?

— Tiens, c'est vrai, j'oubliais. Voici, mon cher, de quoi il s'agit. Blanche Marcigne vous prie de lui faire l'honneur de souper chez elle à la fin de la semaine prochaine, dans dix jours. Avant de vous envoyer une invitation officielle, elle a tenu à s'assurer que vous ne lui répondriez pas par un refus.

— Blanche m'invite à souper! s'écria Denis, dont le visage s'empourpra jusqu'aux oreilles. Elle ne m'en veut donc pas?

— Pourquoi vous en voudrait-elle? Est-ce parce que vous l'avez trouvée à votre goût et le lui avez dit? Il n'y a que l'auteur de mes jours qui aurait pu s'en plaindre s'il l'avait su. Les femmes, mon cher, ne gardent jamais rancune d'une déclaration galamment tournée, même lorsqu'elles refusent d'y donner suite. Il y a longtemps qu'on vous a pardonné, et la preuve, c'est qu'on vous invite. Acceptez-vous?

— Je verrai, je répondrai.

— Je suis prié d'ajouter encore que vous rencontrerez chez Blanche une personne que vous serez, dit-elle, très-heureux de revoir.

— Qui est cette personne?

— La bonne amie de votre beau-père, à ce qu'il paraît, dit Tony railleusement.

— Je ne la connais pas, répondit Denis, que choquait le ton cynique du jeune Malécot.

— Vous la connaissez très-bien, au contraire; c'est Blanche qui l'affirme. Au surplus, le meilleur moyen de vous en convaincre, c'est d'accepter.

— Mais votre père!

— Mon père doit partir le matin du même jour pour l'Espagne avec M. Berteux. Ils vont soumissionner là-bas, au nom de notre nouvelle Société, une importante entreprise de travaux publics. Blanche profite de l'absence de son seigneur et maître pour nous donner cette petite fête. Que devrai-je lui répondre de votre part?

— Que je la remercie, que je ferai tous mes efforts pour me rendre à son invitation.

— Laissez-moi dire que vous acceptez, c'est bien plus simple. Si vous êtes empêché, vous trouverez un prétexte au dernier moment. Maintenant, mon cher, au revoir; je cours à la Bourse.

— J'y vais avec vous, répondit Denis.

Voilà donc où en était l'héritier des Baumars, un peu plus d'une année après son mariage. La vie de Paris avait exercé sur lui son influence perverse. Riche, élégant, beau, dépourvu d'expérience, il s'était jeté sur les plaisirs avec une avidité d'affamé, prenant sa revanche des privations de sa jeunesse et des tristesses de son long isolement. Quoique le souvenir de Louise Gravelot fût encore vivant dans son cœur, quoique, en arrivant à Paris, il eût tenté de la retrouver, et bien qu'il se reprochât quelquefois d'avoir été trop prompt à se consoler de l'avoir perdue, il aimait et estimait sa femme, dont la jalouse et ardente tendresse se manifestait à lui sous des formes propres à l'émouvoir. Il lui devait un bonheur aimable, les priviléges de la fortune; il s'effor-

çait de payer sa dette, en l'entourant de soins et
de sollicitude. Mais, même à ses côtés, quand il
s'ingéniait à lui plaire et lorsque encore il lui était
fidèle, il jetait des regard d'envie au delà de son
foyer, brulant du désir de courir au moins une
aventure et de goûter les émotions attachées à
la conquête du fruit défendu. La grossesse maladive de Marthe, les couches laborieuses, la longue
convalescence, en l'éloignant durant plusieurs mois
du lit conjugal, avaient été l'occasion qu'il souhai-
tait sans la chercher et qu'il saisit sans hésitation,
sinon sans remords. En quelques mois, il avait fait
du chemin et vu du pays, trompant sa femme,
passant de longues heures au jeu, spéculant à la
Bourse, gaspillant follement l'argent, apportant au
plaisir une ardeur de novice, n'ayant de prudence
que pour cacher ses écarts à Berteux et à Marthe.
Maintenant, le rétablissement de celle-ci allait le
ramener à ses devoirs oubliés; les doux reproches
qu'elle venait de lui faire entendre le troublaient,
remplissaient son esprit d'une vague inquiétude,
le disposaient à reprendre la vie régulière et paisible, et quand il hésitait à accepter l'invitation de
cette Blanche Marcigne, pour laquelle il s'était
exposé récemment à se brouiller avec l'associé
de son beau-père, il obéissait à un honnête sentiment : le commencement du repentir et la ferme
volonté de se ranger. Malheureusement, ses résolutions étaient fragiles, dominées, au moment même
où il essayait de s'y rattacher, par la curiosité que

Tony Malécot venait d'allumer dans sa cervelle, en
lui annonçant qu'il trouverait chez Blanche « une
personne qu'il serait heureux de revoir ».


## IV


### COUP D'ÉPÉE DANS L'EAU.


Il souffrait, Mathias Berteux ; il pleurait, il était
devenu la proie de l'amour. Amoureux, ce quasi-
sexagénaire, dont le cœur, depuis si longtemps, ne
battait plus que sous une triple cuirasse de cupidité,
d'égoïsme et d'ambition ! Amoureux, cet enrichi,
desséché, blasé, acharné à la poursuite de l'argent !
Amoureux, cet homme d'initiative et d'audace ! Oui,
amoureux comme un jeune homme, et lui, le lutteur
redoutable qui faisait trembler ses ennemis, timide
comme un enfant devant l'objet de sa passion.

Cela datait d'une année, de sa première entrevue
avec Louise Gravelot ; de ce jour où, mettant en
œuvre ses perfides combinaisons, il était venu lui
annoncer brutalement le mariage de Denis de Baumars, en essayant de le lui faire accepter comme le
fait d'une inexorable fatalité, et de lui démontrer
qu'elle devait s'y résigner. En lui tendant un piége,
il s'était pris au regard des beaux yeux que ses
mensonges remplissaient de larmes. De cette entrevue, il avait emporté une blessure profonde et

n'avait pu la guérir. Il n'osait parler jamais de ce
qui l'obsédait, à celle qui, sans le savoir, lui versait
cette ivresse maladive. Ayant compris que, s'il était
assez hardi pour l'en entretenir, elle le chasserait et
qu'elle ne le tolérerait à ses côtés que s'il y vivait
comme un ami, il s'était condamné à ce rôle ; il en
avait assumé les obligations et les charges, alléguant,
pour s'imposer, que, puisque sa fille avait brisé le
bonheur de Louise en épousant Denis, c'était à lui,
encore qu'elle l'eût fait innocemment, qu'incombait
le devoir de réparer le mal. Il savait bien, ajoutait-
il, qu'il ne pourrait jamais le réparer entièrement ;
mais il se croyait obligé à tenter l'entreprise.

Il parlait de ces choses discrètement. Pour exprimer son affection, il la revêtait d'un caractère pater-
nel. Il offrait ses services ; Louise les refusait, non
cependant sans se laisser émouvoir par cette solli-
tude apparente dont la cause réelle lui échappait.
Abandonnée, le cœur déchiré, elle en recevait le
témoignage ainsi qu'un bienfait. Entraînée par la
reconnaissance, désireuse de calmer les appréhensions de Berteux, elle dissimulait le ressentiment
qui s'élevait dans son âme quand elle songeait à la
trahison de Denis. Au prix d'un héroïque effort, elle
promettait de ne pas chercher à le revoir, de
se sacrifier toujours, de ne troubler jamais la quiétude du jeune ménage. Pour mieux tenir cette promesse, elle s'entourait de mystère, afin d'empêcher
que Denis découvrît sa retraite. Et c'est ainsi que
Berteux prenait place peu à peu dans ses préoccu-

pations quotidiennes. Elle ignorait l'influence néfaste
qu'il avait exercée sur sa destinée; elle se laissait
bercer par son langage : elle voyait en lui un cœur
honnête, attendri par son malheur.

Maintenant, il venait tous les jours. S'il ne venait
pas, il écrivait. Ses paroles et ses lettres étaient
paternelles. Louise pouvait se figurer qu'elle avait
cessé d'être seule au monde, et que Berteux l'avait
adoptée. Elle l'accueillait donc comme un ami. Au
début, elle s'était fait violence pour l'accueillir ainsi,
toujours tentée de se souvenir de la part qu'il avait
eue dans son malheur. L'habitude de le voir avait
corrigé peu à peu ses premières impressions; la
confiance était venue. Si Berteux n'eût été dominé
par une ardente passion, il aurait pu être heureux.
Mais voir Louise tous les jours, repaître ses yeux
des éblouissants trésors de cette beauté souveraine,
écouter les mots qui tombaient de ses lèvres sans
pouvoir y poser les siennes, toucher ses mains sans
pouvoir leur communiquer la fièvre qui le brûlait,
admirer sa taille sans avoir le droit de l'étreindre,
parler comme un père, quand montaient à sa bouche
des paroles d'amant, était un supplice au-dessus de
son courage.

Que de fois il s'était promis d'en finir! Que de fois,
durant ses longues insomnies traversées par une
image brûlante, il s'était trouvé ridicule et trop malheureux! Que de fois il avait pris l'énergique résolution de jouer un va-tout, de se jeter aux pieds de
Louise, de lui avouer son amour, de lui offrir une

11

fortune pour la rendre docile à ses désirs! Oh! les impérieuses volontés, exprimées ainsi dans une heure d'emportement passionné! Oh! les éloquents discours, préparés à l'avance! Volontés vaines, discours inutiles! Loin de Louise, il se sentait audacieux, son désir violent faisait courir un frisson à la surface de sa peau; près d'elle, il n'avait plus ni résolution ni parole, désarmé par la placidité grave de ce visage attristé, image d'un cœur voué à un regret éternel, et qui ne comprenait pas.

Autour de lui, dans sa maison désertée, on racontait qu'il était heureux amant et cachait sa maîtresse. Lui-même le disait volontiers; les propos qu'il tenait, en faisant allusion à cette liaison mystérieuse, tendaient à faire supposer qu'il y goûtait un bonheur sans trouble. Bonheur singulier! Amours étranges! S'ils avaient pu le voir près de Louise, ceux qui l'enviaient, ils ne l'eussent plus envié; ils auraient compati railleusement à son infortune.

Ah! pauvre homme, tu te figurais que l'argent est tout-puissant, et que, avec son aide, tout s'obtient! Tu te figurais que rien ne te résisterait, que ton opulence n'aurait qu'à briller un instant pour éblouir et te livrer ce que tu désires! Eh bien, regarde! tu aimes, tu aimes comme un fou, et, malgré ta richesse, tu es obligé de taire le secret qui t'étouffe, et, pour te faire tolérer par celle qui s'est emparée de ton cœur, de feindre des sentiments que ton cœur répudie et dont l'expression menteuse brûle les lèvres. Non! l'argent n'est pas tout, Mathias Ber-

teux. Gémis et espère tour à tour; les trésors que
tu as accumulés ne sauraient t'assurer la libre possession du bonheur que tu poursuis et qui n'est pas
fait pour toi.

Presque tous les jours, il se présentait chez mademoiselle Gravelot, vers trois heures de l'après-midi.
C'est le moment qu'il avait adopté pour venir la
voir, celui que ses occupations lui rendaient le
plus commode. A cette heure, il avait accompli sa
tâche quotidienne; la Bourse fermée, il était libre
de se reposer. Il arrivait chez Louise, le cerveau
encore secoué par les préoccupations qu'y laissaient
ses affaires, un peu affaissé par la fatigue, mais heureux de penser qu'il allait pouvoir se détendre et
oublier. Il s'asseyait en face d'elle, dans le jardin si
le temps le permettait, dans le petit salon si la pluie
les obligeait à rentrer. Louise travaillait à une tapisserie. Il demeurait là, s'entretenant avec elle, la
regardant, suivant des yeux le mouvement des
mains blanches et fines sur le canevas où son
aiguille traçait de savants dessins, les lignes pures
du cou qui allaient se perdre dans la collerette
de sa robe noire, et les fins contours du corsage,
moulés par l'étoffe qui en dérobait les beautés. Il
s'était accoutumé peu à peu à lui parler librement.
Il lui racontait ses affaires, lui faisait part de ses
projets, lui rendait compte de ses actions.

Ce jour-là, quand madame Gabriel l'annonça chez
Louise, l'heure à laquelle il venait ordinairement
n'avait pas sonné. Il la trouva cependant dans le

salon, assise à sa place accoutumée, devant la croisee sous laquelle, au delà du jardin, son regard pouvait embrasser la Seine, large en cet endroit et animée comme une vaste rue, ses rives peuplées et vivantes, le Champ de Mars, et sur la gauche, émergeant de la masse sombre de l'Hôtel des Invalides, le dôme d'or, resplendissant sous un ciel gris et mouillé. Mais soit que, ne l'attendant pas encore, elle ne se fût pas préparée à le recevoir, soit qu'elle jugeât inutile de feindre en sa présence une sérénité qui n'était pas dans son cœur, il surprit sur son visage les traces d'une extraordinaire émotion. Une ardente rougeur colorait ses joues, sur lesquelles des larmes non essuyées avaient laissé leur sillon; ses yeux brillaient d'un éclat maladif; quand il lui serra les mains, elles étaient brûlantes et fiévreuses.

— Êtes-vous souffrante, ma chère enfant? demanda-t-il avec sollicitude.

— J'ai mal dormi, répondit-elle.

— Une mauvaise nuit ne suffit pas à expliquer l'état où vous voilà. Vous avez pleuré.

— Cela m'arrive souvent, monsieur. Mais si vous n'aviez devancé l'heure où j'ai coutume de vous recevoir, vous n'en auriez rien su.

— Il est vrai que je suis en avance, fit-il en regardant sa montre. Nous avons eu, ce matin, l'assemblée constitutive des actionnaires du Comptoir central. A l'issue de cette réunion, j'ai offert un déjeuner à nos administrateurs. Je suis venu en les quittant, sans me préoccuper de l'heure. Je ne le regrette pas, puisque je dois à cette circonstance la preuve que vous n'êtes pas heureuse, malgré mes efforts, et que vous ne feignez de l'être que lorsque vous m'attendez. Je croyais, jusqu'à ce jour, que l'amitié que je vous témoigne me rendait digne de votre confiance, et que vous ne dissimuliez pas plus vos peines que vos joies.

— A quoi bon vous parler de mes peines? Vous n'y pouvez rien, ni vous ni personne. C'est pour cela que je ne vous en parle jamais. A vous dire vrai, cependant, j'étais convaincue que vous les soupçonniez.

— Vous êtes donc malheureuse? s'écria Berteux.

— En doutez-vous? demanda Louise, qui accompagna sa question d'un regard ironique et irrité, jeté sur Berteux à la dérobée.

— Et moi qui me figurais que mes soins avaient eu raison de votre douleur!

— Oh! monsieur, comment avez-vous pu le penser? Vos soins ne peuvent remplacer ce que je pleure.

— Vous l'aimez donc toujours? murmura Berteux en se penchant pour lui parler de plus près.

Elle fixa sur lui ses yeux, où, pour la première fois, sans contrainte, elle lui laissait lire l'expression d'un sentiment passionné, à jamais vivant, et répondit sans trembler :

— Toujours!

Il se redressa tout pâle, fit quelques pas dans le salon en essayant de réprimer les battements précipités de son cœur; puis il balbutia :

— J'espérais que ma sollicitude...

— Votre sollicitude! interrompit Louise; n'en parlez pas. J'en ai toujours soupçonné le caractère, même quand j'étais plus disposée qu'aujourd'hui à vous en être reconnaissante. Elle était trop intéressée pour exercer sur ma vie une action bienfaisante.

— Intéressée!...

— Vous avez redouté que j'allasse arracher mon amant aux bras de votre fille, et c'est pour cela que vous m'avez prodigué les témoignages de ce que vous appeliez votre amitié.

— Mais quelle influence avez-vous donc subie depuis hier, Louise? reprit-il effaré. Jamais vous n'aviez parlé ainsi.

— Je n'ai subi d'autre influence que celle du mal qui m'obsède. Mon cœur est meurtri et ne peut guérir. La souffrance que j'endure dépasse mes forces. Vous n'en avez rien su, parce que je vous cachais mes larmes. Mais quand, les ayant surprises, vous vous étonnez qu'elles puissent couler, et rappelez l'effort que vous avez fait pour en tarir la source, j'ai bien le droit de rétablir la vérité et de rendre à cet effort son véritable caractère.

— Et si vous vous trompiez, Louise? s'écria-t-il avec un emportement dont il ne fut pas le maître et qu'il regretta au moment même où il y cédait; si je vous prouvais que la sollicitude à laquelle, hier encore, vous paraissiez sensible, tire son origine d'un sentiment plus élevé, plus ardent que ceux que vous m'attribuez? Si je vous prouvais que l'amour a été le seul mobile de ma conduite; un amour jeune, passionné, timide, qui n'osait s'avouer, mais qui se faisait ingénieux pour vous obliger à le deviner; si je vous prouvais cela, persisteriez-vous à prétendre qu'en me montrant votre ami, je ne songeais qu'à défendre, contre vous, le repos de mes enfants?

Il s'arrêta, tremblant, effrayé par l'audace de son langage, se demandant avec terreur, au fur et à mesure que son sang-froid lui revenait, si Louise n'allait pas le chasser. Elle s'était levée, froide et grave; il demeurait décontenancé devant elle.

— Je ne comprends pas, monsieur, répondit-elle; quand vous serez revenu à vous, vous estimerez sans doute qu'il vaut mieux pour vous et pour moi que je n'aie pas compris.

Debout devant la croisée, elle appuyait son front contre les vitres froides, tournant le dos à Berteux, comme pour lui signifier qu'elle n'avait plus rien à lui dire et qu'il pouvait se retirer. Il se rapprocha d'elle.

— Pardonnez-moi, supplia-t-il confus. J'ai eu tort de me laisser emporter par mon cœur. Mais cela n'arrivera plus et ne serait pas arrivé si l'injuste accusation que vous avez proférée ne m'avait obligé à me défendre. Vous savez bien que je n'ai pas voulu vous offenser, et que, depuis un an que je vis près de vous, jamais je n'avais trahi le secret qui vient de m'échapper pour la première et dernière fois. Je suis bien excusable; vous m'imputiez un calcul égoïste et odieux. Je vous estime trop, je sais trop quel respect

vous avez de vous-même, pour avoir supposé que
vous seriez un jour tentée de prendre à ma fille son
mari. Ce n'est donc pas pour préserver son repos
que je vous ai entourée de ma sollicitude et de mon
attention. Elles ne sont intéressées ni l'une ni l'autre.
Pardonnez-moi, Louise. Je serais désespéré de
vous laisser irritée, d'autant plus désespéré que
je pars. J'étais même venu pour vous faire mes
adieux.

— Vous partez! fit-elle en se retournant vivement.

— Ce soir... ce voyage en Espagne dont je vous
avais parlé. Mon absence durera près d'un mois.
Vous voyez bien que vous ne pouvez me laisser
m'éloigner sans me dire que vous ne voulez conserver de cet incident aucun mauvais souvenir.

— Allons, je l'oublierai, répondit Louise avec
douceur, tandis que l'irritation de sa physionomie
se dissipait.

— Pendant mon absence, je pourrai vous écrire,
n'est-ce pas?

— Si je vous le défendais, vous n'obéiriez pas.

— C'est vrai, fit-il avec un sourire, rassuré peu à
peu, se trompant au calme apparent de mademoiselle Gravelot. Puis, encouragé par son attitude, il
ajouta : — Et croyez-moi, oubliez Denis. En vous
le conseillant, je reste dans mon rôle d'ami.

— Vous avez donc bien peur que je vous l'enlève?
fit-elle ironiquement.

— Non, je n'ai pas cette peur-là. J'ai de vous une

idée trop haute. Il faut l'oublier, parce qu'il ne vous
aime pas.

— Vous l'affirmez sans savoir.

— S'il vous eût aimée, il n'aurait pas épousé ma
fille.

— A moins que nous n'ayons été, lui et moi, victimes d'une manœuvre...

Berteux la regarda déconcerté, livré de nouveau
à ses perplexités de tout à l'heure. Soupçonnait-
elle donc la vérité? Devinait-elle à l'aide de quels
moyens il avait assuré la réussite de ses combinaisons?

— Victimes d'une manœuvre, vous et Denis!
dit-il; vous ne le croyez pas, vous ne pouvez le
croire.

— Il est vrai que je n'en ai pas la preuve, répondit-elle.

Il respira; elle ne savait rien. Mais c'était déjà bien
grave qu'un soupçon se fût élevé dans son esprit. Il
fallait maintenant empêcher que ce soupçon devînt
certitude. Il ne voulut pas s'éloigner sans réitérer à
madame Gabriel ses recommandations, afin qu'elle
redoublât de surveillance et de prudence. Il avait si
généreusement payé cette femme, elle était si intéressée à le servir avec zèle, que l'idée ne lui vint
même pas qu'elle pût tromper sa confiance, ni divulguer le secret des événements auxquels elle avait été
mêlée. Le court entretien qu'en se retirant il eut avec
elle, à l'insu de Louise, dissipa ses craintes. Il se
promit toutefois de veiller de plus près encore, et,

11.

au retour du voyage qu'il allait entreprendre, de
s'attacher avec plus de persistance à démontrer à
Louise qu'elle ne pouvait recouvrer le repos et le
bonheur qu'en s'abandonnant entièrement à lui.

## V

### CE QUE MATHIAS BERTEUX N'AVAIT PAS PRÉVU.

Délivrée de la présence de Berteux, Louise appela
madame Gabriel.

— Mademoiselle a besoin de moi? demanda celle-ci,
qui venait de mettre Berteux en voiture, en écoutant
silencieusement ses derniers avis.

— Je voudrais reprendre avec vous la conversation
que l'arrivée de M. Berteux a interrompue tout à
l'heure, répondit Louise.

— Je suis aux ordres de mademoiselle, fit madame
Gabriel d'un accent résolu.

— Vous me disiez que vous étiez obligée de quitter
mon service.

— Oui, mademoiselle, pour me remarier. J'épouse
un loueur du quartier, et désormais j'aurai mon
ménage à tenir. Sans cela, mademoiselle peut bien
croire que je ne l'aurais jamais laissée.

— Vous avez ajouté que, quoique n'ayant pas eu
à vous plaindre de moi, puisqu'alors vous ne me
connaissiez que depuis quelques jours, vous vous étiez

faite complice d'une manœuvre déloyale dirigée contre mon bonheur.

— C'est vrai, mademoiselle, et j'en ai eu depuis bien des remords.

— Vous m'avez dit aussi que vous considériez comme un devoir, autant pour réparer dans la mesure du possible le mal que vous m'avez fait que pour rendre le repos à votre conscience, de ne pas vous éloigner de ma maison sans me révéler toute la vérité.

— Le prêtre à qui je suis allée demander un billet de confession en vue de mon, mariage et à qui j'ai dû avouer ma faute, m'a imposé l'obligation de vous en répéter l'aveu et d'implorer de vous mon pardon.

— Je vous écoute, continua Louise; reprenez votre récit au point où la visite de M. Berteux l'a interrompu.

Madame Gabriel, debout et confuse, baissait la tête en essuyant quelques larmes du coin de son tablier, toute troublée sous le regard sévère de mademoiselle Gravelot; elle hésitait, soit qu'elle cherchât ses mots, soit que la honte les retînt sur ses lèvres.

— Parlez! parlez donc! reprit sa maîtresse impatiente.

— Mon récit ne sera pas long, dit-elle alors. C'était il y a quinze mois, mademoiselle était arrivée depuis trois jours chez sa tante qu'elle avait trouvée quasi mourante, lorsqu'un soir, au moment où je sortais de la maison, M. Berteux, que je ne connaissais pas encore, ne l'ayant jamais vu, s'approcha de moi et

me demanda si je n'étais pas au service de madame
Simiani. Sur ma réponse affirmative, il m'interrogea
pour savoir, mademoiselle, d'abord si vous étiez
arrivée, puis si je serais disposée à lui vendre mon
concours pour assurer le repos de sa famille. J'ai
eu le tort de me laisser séduire ; j'ai manqué à mon
devoir. Mais je ne suis pas seule coupable .M. Berteux l'a été aussi et plus que moi ; il m'offrait beaucoup d'argent, et j'étais pauvre.

— Je ne vous adresse aucun reproche, répliqua
Louise d'une voix brève ; ne vous justifiez donc pas ;
dites seulement ce qu'on a exigé de vous.

— Toutes les lettres à l'adresse de M. le comte
de Baumars que mademoiselle me confiait pour être
jetées à la poste, toutes celles qui arrivaient pour
elle, portant le timbre de Chanac...

Elle s'arrêta hésitante, comme si elle eût reculé
devant l'énormité de cet aveu.

— Eh bien ? interrogea Louise, se levant frémissante.

— Je les remettais à M. Berteux, continua madame
Gabriel d'une voix si basse, que Louise devina ses
paroles plus quelle ne les entendit.

— Misérable ! fit-elle, la colère aux yeux, toute
tremblante.

— Pardon, mademoiselle ! murmura madame Gabriel en fléchissant les genoux.

D'un geste indigné, Louise l'obligea à se lever, en
disant :

— Pas de comédie !

— Mon repentir est sincère, mademoiselle. Ne pardonnerez-vous pas?

— Oui, oui, je vous pardonne, c'est entendu. Combien de lettres ont été détournées ainsi de leur destination?

— Mademoiselle m'en avait confié sept; j'en ai reçu cinq pour elle.

— Vous les avez remises à M. Berteux?

— Toutes, oui, mademoiselle.

— C'est bien, vous pouvez vous retirer, si vous n'avez rien à ajouter.

Madame Gabriel sortit à reculons, sans oser lever les yeux. Louise, restée seule, tomba assise devant une table sur laquelle elle s'accouda. Le front dans les mains, elle demeura là, abîmée dans sa douleur, laissant couler les larmes sur ses joues enfiévrées. Le mystère qui tant de fois l'avait irritée, quand sa pensée s'y arrêtait, s'éclaircissait maintenant. Le silence de Denis s'expliquait. Ne recevant pas de réponse à ses lettres, il s'était cru oublié. Sans doute, il avait été bien prompt à perdre confiance; trop vite et trop aisément, il avait renoncé à s'enquérir de Louise. Mais quoi! à l'heure même où il était sans nouvelles d'elle, mademoiselle Berteux commençait à exercer sur lui son action séductrice. Cette action, il ne l'avait subie que parce qu'une main criminelle ébranlait sa foi dans l'amour. Encore qu'il méritât des reproches, il n'était donc pas le plus coupable! C'est contre Berteux que s'élevait le ressentiment de Louise, contre Berteux et contre sa fille. Eux seuls avaient causé son malheur, lui surtout! Elle ne pouvait songer sans révolte à l'odieuse comédie qu'il jouait depuis un an, aux témoignages de son hypocrite amitié, aux traits de sa sollicitude, à toutes ces protestations qu'elle écoutait avec crédulité. Comme il devait rire d'elle, l'infâme! Et tout à l'heure encore, il osait parler de son amour! Cet amour ne pouvait même plaider sa cause ni lui servir d'excuse, puisqu'il ne l'avait pas encore conçu quand, froidement, il travaillait à détruire le bonheur de Louise! Elle pleurait, elle se désespérait. La colère qui grondait dans son cœur se transformait peu à peu en un immense désir de revanche et de vengeance, désir ardent et maladif que traversait l'espoir d'être aimée encore.

— Blanche avait raison, dit-elle tout à coup en se levant, farouche et résolue. Pleurer ne sert à rien. On m'a volée; je reprends mon bien, et je le reprends là où je le trouve.

Au commencement de l'été qui venait de finir, elle se trouvait un matin dans un des grands magasins de nouveautés de Paris, où elle était venue faire des emplettes. A cette heure, les vastes galeries, qu'encombrait la foule tous les jours à partir de midi, ne comptaient encore qu'un petit nombre d'acheteurs. Assise devant un comptoir, Louise regardait des étoffes qu'un employé tirait d'un rayon derrière lui et dépliait pour les lui soumettre, avec un empressement obséquieux qu'excitait la beauté grave de cette jeune femme dont la toilette noire, élégante et simple ne lui permettait pas de deviner la condition. De la place où elle se tenait, mademoiselle Gravelot apercevait la rue, au delà de la grande porte d'entrée les voitures qui s'arrêtaient devant cette porte, les gens qui en franchissaient le seuil, tout un mouvement d'allées et venues qui s'accroissait de minute en minute. Elle avait fini ses achats et allait se retirer, quand un joli coupé, attelé d'un fringant cheval à robe bai clair, s'arrêta au ras du trottoir. Un valet de pied, d'une tenue irréprochablement correcte, sauta du siége et ouvrit la portière. Une femme descendit, traversa le trottoir lentement, en s'arrêtant aux étalages; elle entra dans le magasin, tandis que deux ou trois employés se précipitaient à sa rencontre et répondaient à ses questions en lui indiquant un comptoir tout à côté de celui devant lequel Louise était assise.

Quoique paraissant plus agée de quelques années que mademoiselle Gravelot, la nouvelle venue avait des traits jeunes, et encore que sa physionomie offrît plus de grâce voulue que de beauté, elle était de ces créatures privilégiées qui ne sauraient passer inaperçues nulle part. De toute sa personne se dégageait un charme provocant qu'accentuaient l'éclat de ses yeux noirs, le ton fauve de sa chevelure, l'éclatante et un peu artificielle blancheur de son teint, le rouge ardent de ses lèvres, les pures lignes de son corps gras et souple, dessinées sous la robe en toile bleue. Ce n'est pas ce charme cependant qui fixait l'attention de Louise et éveillait sa curiosité. Ce qui l'intéressait sur ce visage enjoué, quelque peu embelli par un art très-habile, c'est qu'elle y retrouvait un regard ami, des traits familiers, regard et traits qui interrogeaient sa mémoire et y précisaient une vision lointaine, encore obscure et confuse, mais dégagée peu à peu des souvenirs nuageux du passé.

Tout à coup l'inconnue, laissant là le commis chargé de la servir, s'approcha de Louise qu'elle avait regardée avec insistance, et, du ton indécis et timide d'une femme qui craint de se tromper, lui dit :

— Pardon, madame... ou mademoiselle...

— Mademoiselle, répondit Louise en se levant.

— N'êtes-vous pas Louise Gravelot?

— Vous me connaissez! Je ne trompais donc pas ; je vous connais aussi. Mais où et quand vous ai-je vue?...

— Je suis Blanche Marcigne.

— Blanche! s'écria joyeusement Louise; oui, je vous remets, c'est bien vous, c'est bien toi, ma petite maman de Saint-Denis. Je suis heureuse de te revoir. Mais comme tu es changée! Sais-tu que tu es belle, toi le laideron de la division des moyennes?

— Moins belle que toi, ma Louise chérie. Tu as tenu tout ce que tu promettais.

— Et toi, tout ce que tu ne promettais pas.

— Quel heureux hasard que celui qui nous réunit! J'ai bien songé à ma chère fillette, depuis dix ans; car voilà dix ans que j'ai quitté Saint-Denis et que je ne t'ai vue. Oui, j'ai bien songé à toi. Souvent, je me suis demandé ce que tu étais devenue. Tu me le diras, n'est-ce pas?

— Ma vie a été triste, elle l'est encore.

— Eh bien! nous tâcherons de l'égayer. Mais avant tout, ma petite, une question. Es-tu libre ce matin?

— Ce matin comme toujours, répondit Louise, non sans amertume. Je suis seule à me préoccuper de moi, libre par conséquent. Je ne dépends de personne.

— Cela se trouve à merveille; je t'enlève; tu déjeuneras avec ton amie, et nous renouerons connaissance...

Cinq minutes après, le coupé de mademoiselle Blanche Marcigne emportait les deux jeunes femmes. Louise croyait rêver en se se voyant à côté de cette compagne de son enfance, inopinément rencontrée, et en la retrouvant belle, élégante, enrichie, car elle devait être riche, à en juger par le luxe de son équipage. Elle se rappelait le temps où Blanche Marcigne, fille comme elle d'un officier sans fortune, n'attendait rien de bon de la vie, maudissait le destin qui l'avait faite pauvre et tremblait en pensant à l'avenir.

— J'ai eu tort d'accepter ton invitation, lui dit-elle, quand elle se fut convaincue qu'elle ne rêvait pas. Ton mari ne le trouvera-t-il pas mauvais?

— Mon mari! s'écria gaiement Blanche. Où prends-tu que j'aie un mari?

— Tu n'en as pas? Tu es donc veuve?

Étonnée et inquiète, Blanche Marcigne regarda
Louise.

— Tu ne sais donc pas? lui dit-elle; au fait, c'est
vrai, comment saurais-tu?... Je pourrais répondre
affirmativement à ta demande, et cela me dispense-
rait de te fournir des explications un peu embarras-
santes. Mais je ne sais pas mentir, et j'aime mieux te
dire la vérité. J'espère que, lorsque tu la connaîtras,
tu ne me jugeras pas trop sévèrement.

— Je n'ai pas le droit d'être sévère, objecta Louise.

— Mon histoire est simple, continua Blanche en
soupirant. Lorsqu'il y a dix ans je quittai Saint-Denis,
je ne possédais rien, tu le sais; mon père venait de
mourir, et depuis longtemps je pleurais ma mère.

— Oui, je connais ces détails, et j'ai souvent pensé
depuis que notre destinée avait eu plus d'un point
de ressemblance.

— Il fallait vivre, reprit mademoiselle Marcigne;
je cherchai un emploi d'institutrice, et bientôt j'étais
installée à ce titre dans une famille habitant un
département voisin de Paris. Le chef de cette famille,
un grand industriel, était jeune; son mariage avait
été une affaire; il n'aimait pas sa femme. Ce fut
notre malheur. Six semaines après mon entrée dans
la maison, il devenait mon amant, sans qu'il y eût
eu calcul de ma part ni de la sienne. Nous nous
aimions. Deux mois plus tard, il m'installait dans un
petit hôtel acheté pour moi dans le quartier des
Champs-Élysées, et pendant trois ans je vécus de

ses générosités et de son amour. Tu dois me trouver bien coupable, n'est-ce pas, ma mignonne? demanda Blanche en s'interrompant.

— Coupable, non; à plaindre, oui, répondit Louise.

— Au bout de trois ans, mon amant mourut. J'avais nourri jusqu'alors l'espoir que, s'il devenait veuf, il m'épouserait. Cet espoir, fortifié par ses promesses, légitimait en quelque sorte nos relations. Il donnait à ma vie, quelle qu'en fût l'irrégularité, un caractère relativement honnête. Quand la mort l'eut détruit, je fus condamnée. Précipitée au fond d'un abîme de honte, je ne pouvais plus remonter la pente qui m'y avait conduite. Je m'étais mise hors du monde; je m'abandonnai à la destinée, ayant perdu l'énergie nécessaire pour lutter contre elle. J'eus un second amant; il était riche aussi et prodigua l'argent pour me plaire; mais, ne m'ayant connue que déjà tombée, il ne pouvait apporter dans ses relations avec moi les procédés délicats d'un homme qui songe à élever la femme qu'il aime et qu'il a adoptée. Il me jeta dans la société des viveurs et des filles, où s'acheva ma perdition. J'eus des chevaux, des voitures, tout un train de maison luxueux, ma place, au premier rang, parmi les créatures qui ne doivent leur opulence qu'à leur savoir-faire et à leur beauté. Après quelques années de cette folle existence, mon protecteur me quitta pour se marier. J'en trouvai un troisième, un riche banquier, celui avec qui je vis encore. Voilà mon histoire, ma petite Louise;

maintenant, vas-tu me mépriser et, au moment où
nous nous retrouvons, me déclarer que tu ne veux
pas me revoir?

— Non, non, je ne vais ni te mépriser, ni renoncer
à te revoir, s'écria Louise en embrassant son amie.
Je te répète que j'ai perdu le droit d'être sévère.

— N'es-tu donc plus l'innocente petite fille que
j'ai connue?

— Tout à l'heure, je te dirai ma vie, moi aussi,
et, à ton tour, tu me jugeras.

Le coupé venait de s'arrêter devant un perron,
au fond d'une cour séparée de l'avenue par une grille
au long de laquelle un lierre épais tendait un rideau
vert. Au sommet du perron, un valet de pied ouvrait
une porte vitrée. Par un escalier somptueux, dont
un tapis couvrait les marches, entre une double
rangée de plantes exotiques, Louise suivit Blanche
jusque dans un petit salon meublé avec tous les raf-
finements du luxe moderne.

— Nous voilà chez moi, dit alors mademoiselle
Marcigne en ôtant son chapeau et son manteau;
mets-toi à l'aise; personne ne viendra troubler notre
tête-à-tête. Qu'on serve vite! ajouta-t-elle en s'adressant à sa femme de chambre, mademoiselle déjeune
avec moi.

Lorsque, rentrées dans le petit salon après le
déjeuner, les deux amies furent seules, Louise, sur
la demande de Blanche, fit le récit de sa vie. Elle le
fit complet, sans en omettre aucune circonstance,
éprouvant une âpre joie à revenir sur les étapes de

son passé, à confier ses infortunes à un cœur dont
elle connaissait le dévouement.

— Et tu n'as jamais revu Denis? lui demanda
Blanche quand elle cessa de parler.

— Jamais.

— Ni désiré le revoir?

— Pourquoi aurais-je conçu ce désir? Il aime sa
femme; ils sont heureux... — Et comme Blanche
accueillait ces paroles avec un sourire ironique :
— Tu en doutes, dit-elle; c'est M. Berteux qui
l'affirme.

— Il te trompe, voilà tout, répliqua mademoiselle
Marcigne. Denis de Baumars aimer une femme qu'il
n'a épousée que parce qu'elle était riche! Allons
donc! Je le connais, ton Denis, comme je connais son beau-père, le richissime Berteux, l'associé
d'Albert Malécot, mon amant, et, dussé-je t'enlever
une illusion, je ne te laisserai pas ignorer que c'est
le mari le plus volage et le plus infidèle de France.

— Tu le calomnies, Blanche.

— Mais je peux t'en fournir la preuve. Il m'a fait
la cour, à moi qui te parle. Il m'a écrit. Veux-tu
voir ses lettres?

— Non, non, garde-les; je ne veux savoir ni ce
qu'il te disait ni ce que tu lui as répondu.

— Je l'ai engagé à passer son chemin, reprit
Blanche vivement.

Ce fut dit si spontanément, avec un tel accent de
vérité, que Louise, convaincue, sauta au cou de son
amie et l'embrassa tendrement, sans chercher à

retenir les larmes dont ces amers souvenirs ravivés remplissaient ses yeux.

— Tu l'aimes donc bien? demanda Blanche en essayant d'apaiser la belle éplorée.

— Je n'ai aimé que lui; je l'aimerai toujours, et cet amour me tuera.

— La déloyauté de la conduite de Denis aurait dû te guérir.

— Je l'espérais. Mais, malgré tout, l'amour a été plus fort que la haine.

— Que ne l'appelais-tu, alors? Sur un signe de toi, il serait accouru.

— Me serait-il resté? Sa femme ne me l'aurait-elle pas repris? C'eût été une douleur nouvelle! Me fût-il resté, que j'aurais encore souffert en pensant qu'il n'était pas à moi tout entier, qu'une part de sa vie était le bien d'une autre. Le partage m'eût été odieux. Telle que je suis, le bonheur de le posséder eût été étouffé par la honte de savoir que les instants qu'il me consacrait étaient ravis à sa femme. Et puis, dans mon malheur, M. Berteux a été si compatissant que j'ai considéré comme un devoir de ne pas enfreindre l'engagement que j'ai pris envers lui de ne chercher jamais à troubler le bonheur de sa fille.

— Ah! l'habile homme, ce Berteux! le bon apôtre! dit Blanche en riant. C'est à lui que tu dois ta vie brisée, ma pauvre enfant; c'est lui qui t'a enlevé Denis pour en faire son gendre; c'est lui, j'en suis sûre, qui a préparé le coup, à l'aide de

quelque infamie que je pressens et que ta naïveté
ne soupçonne pas! C'est lui, te dis-je; je le connais
mieux que toi. Il est parvenu cependant à te faire
croire que tu es son obligée et qu'il a des droits à ta
reconnaissance!...

— Je n'ai eu qu'à me louer de ses procédés.

— Parbleu! il redoutait ton influence. Il l'a anni-
hilée en te désarmant par ses bienfaits. C'est très-
fort. Mais moi, je suis convaincue que tu as été victime de ses combinaisons, et qu'il a profité de la
faute que tu as commise en quittant Chanac; car
c'est une faute, cela, ma petite Louise. Il ne fallait
pas partir. Tu devais rester auprès de Denis pour
empêcher qu'on te l'enlevât.

— C'est ce que j'ai reconnu depuis, mais trop
tard.

— Tu ne peux cependant passer ta vie à le pleurer.

— Et que puis-je faire de mieux?

— Le reprendre, puisque tu l'aimes!

— Non, pas cela, Blanche, pas cela.

— Quoi, alors? Crains-tu qu'il ne veuille pas
revenir? Laisse-moi m'assurer de ses dispositions;
autorise-moi à l'interroger, à lui parler de toi.

— Je te le défends, s'écria Louise effrayée. Puis,
d'une voix adoucie, elle ajouta : Je suis heureuse de
t'avoir retrouvée, ma chérie. Mais si jamais tu pro-
nonçais mon nom devant Denis, si tes paroles lui
révélaient que tu me connais et que tu sais où je
vis, je cesserais de te voir.

— Qu'il soit fait selon ta volonté, répondit Blanche

avec résignation. J'obéirai, quoique, à vrai dire, je ne
te comprenne pas. Sache seulement que lorsque
tes dispositions se modifieront, et elles se modifieront, j'en suis sûre, tu me trouveras prête à te servir.

C'est cet entretien dont le souvenir reprenait la
mémoire de Louise au moment où la découverte de
l'infamie de Berteux allumait dans son cœur un
ardent désir de revanche et de vengeance. Les
paroles de Blanche Marcigne résonnaient à son
oreille. Dans ses conseils repoussés naguère, mais
non oubliés, elle trouvait des armes et puisait la
volonté de s'en servir.


# VI

## CHAINES RENOUÉES.


Après un superbe et joyeux repas, les convives de
mademoiselle Marcigne rentraient bruyamment dans
les salons où venaient d'être allumés lustres et can-
délabres. Les uns, sans perdre un moment, se grou-
paient en hâte autour d'une table de jeu toute
dressée, comme s'ils ne fussent venus que pour jouer,
et entamaient un ruineux baccarat qui allait se prolonger jusque dans la nuit; les autres se glissaient
dans la serre ouverte sur le jardin, où les attendaient
de fins cigares. Denis de Baumars n'imita d'abord ni
ceux-ci ni ceux-là.

Parmi les joueurs, il aperçut Tony Malécot, avide-
ment penché sur les cartes, suivant déjà avec une
attention passionnée les incidents de la partie. Il fit
un pas pour le rejoindre ; mais, brusquement chan-
geant d'avis, il tourna sur ses talons et se dirigea vers
la serre. Il y entra, alluma un cigare, et, cherchant
une place à l'écart, il s'assit, écrasé sous les préoccupations dont, par un violent effort, il était parvenu à secouer le fardeau pendant le souper, mais
qui de nouveau s'emparaient de son esprit, maintenant qu'il se retrouvait seul, livré à lui-même.

Ce qui le préoccupait à cette heure et voilait
de tristesse ses pensées, ce n'était pas l'excitation
imprimée à sa curiosité, aiguillonnée par l'attente
d'une femme mystérieusement annoncée et qui avait
manifesté l'espoir de se retrouver avec lui ; il les
connaissait bien, les folles créatures qu'il pouvait
rencontrer dans cette maison de plaisir, et, parmi
toutes celles dont sa mémoire lui rappelait les traits,
il n'en savait pas une qui fût capable de lui apporter
des émotions nouvelles. Ce n'était même pas la terreur du chagrin qu'éprouverait Marthe, si jamais
elle découvrait qu'il fréquentait ce monde interlope
où les tentations malsaines sont de toutes les heures,
où s'abaissent les caractères, où se flétrit le cœur et
s'altère la fraîcheur des sentiments. La préoccupation qui le poursuivait avait pour unique cause les
graves embarras d'argent dans lesquels le tenaient
enfermé, depuis déjà plusieurs semaines, à l'insu de
sa famille, la mauvaise chance attachée à ses spécu-

12

lations; la déveine qui s'acharnait après lui, à la
Bourse, au cercle, partout où, soit sous une forme,
soit sous une autre, il tentait la fortune ; les dépenses
exagérées auxquelles le condamnait le désordre de
sa vie ; enfin son inexpérience en affaires, son inca-
pacité à défendre ses intérêts compromis.

Saisi en arrivant à Paris par le tourbillon des
plaisirs, il en avait subi les entraînements avec la
faiblesse et la facilité d'un homme qui, longtemps
privé de ce qu'il a souhaité ardemment, en reçoit
du destin, à l'improviste, la libre possession. Après
avoir végété dans une obscure médiocrité, au fond
de ses montagnes, sans oser concevoir une espérance, sans apercevoir une éclaircie au fond du ciel
nuageux, il s'était trouvé tout à coup transporté
comme par enchantement dans un monde nouveau,
où tout était brillant et séduisant. Sous ses yeux,
dans cette société dont il ne savait rien, se déroulaient des incidents étranges. Avec une éclatante
impudeur, la fortune allait, non aux plus probes,
mais aux plus audacieux. Elle les prenait dans un
gouffre, brusquement les en tirait, les élevait en
quelques jours sur les sommets, en leur mettant en
main, avec une prodigalité capricieuse, les plus
rares trésors.

Dans la famille de sa femme, dans l'entourage de
son beau-père, Denis rencontrait maints exemples
de ces opulences soudaines, dues au hasard, con-
quêtes faciles qui, n'étant ni le fruit d'un travail
acharné, ni le résultat d'un persévérant effort, engen-

draient le goût du luxe, l'excès des dépenses, la
soif des jouissances, le relâchement des liens de
famille, le désarroi des convictions, une perversité
générale, qui lentement, mais sûrement, faisait la
tache d'huile dans le milieu social où elle se pro-
duisait, atteignant tout ce qui se trouvait à sa portée.

En même temps, de toutes parts, des tentations
brûlantes montaient autour de lui. A la Bourse, le
nom de son beau-père lui assurait un crédit illimité,
des facilités complaisantes pour entreprendre des
spéculations périlleuses. Au cercle dont il faisait partie, les tables de jeu étant en permanence, excitaient
ses instincts. S'il allait se promener au Bois, il rencontrait sur sa route des femmes dont le sourire
provocant allumait ses désirs. La terreur que tant de
jouissances entrevues exerçaient d'abord sur lui se
dissipait bientôt, au fur et à mesure qu'il apprenait, par l'exemple des autres, que ces aventures
pouvaient être courues sans danger apparent.

L'amour seul, un amour puissant et dominateur,
aurait pu le préserver des entraînements auxquels
l'exposait sa situation nouvelle. Mais il n'aimait pas
sa femme d'un tel amour : il l'avait épousée dans
une heure d'irritation et de lassitude, autant pour
obéir à sa mère que pour étouffer dans son cœur le
souvenir de Louise Gravelot. La tendresse qu'elle
lui prodiguait n'avait été ni assez prévoyante ni assez
forte pour élever entre lui et les séductions accumu-
lées sous ses pas une infranchissable barrière.

Maintenant, après une année de vie conjugale

durant laquelle il avait passé au château de Chanac,
avec sa femme, auprès de sa mère et de sa grand'-
mère, les premiers jours de l'été qui venait de finir,
il se retrouvait à Paris, aux prises avec des difficultés chaque jour plus inextricables, étreint par des
dettes, consistant pour la plupart en emprunts onéreux qu'il avait dû contracter pour combler ses
pertes de jeu et ses différences de Bourse, dues à des
agents de change ou à des coulissiers ; obligé, pour
calmer les plus exigeants, de recourir à des expé-
dients renouvelés sans cesse, qui à un créancier en
substituaient un autre, sans diminuer le chiffre de la
créance, et au contraire en l'augmentant. La dot
de sa femme ne pouvait l'aider à se délivrer : les
dispositions de son contrat de mariage, rédigé par
Berteux, faisaient de cette dot la propriété de l'épouse
et la mettaient à l'abri de toute surprise.

Il possédait, il est vrai, une petite fortune personnelle que devait augmenter plus tard le double héritage de la marquise de Villacerf et de la comtesse de
Beaumars. Mais cette fortune consistait en propriétés qu'il n'aurait pu aliéner où vendre à l'insu de
sa mère. Quand il était tenté de recourir à cette
extrémité, il lui suffisait, pour y renoncer, de se dire
qu'un emprunt ou une vente serait une cruelle désil-
lusion pour la pauvre femme, convaincue encore
que, grâce à l'alliance qu'elle considérait comme
son œuvre, son fils vivait libre de tout souci. Chaque
jour ajoutait à ses embarras un embarras nouveau,
creusait un peu plus profondément l'abîme sous ses

pieds. Il voyait approcher le moment où il ne lui resterait d'autre ressource que d'avouer à son beau-père
sa situation. Il envisageait avec effroi cet aveu et
cherchait vainement les moyens de se l'épargner.
Telle était la cause des préoccupations qui le suivaient partout et qui, ce soir-là, pesaient lourdement
sur son esprit, le rendant insensible aux distractions
qu'il était venu chercher chez mademoiselle Marcigne.

Dans le salon, on jouait avec fureur. Peu à peu la
serre était devenue déserte, les fumeurs se laissant
attirer autour du tapis vert. Denis restait seul, assis
sur le seuil du jardin qu'enveloppait la nuit. Autour
de lui, des palmiers plantés dans les caisses peintes
balançaient leurs feuilles d'émeraude avec un bruit
d'éventail agité; au long des treillages grimpaient
des roses épanouies; des camélias blancs ou rouges
étoilaient la verdure sombre; des parfums d'héliotrope
et de verveine montaient dans l'air, et sur l'ardente
couleur des géraniums glissait en sillons d'argent la
blanche clarté qui tombait des torchères, tamisée
par les verres dépolis. Dans le silence que troublaient
seules les rumeurs venues du salon, étouffées par les
portières, ses pensées s'agitaient confusément; il en
perdait le fil peu à peu; sans ordre, elles traversaient
son esprit troublé où un apaisement maladif succé-
dait à la fiévreuse lassitude qui le secouait tout à
l'heure. Malgré lui, ses yeux se fermaient, une invincible somnolence tendait un voile devant eux.

— Comte Denis de Baumars, où êtes-vous? dit

12.

soudain près de lui la voix de Blanche Marcigne.

— Vous m'appelez! s'écria t- il en se levant.

Il fut brusquement secoué de la tête aux pieds par une émotion plus violente que toutes celles qu'il se souvenait d'avoir ressenties jusque-là. Son sang tour à tour se glaçait et s'échauffait, montait à ses joues en poussées brûlantes. L'étonnement lui arracha un cri; ses mains s'étendirent comme pour écarter la vision vivante qui venait de s'offrir à ses regards : s'appuyant, tremblante et pâle, au bras de Blanche Marcigne, Louise Gravelot était devant lui. Sa robe noire, en gaze, montait jusqu'au cou, mais laissait voir, sous la transparence du tissu, les épaules et les bras, d'une forme aussi parfaite que si le ciseau d'un statuaire les eût taillés dans le marbre.

— Louise! murmura Denis.

— Je suppose que vous me saurez gré de vous laisser seuls, mes enfants, dit Blanche gaiement; je rentre au salon, vous êtes libres ici, on ne vous dérangera pas; tous mes hommes sont autour des cartes et tellement absorbés qu'il n'ont même pas vu entrer la belle Louise.

Elle s'éloigna, discrète et bienveillante, en leur envoyant un baiser du bout des doigts; ils restèrent l'un devant l'autre, si troublés qu'ils furent un moment sans pouvoir parler.

Blanche, avec cette persistance qui est propre aux femmes compromises, comme si la vertu des autres leur était intolérable, employait les ressources de son esprit à rapprocher Louise de Denis. Elle vou-

lait les réconcilier, disait-elle, leur fournir l'occasion de s'expliquer. Effrayée à l'avance par les suites
vraisemblables de cette entrevue, Louise longtemps
était demeurée sourde aux suggestions de son amie.
Pour ne pas s'exposer à lui céder, elle évitait même
d'aller la voir chez elle. C'est dans sa modeste maison que Blanche venait la trouver, et encore avait-
elle dû prendre l'engagement de ne jamais prononcer son nom devant des étrangers et de ne parler
jamais de leurs relations. Elles s'étaient vues ainsi
durant trois mois mystérieusement, ce que mademoiselle Marcigne trouvait tout à fait piquant,
bien qu'elle ne comprît rien aux scrupules de
Louise.

— Pourquoi ne veux-tu pas le revoir ? demandait-
elle. Pourquoi te condamner à souffrir ? Qui t'en
saura gré ? Reprends-le donc, puisque tu l'aimes.

Louise se contentait de répondre qu'elle ne voulait pas devenir la maîtresse de Denis, qu'elle avait
promis à Berteux de ne pas troubler le bonheur de
la comtesse de Baumars, et qu'elle était résolue à
tenir sa promesse. Ce renoncement, à ce qu'elle prétendait, ne lui coûtait rien. Il lui répugnait de
paraître s'imposer à celui qui n'avait pas voulu d'elle,
quand il était libre de se l'attacher pour toujours et
engagé par l'honneur à ne pas l'abandonner. Quelle
que fût l'étendue de son malheur, elle ne chercherait pas à renouer les liens brisés. Blanche écoutait
ces propos qu'accompagnaient des larmes ; elle feignait de se laisser convaincre, mais elle ne désespé-

rait pas d'avoir raison d'un parti pris trop héroïque
pour durer longtemps.

Un matin, Louise était arrivée chez elle en proie à
la colère, révoltée, lasse de son supplice. Elle venait
d'apprendre par quels procédés odieux Mathias Berteux, trompant Denis, la trompant elle-même, avait
consommé leur séparation. Cette découverte la déliait
de ses engagements, lui rendait l'espoir d'être aimée,
la livrait à tout l'emportement d'un amour que le
temps et les sacrifices, loin de l'affaiblir, avaient fortifié.

Louise avait voulu revoir Denis. Elle cédait à son
cœur, elle obéissait à sa passion, se répétant sans
cesse que ce qu'elle allait faire était légitime, et que
le droit de reprendre son bien est un droit sacré plus
respectable et plus fort que toutes les lois. Ce qu'elle
avait voulu maintenant se réalisait. Elle était en
présence de son amant.

— C'est donc vous que je retrouve! dit-il enfin. Mais,
hélas! pourquoi est-ce dans cette maison? Savez-
vous ce qu'est la femme chez qui vous êtes?

— La volonté de vous revoir est l'unique motif de
ma présence chez elle. C'est la première fois que j'y
viens sans la trouver seule; ce sera aussi la dernière fois.

— La volonté de me revoir, dites-vous! Elle a été
bien tardive. Depuis que le destin qui nous avait
réunis nous a séparés, c'est en vain que je cherche à
comprendre votre conduite; le silence obstiné qui
suivit votre départ, mes lettres restées sans réponse,
mes supplications dédaignées...

Louise l'interrompit :

— Si j'étais venue dans le dessein de vous accuser, Denis, fit-el e, je pourrais vous objecter que vous avez été bien prompt à considérer ce silence comme le signal d'une rupture définitive et à vous résigner à me perdre. Je pourrais vous objecter qu'après ce qui s'était passé entre nous, vous aviez le devoir, avant de renoncer à moi, de vous mettre à ma recherche, de m'interroger et de me demander pourquoi je vous avais sacrifié. Cette démarche vous eût éclairé et nous eût évité bien des larmes. Mais je ne suis pas venue pour vous accuser ; ces objections, je ne les ferai pas ; je ne vous reprocherai pas non plus votre mariage ; je ne vous reproche rien, parce que nous avons été l'un et l'autre victimes d'une conjuration formée contre notre bonheur ; oui, une conjuration déloyale, reprit-elle avec force ; une conjuration qui supprimait vos lettres, comme elle supprimait les miennes, et faisait le silence entre nous...

— Quel est le misérable ?... s'écria Denis.

— M. Mathias Berteux, le père de votre femme, répondit Louise.

Étourdi par cette déclaration, il chancela et tomba assis à la place où il se trouvait tout à l'heure, le front dans les mains, partagé entre l'indignation qui grondait dans son cœur et le respect qu'il devait au père de Marthe.

— Êtes-vous sûre de ne pas vous tromper ? demanda-t-il.

— J'ai des preuves, reprit Louise ; je vous les donnerai en vous racontant ma vie depuis le jour où

je vous ai quitté. Longtemps je vous ai accusé;
longtemps vous n'étiez à mes yeux qu'un parjure,
digne de ma haine et de mon mépris, que je ne voulais pas revoir, ne pouvant me résoudre ni à le mépriser ni à le haïr, et moins encore à me venger de lui.
Mais lorsque, il y a peu de jours, la vérité m'a été
révélée; quand j'ai touché du doigt la fatalité qui a
pesé sur nous, alors les sentiments mauvais qui
remplissaient mon âme se sont évanouis, et après
m'être longtemps cachée de vous, c'est moi qui ai
voulu vous revoir.

— Louise! soupira Denis en se levant.

— Oui, c'est moi, continua-t-elle.

Sa voix tremblait; elle se soutenait à peine, subju-
guée de nouveau par la passion contre laquelle depuis
tant de jours elle se défendait. Elle reprit :

—C'est moi; je voulais savoir si vous m'aimez encore.

— Si je vous aime! s'écria-t-il. Il la prit entre ses
bras, et l'étreignant contre son cœur, il lui ferma les
lèvres d'un baiser en murmurant : —Je n'aime que toi!

## VII

### CE QUI SE VOIT ET CE QUI NE SE VOIT PAS.

Le Comptoir central des valeurs mobilières étalait
sur la place de la Bourse sa blanche façade toute
sculptée, comme celle d'un palais flamand. Au-dessus

de la triple arcade par laquelle on pénétrait dans le
vestibule, fermé le jour par des portes vitrées, la nuit
par des portes de fer, s'étalait en lettres d'or, sur une
large plaque de marbre noir, le titre ronflant de l'établissement, suivi de ces mots : « Société anonyme au
capital de vingt-cinq millions. » A droite et à gauche
de l'enseigne, deux statues colossales représentant,
l'une le Commerce, l'autre l'Industrie, portaient sur
leurs bras vigoureux, dressés vers le ciel, un balcon
monumental, sans paraître écrasées par ce lourd
fardeau. Sur ce balcon, s'ouvrait une large baie
cintrée formant loge, comme si l'architecte eût prévu
qu'un jour viendrait où le capital du Comptoir central
étant porté à deux cents millions, peut-être à trois
cents, ses actionnaires seraient si nombreux qu'on
ne pourrait les réunir ailleurs que sur la place publique, et eût voulu ménager dans la façade de l'édifice
une tribune du haut de laquelle Mathias Berteux les
haranguerait.

Quand on avait franchi le seuil et traversé le vestibule, on se trouvait dans un hall vitré montant jusqu'au
toit, tout autour duquel les employés étaient assis
derrière des comptoirs d'acajou massif. Des écriteaux
indicateurs guidaient le public au gré de ses besoins,
à travers les divers services : transferts, caisse, prêts
sur titres, change, ordres de Bourse. Sur une estrade,
au milieu du hall, un garçon de salle en uniforme
était assis, veillant sur d'autres garçons qui circulaient
affairés, de bureau à bureau. A la hauteur du premier
étage, derrière une balustrade circulaire en bois

sculpté, on apercevait plusieurs employés penchés sur des pupitres. On arrivait à eux par un large escalier placé au fond de la salle, et qui conduisait également dans la partie des bureaux où se tenait, comme des grands prêtres retirés dans le sanctuaire d'un temple et inaccessibles à la foule, le haut personnel de l'établissement, directeurs, administrateurs et président du conseil. N'allait pas là qui voulait. Pour gravir les degrés de l'escalier mystérieux, il fallait être un familier de la maison, ou avoir obtenu l'autorisation du gardien qui en défendait l'accès.

Enfin, sous le hall s'étendaient de vastes galeries souterraines qui recevaient la lumière par des soupiraux recouverts d'un verre opaque, dur comme la pierre. Dans ces galeries, que protégeaient des grilles formidables, que des murailles revêtues de fer et d'épaisses voûtes mettaient à l'abri du feu, des coffres-forts qui ne s'ouvraient qu'à l'aide de formules secrètes contenaient la fortune de l'établissement, les dépôts que lui confiait le public, argent et titres. C'est là que, chaque soir, avant la fermeture, le caissier principal faisait descendre les encaissements de la journée, là qu'il puisait chaque matin les sommes nécessaires aux besoins des divers services.

Cet édifice, merveilleusement approprié à l'usage auquel il servait, avait été construit sur l'emplacement d'un restaurant célèbre, pour le compte d'une société tombée en déconfiture au moment même où elle allait être lancée. Pendant plus de six mois, les Parisiens avaient vu avec surprise ce monument

quasi achevé, silencieux et désert derrière ses gigantesques échafaudages et sa barricade en planches qui
disparaissait sous les affiches. Puis, un jour, ils avaient
appris que le Comptoir central des valeurs mobilières
venait de s'en rendre acquéreur, et que, sans se
préoccuper de la malechance qui avait atteint les
précédents propriétaires, Mathias Berteux plantait
son drapeau à cette place, en face de la Bourse, en
plein cœur de Paris.

Ce trait d'audace ne contribua pas peu à la hausse
des actions du Comptoir central. Au moment où, la
Société définitivement constituée, l'administration
organisée et les opérations commencées, Berteux
partait avec Albert Malécot pour l'Espagne, où les
appelait l'espoir d'une entreprise lucrative, les titres
du Comptoir, bien qu'ils ne fussent ni cotés à la
Bourse ni même émis, devenaient l'objet d'un trafic
important. Les premiers souscripteurs les vendaient,
avec un bénéfice de trois cents francs par titre, en
promettant de les livrer aux acheteurs lors de l'émission : ceux-ci à leur tour les revendaient sous la même
condition, en réalisant un gain nouveau ; et une fois
de plus le marché financier offrait ce singulier spectacle de transactions engagées sur une marchandise
qui n'existait pas encore.

C'est Berteux qui, avant son départ, avait préparé
cette campagne. La presse, payée royalement, chantait chaque jour les louanges du Comptoir central et
de ses administrateurs. Elle faisait des allusions
éloquentes aux projets de Mathias Berteux, à l'in-

13

fluence de quelques-uns de ses collaborateurs, le comte de Louville, l'intendant général Reyre, le président Pégardie, à l'éclat de leur carrière, à l'habileté bien connue d'Albert Malécot, à l'honorabilité du comte de Baumars. Elle se réjouissait de voir des gentilshommes se jeter dans le mouvement qui devait transformer la fortune publique en l'augmentant. Enfin elle parlait mystérieusement de ce voyage d'Espagne d'où Berteux devait rapporter un traité dont l'exécution assurerait d'énormes dividendes aux actionnaires du Comptoir central des valeurs mobilières.

L'opinion surexcitée prenait confiance, soutenait les cours par l'ardeur qu'elle mettait à vouloir acheter. Aux efforts des établissements rivaux qui tâchaient d'arrêter le mouvement, elle résistait; toute tentative de baisse avait pour lendemain une hausse victorieuse. L'absence de Berteux et de Malécot, en laissant croire qu'ils étaient étrangers à cette rapide ascension de leurs valeurs, lui donnait un caractère de spontanéité propre à entraîner le public. Mais c'est eux qui, en réalité, la provoquaient et la dirigeaient par l'intermédiaire d'un habile agent, rompu à toutes les roueries de la spéculation. Il commençait par vendre une partie de leurs titres, réalisait un premier gain, laissait la baisse se produire, et relevait brusquement les cours par des rachats dont les auteurs véritables demeuraient inconnus.

Grâce à ce jeu de bascule, la faveur qui s'attachait aux actions du Comptoir central des valeurs mobi-

lières allait sans cesse en s'accroissant, s'étendant
à l'établissement lui-même où le grand et le petit
commerce apportaient peu à peu leur argent, se
faisaient ouvrir des comptes courants et des comptes
de chèques. Après une absence de six semaines,
Albert Malécot, revenant de Madrid où Berteux
était resté pour recueillir le bénéfice des négocia-
tions fructueuses poursuivies en commun, trouvait
la Banque en pleine prospérité, lancée, acceptée,
déjà populaire. Son fils et Denis de Baumars,
nommés administrateurs délégués et chargés à ce
titre de la direction effective, n'avaient eu qu'à se
laisser porter par les événements pour acquérir à
peu de frais la réputation d'hommes prudents et
habiles. Satisfait de leur gestion, dont un excès de
confiance lui faisait négliger de vérifier les dessous,
il laissait entre leurs mains, en attendant le retour
de son associé, la conduite des affaires, et ne s'occupait que de diriger les mouvements du marché, sans
entrer dans les détails administratifs, dont ils demeuraient seuls maîtres.

Dans les sociétés anonymes par actions, l'administrateur délégué est tout-puissant; il nomme et
révoque les employés, il prononce sur les propositions soumises à la société par des tiers. S'il est
contraint, aux termes des statuts, de faire ratifier
ses décisions par les administrateurs réunis en conseil, il peut les leur expliquer ainsi qu'il l'entend,
les dénaturer pour les leur faire adopter, puisqu'il
leur fournit les éléments du vote qu'il sollicite d'eux.

S'il n'est pas surveillé de près, il peut dilapider les fonds sociaux, altérer les comptes, engager la responsabilité de la société, la ruiner même, et dissimuler ses fautes jusqu'au moment de l'inventaire, quelquefois même au delà.

A peine installé dans ses fonctions, armé de pouvoirs étendus, entouré d'un personnel complaisant, Tony Malécot, pressé d'argent, s'était fait ouvrir à la caisse, sous un nom supposé, un crédit égal au total des sommes qui lui étaient nécessaires. Denis de Baumars, acculé par ses créanciers, avait bientôt imité cet exemple et emprunté de même. Puis comme, à la veille du retour de Mathias Berteux, il importait que la situation fût régularisée, au moins en apparence, ils avaient déposé l'un et l'autre, en représentation de leurs emprunts, des titres d'affaires discréditées, des actions invendables qu'ils s'étaient procurées à vil prix, sur lesquelles ils n'auraient pu trouver à emprunter ailleurs, et, leur attribuant une valeur fictive, les faisaient figurer dans les comptes sous la rubrique : « Valeurs en portefeuille. »

Le Comptoir central pratiquait sur une vaste échelle les prêts sur titres; il employait à ce genre d'affaires une partie des dépôts qu'il recevait du public. Il était donc aisé à Tony Malécot et à Denis de Baumars de dissimuler ces opérations délictueuses réalisées pour leur compte, avec la complicité de chefs de service qui fermaient les yeux pour ne pas déplaire, et qui se trouvaient d'ailleurs justifiés et couverts par les ordres qu'ils recevaient. Tant que Berteux ne procéderait pas à la vérification du portefeuille, la fraude demeurait cachée. L'examen même des livres ne pourrait lui révéler les emprunts contractés par MM. les administrateurs délégués, dont le nom n'y figurait pas. Pour qu'ils fussent découverts, il aurait fallu que, des besoins d'argent venant à se produire, il y eût lieu de recourir à la Banque de France et de rechercher parmi les valeurs en portefeuille celles qu'on pourrait lui faire accepter en nantissement du prêt qu'on solliciterait d'elle. Mais un tel péril n'était pas à redouter. L'argent affluait dans les caisses; l'importance et le nombre des dépôts, s'augmentant chaque jour, défendaient de supposer que Berteux procéderait, avant l'inventaire annuel, à l'examen des titres qui servaient de gage aux avances consenties. MM. les administrateurs délégués ne s'inquiétaient donc pas. Ils avaient assez de temps devant eux pour tirer parti des ressources mises à leur disposition, réaliser des bénéfices et rembourser leur dette. Pleins de confiance dans l'avenir, ils creusaient de plus en plus le trou imprudemment ouvert.

En moins de six semaines, Denis, pour sa part, avait prélevé sous cette forme plus de cinq cent mille francs, maintenant représentés dans l'actif social par des actions de sociétés fantastiques, telles que les Charbonnages de Moravie, les Mines d'Audierne, les Huîtrières de Terre-Neuve, les Gazettes financières réunies, le Syndicat des moralités, les Argiles et craies des falaises helléniques, et d'autres

analogues, choisies comme à plaisir parmi les entreprises extravagantes que Paris, tous les ans, voit
naître et mourir. Il est vrai que ses dettes les plus
pressantes étaient payées; il est encore vrai que recou-
vrant du même coup son crédit un moment ébranlé,
il s'engageait dans des spéculations nouvelles, convaincu que cette fois la fortune allait lui sourire, le
dédommager des pertes que précédemment elle lui
avait fait subir.

Mais ce n'étaient là que des espérances; l'avenir
seul pouvait les réaliser ou les voir s'évanouir. En
attendant, il restait à la merci d'un péril que son
imprévoyance lui cachait, mais qui n'en était pas
moins redoutable, puisqu'il pouvait éclater à toute
heure, et qui s'aggravait encore de la solidarité créée
entre Denis de Baumars et Tony Malécot par tant
d'opérations irrégulières pour lesquelles la signature
des deux administrateurs délégués était nécessaire.
Lorsque l'un d'eux, pour être agréable à son collègue, avait donné son consentement afin de couvrir
un acte contraire aux statuts, comment l'autre
aurait-il refusé le sien, s'il lui était demandé au
nom du service qu'il venait de recevoir? Dans cet
échange de bons procédés, Tony Malécot, plus roué
que Denis, exigeait toujours plus qu'il n'avait donné.
Profitant de la faiblesse de son collègue, de son
inexpérience, de son étourderie, il l'entraînait là où
il voulait aller lui-même. Il l'obligeait à accepter
des propositions notoirement désavantageuses pour
la société, apportées par des tiers aux yeux de qui il

se donnait seul le mérite du succès, afin de pouvoir se le faire payer d'un prix convenu à l'avance, qu'il percevait à l'insu de Denis.

Il avait mis l'établissement en coupe réglée, il en avait fait son bien et sa chose; il ne soumettait au Conseil d'administration que les questions qu'il jugeait bon de lui soumettre; il lui cachait la plupart des entreprises dans lesquelles il aventurait la fortune sociale. Faiblesse ou légèreté, Denis le laissait faire, uniquement préoccupé de la surveillance de ses affaires personnelles, passant auprès de Louise Gravelot tout le temps qu'il ne leur consacrait pas. Tony Malécot régnait au Comptoir central, et quoiqu'il y eût nominalement deux maîtres, il y était seul maître de fait.

Ah! maman Floyd, pédicure et manicure des princes et de la noblesse, actionnaire confiante et candide, que ne pouvez-vous voir ce qui se passe derrière ces guichets somptueux, à travers lesquels vous avez compté votre argent, votre cher argent, le sang de vos veines, entre des mains bienveillamment ouvertes et qui semblaient vous faire une grâce en le recevant! Si vos yeux, accoutumés à pénétrer les secrets les mieux gardés, pouvaient percer les murailles sculptées qui gardent votre précieux dépôt; si vous pouviez deviner l'usage que MM. les administrateurs délégués font de votre fortune, vous seriez épouvantée. Sans attendre le dividende qu'on vous a promis, vous vous hâteriez de vendre vos actions et de toucher la prime; vous renonceriez

même à cette prime à la condition de sauver votre
capital. Mais il n'est pas en votre pouvoir de gravir
l'escalier sacré, de franchir le seuil du sanctuaire où
vous croyez votre argent en sûreté. Non, cela n'est
pas en votre pouvoir, et vous ne saurez rien de ce
qui se triture dans ces retraites redoutables.


## VIII

### MATHIAS BERTEUX REVIENT D'ESPAGNE.


Paresseusement étendu dans un sleeping-car,
dont le mouvement berce le demi-sommeil qui clôt
ses paupières, Mathias Berteux revient d'Espagne.
On est aux derniers jours du mois de novembre.
Dans les gorges d'aspect sauvage et tourmenté que
traverse le train avant d'arriver à la frontière de
France, la neige commence à couvrir d'un blanc
tapis les pentes des montagnes dont, même en été,
elle couronne les sommets. Avec la neige, le froid
est venu. Mathias Berteux, enveloppé d'une chaude
pelisse, derrière les vitres du wagon couvertes d'une
buée glacée aspire au moment où il rentrera dans Paris

Que d'exquises émotions l'attendent là-bas!

Il va retrouver le Comptoir central des valeurs
mobilières, le retrouver prospère. A cette prospérité
il apporte des éléments nouveaux, ce traité qu'il
vient de conclure avec le gouvernement espagnol

pour l'exploitation des mines royales de la Havane,
pour la construction des chemins de fer de l'Estra-
madure et pour la canalisation du Guadalquivir. Ces
trois affaires seront constituées par actions, lancées
par le Comptoir central des valeurs mobilières, et
laisseront dans ses caisses des gains abondants dont
lui, le grand, le seul Mathias Berteux, touchera la
plus grosse part.

Il va retrouver aussi Louise Gravelot. Quand il
songe à elle, au moment où il la reverra, un flot de
sang monte à ses joues, et dans ses sens aiguillonnés
par l'espérance s'éveille un désir brutal qui le secoue
des pieds à la tête et le fait frissonner. Pendant sa
longue absence, il a écrit à Louise presque tous les
jours. Ce qu'il n'osait lui dire de vive voix, il le lui
a dit dans ces lettres, que sa passion déchaînée a rendues éloquentes. Il a brûlé ses vaisseaux, il a fait
l'aveu de son ardent amour; puis, encouragé peu à
peu, il a exposé son espoir, sa ferme volonté de consacrer toute sa vie à celle qu'il adore, si elle consent
à le payer de retour; il lui a promis d'être pour elle
un amant fidèle et généreux, de la combler de
richesses, de l'entourer de tant de sollicitude, de
l'élever si haut, qu'elle sera pour tous un objet
d'envie. Il est allé jusqu'à insinuer que si jamais il
devenait libre, il l'épouserait, que c'est là son plus
cher désir, et que s'il ne peut le réaliser un jour, il
liquidera ses affaires, réalisera sa fortune et partira
avec Louise, sans rien regretter de ce qu'il laissera
derrière lui.

13.

Il était bien anxieux quand il expédiait à Louise la première de ces lettres, dont l'accent le surprenait lui-même et l'épouvantait. Louise répondrait-elle? Elle a répondu à celle-là et aux autres. Entre les lignes de ses réponses, il a cru lire un encouragement; il a continué en s'échauffant, comme un bon marcheur qui va plus vite en approchant du terme de sa course et double les dernières étapes. Louise n'a paru ni révoltée ni même surprise. Elle n'a pas dit non, et il s'est convaincu qu'elle se laissait séduire. Il est maintenant certain qu'à l'heure qui le mettra en sa présence, ses efforts seront couronnés de succès. Le désir descend sur lui comme un voile, le baigne dans une atmosphère excitante, le prépare à se jeter aux pieds de celle qu'il aime, à l'étreindre passionnément, à savourer la douceur du baiser triomphant dans lequel il cueillera le fruit de sa longue constance. Ah! comme il l'appelle de ses vœux, cette heure voluptueuse! Comme il la vit par avance! Pour tout l'or du monde il n'y voudrait pas renoncer, et s'il avait à choisir entre les folles joies qu'il se promet et le brillant traité qu'il rapporte d'Espagne, il n'hésiterait pas : il sacrifierait le traité et les bénéfices qu'il en espère.

La nuit vient, le surveillant du sleeping-car allume les lampes. Une lumière blanche et tremblante éclaire le compartiment et glisse avec mollesse sur le front de Berteux, qui s'endort. Dans le sillon lumineux sous lequel ses yeux se ferment, il croit voir passer l'image de l'adorée. Elle se courbe vers lui, souriante, les bras ouverts, les cheveux dénoués couvrant de leur flot noir sa splendide nudité. Elle met ses lèvres sur la bouche de son amant, s'abandonne et lui livre le trésor de sa suave beauté parfumée de jeunesse, tout électrisée par l'ardeur qu'il lui communique. Précédé de ce rêve qui brûle son sang, il entre dans le sommeil, au bruit sourd du train qui l'emporte. Dors, Mathias Berteux, dors; tu ne seras jamais plus heureux : puisse ton rêve durer longtemps! Il finira toujours trop tôt; trop tôt tu te réveilleras pour saisir sur le vif la décevante réalité qui t'attend au bout de ta route.

Dans la soirée du lendemain, il arrivait à Paris. Son coupé se trouvait à la gare et le ramena chez lui. Personne ne l'attendait. Pour ne pas ébruiter son retour, à l'aide duquel il voulait frapper un grand coup à la Bourse du jour suivant, il ne l'avait annoncé qu'à son cocher. Sa maison était déserte; madame Berteux dînait chez sa fille, et celle-ci, n'étant pas prévenue, n'avait pu venir embrasser son père à son arrivée. Il n'en fut pas plus affligé qu'étonné. Pressé de voir Louise, il lui plaisait d'être seul. Il demanda les journaux du soir et les parcourut, négligeant les nouvelles politiques pour lire les informations financières réunies sous la rubrique : « Marché en banque. » Il constata que les actions du Comptoir central des valeurs mobilières étaient en baisse. Il écrivit un court billet à Albert Malécot pour l'engager à en acheter un grand nombre, le lendemain dès le matin, avant l'ouverture de la Bourse. Puis, ayant fait à la hâte un léger repas et quitté ses vêtements de voyage pour en mettre d'autres, il remonta dans sa voiture qui l'avait attendu, et se fit conduire à Passy.

Quand il descendit dans l'étroite rue où s'ouvrait la grille du jardin de mademoiselle Gravelot, si pressés et si violents étaient les battements de son cœur qu'ils lui coupaient la respiration. Jusqu'à ce moment, une invincible confiance l'avait soutenu; à l'improviste elle l'abandonnait, le laissant aux prises avec une angoisse douloureuse, causée à la fois par l'incertitude qui venait de s'emparer de lui, touchant l'accueil qu'on lui réservait, et l'embarras où il se trouvait pour reprendre et continuer avec Louise l'entretien passionné, commencé dans ses lettres. Qu'allait-il lui dire? Devait-il tomber à ses pieds? Devait-il au contraire rester silencieux et attendre qu'elle lui ordonnât de parler? Sans rien décider, il traversait lentement le jardin, troublé par le silence qui régnait autour de lui, dans lequel le bruit de ses pieds sur le gravier fin de l'allée lui semblait formidable. Il se reprochait de n'avoir pas prévenu Louise de son arrivée. Peut-être était-elle sortie; peut-être aussi lui saurait-elle mauvais gré de son retour inattendu?

Sur le premier point, il fut bientôt rassuré. Ayant fait le tour de la maison, il aperçut de la lumière derrière les persiennes closes du salon et de la chambre de Louise. Huit heures sonnèrent en ce moment à l'horloge de la mairie de Passy. Il était trop tôt pour

que Louise fût couchée. Il pensa que le froid du soir
l'avait décidée à rentrer. Il allait donc la trouver
seule. Son émotion grandissait. L'espoir de voir se
réaliser ses désirs et la crainte d'une amère déception
se heurtaient dans son cerveau. Il fit appel à son
sang-froid, gravit les marches du perron, tira doucement le bouton de la sonnette et demeura là,
l'oreille collée à la porte, croyant qu'on allait lui
ouvrir; mais on ne répondait pas. Très-probablement, madame Gabriel était sortie, et retirée dans
sa chambre, Louise n'avait pas entendu le son du
timbre. Il attendit cinq minutes; puis il se décida à
entrer, si la porte n'était pas fermée. Il la poussa en
tournant la poignée de la serrure; elle s'ouvrit.
L'entrée du salon se trouvait à gauche dans le couloir. Il passa la tête sous la portière à demi soulevée;
le salon était vide, quoique éclairé par une lampe
posée sur la cheminée; mais, dans la chambre à
coucher, il entendit la voix de Louise. Il traversa la
pièce, et, arrivé devant la porte de la chambre, il
frappa.

— Que me veut-on? demanda, de l'intérieur,
Louise croyant parler à la femme qui était à son service en remplacement de madame Gabriel.

— C'est moi, répondit Berteux en élevant la voix,
tout tremblant à la pensée que, de l'autre côté de
cette porte close dont il n'avait jamais franchi le
seuil, il allait trouver Louise couchée; c'est moi, ma
chère enfant; j'arrive, et je suis venu, ayant hâte de
vous voir.

— Ah! c'est vous, monsieur Berteux, reprit
Louise sur le même ton; vous pouvez entrer.

Il pouvait entrer! Il fut ébloui, croyant que le
ciel s'ouvrait. Il se glissa dans la chambre en disant :

— Je n'ai pas trouvé madame Gabriel, et je me
suis permis...

Louise interrompit son explication, en disant :

— Madame Gabriel n'est plus ici. Avancez, monsieur Berteux; approchez-vous du feu, il fait froid.

Mais il n'approchait pas! Le spectacle qu'il venait
de surprendre le clouait au parquet, blême, stupide,
assommé, comme s'il eût été précipité du haut des
monts altiers entre lesquels, la veille, presque à la
même heure, il s'endormait bercé par le plus volup-
tueux des rêves. Dans un fauteuil, devant le feu, se
tenait, lui tournant le dos, un homme dont il n'apercevait que la chevelure brune et soyeuse. Sur les
genoux de cet homme, lui faisant une chaîne de
ses bras enlacés autour du cou, Louise était
assise, dans une attitude de tendre et confiant
abandon. Par-dessus le dossier du fauteuil et la tête
de l'inconnu, elle regardait Berteux tranquillement,
un sourire ironique sur les lèvres et dans les yeux.
Sous le feu de ce regard, il sentait les veines de son
front se gonfler d'une poussée de sang qui allumait la fièvre dans tout son corps; il ne comprenait
rien à ce qui arrivait, à cet amoureux tête-à-tête que
Louise venait de laisser surprendre volontairement,
comme si elle l'eût préparé en vue de son retour. Un
cruel déchirement se faisait dans son cœur : par cette

fissure, brutalement ouverte, s'envolaient ses illusions et ses espoirs; sa stupéfaction ne cessait que pour faire place à une horrible et humiliante douleur qui mettait dans sa gorge des larmes de désespoir et de rage.

— Je ne vous attendais pas ce soir, monsieur Berteux, dit enfin Louise, après avoir joui de son effarement silencieux.

— Il n'est pas difficile de le deviner, répondit-il, les dents serrées; pas plus difficile que de deviner qu'en mon absence vous vous êtes créé de doux passe-temps.

— Me le reprochez-vous, monsieur?

— Oui, je vous le reproche, fit-il en éclatant.

— De quel droit, je vous prie? Vous figurez-vous que les très-ardentes lettres que vous m'écriviez d'Espagne, ces lettres passionnées que je conserve précieusement, vous ont créé des droits sur ma personne et sur ma vie?

— C'est vous qui les avez encouragées, ces lettres que vous raillez et qui exprimaient le sentiment le plus sincère et le plus fort. C'est vous! Si dès la première vous m'aviez dit loyalement la vérité!.....

— C'eût été dommage d'arrêter votre plume en si beau chemin, monsieur, interrompit Louise en riant. J'ai voulu voir jusqu'où vous pousseriez le lyrisme.

— C'est une tromperie infâme! s'écria Berteux.

— Moins infâme que celle dont vous vous êtes rendu coupable envers moi, reprit Louise redevenant

grave; oui, moins infâme, répéta-t-elle, en quittant
sa place pour se rapprocher de Berteux.

— Que voulez-vous dire? balbutia-t-il.

— Je veux dire que madame Gabriel m'a révélé
par quel moyen vous êtes parvenu à faire du comte
Denis de Baumars le mari de votre fille!

— Madame Gabriel a menti! fit-il à tout hasard,
espérant encore que Louise ne savait qu'une partie
de la vérité.

— C'est vous qui mentez! Vous vous êtes servi de
cette femme pour détourner les lettres que j'écrivais
à mon amant, comme celles qu'il m'écrivait lui-même,
et pour élever entre nous le malentendu qui nous a
séparés. Allons, Denis, ajouta-t-elle impérieusement
en se tournant du côté de l'inconnu qui, durant cette
explication, était resté silencieux, sans bouger; allons,
affirmez avec moi à M. Berteux que la vérité nous
est connue.

— Elle nous est connue! dit Denis en se levant.

— Vous! vous ici! s'écria Berteux épouvanté.

— Vous me l'aviez enlevé, continua Louise, je
l'ai repris. Le ciel m'est témoin que j'étais disposée
à me sacrifier jusqu'au bout, à tenir la promesse que
vous m'aviez arrachée en me trompant et que je vous
avais faite quand je croyais à votre bonne foi. Je fuyais
Denis, alors; j'étais résolue à ne jamais le revoir, et
Dieu sait que je me suis dérobée à toutes les occasions de le rencontrer. Mais en apprenant par quels
procédés il m'avait été ravi, je me suis considérée

comme libre et dégagée de ma promesse. Je l'ai revu ;
il m'aimait toujours.

— Vous ne le garderez pas longtemps, répliqua
furieusement Berteux ; il y a des lois qui protégent la
famille.

— Appelez-en donc à ces lois, si vous l'osez. Je ne
vous crains pas, monsieur Berteux. Pour me défendre
contre vous, j'ai le témoignage de madame Gabriel,
qui est prête à déposer devant les tribunaux ; j'ai les
lettres que nous m'avez écrites d'Espagne ; j'ai plus
que cela encore, mon amant lui-même, qui me chérit
et que je garderai malgré vous. Ah ! cela vous étonne
de m'entendre parler ainsi ; et peut-être estimez-vous,
vous, l'homme de la famille, que je descends au
niveau des créatures perdues. Si vous le pensez,
monsieur, il ne faut accuser que vous de ma dégra-
dation. C'est vous qui m'avez pervertie, faite ce que
je suis. Avec le mari de mon choix, j'aurais été une
honnête femme, une épouse toute à ses devoirs, une
mère dévouée. Vous me l'avez pris, ce mari, pour en
faire votre gendre, et si je ne peux plus être que sa
maîtresse, c'est à vous que je le dois, vous, l'auteur
de tous mes maux. D'aillenrs, devais-je hésiter à rappeler mon amant, quand vous ne me laissiez d'autre
parti que celui de me livrer à vous ? Déshonneur pour
déshonneur, j'ai mieux aimé me déshonorer avec
l'homme que j'aime qu'avec celui que je méprise.

Elle s'arréta, écrasant Berteux d'un geste de défi.
Il releva le front, cependant, et s'adressant à Denis :

— Vous avez entendu cette femme, monsieur,

dit-il ; à vous de voir si vous devez lui donner raison contre moi. C'est déjà bien grave que je vous aie rencontré ici. Je veux espérer encore que vous avez le désir de réparer votre faute et l'outrage que vous faites à ma fille. Prenez mon bras, Denis, et sortons.

Il tendit la main vers son gendre, comme pour le saisir et l'entraîner. Mais, au lieu d'obéir, Denis fit un pas en arrière, en disant avec résolution :

— Il m'est impossible de vous suivre, monsieur.

— C'est donc la mère de votre fils qui sera sacrifiée ?

— Si vous le voulez, monsieur, elle pourra encore se croire aimée. Il suffira que vous lui cachiez ce que vous avez appris ce soir. Personne ne le lui dira, puisque personne ne le sait. Elle peut donc l'ignorer toujours.

— Vous me demandez de devenir complice de vos désordres.

— Réfléchissez, et vous reconnaîtrez que vous ne sauriez raisonnablement prendre un autre parti.

— Ce n'est cependant pas celui que je prendrai ! s'écria Berteux emporté par la colère.

Ce fut son dernier mot. Il sortit brusquement en fermant avec fracas les portes derrière lui. Sa voiture stationnait devant la grille. Il la renvoya, désireux de rentrer à pied, espérant qu'une longue course apaiserait ses nerfs surexcités. Puis, descendant vers la Seine, il se mit à marcher le long des quais déserts, dans la direction des Champs-Élysées. Il était exas-

péré, furieux, affolé par l'horrible déception qu'il
venait de subir, tout meurtri par cette chute qui le
précipitait, des sommets où l'avaient emporté les projets amoureusement caressés depuis deux mois, dans
un trou sans fond. Une passion contrariée est chose
grave à son âge. Il devinait bien que son malheur
était irréparable. Son impuissance à se guérir engendrait dans son cœur une véritable rage.

— Je me vengerai! se répétait-il.

Ah! la misérable créature, comme elle s'était jouée
de lui! Et madame Gabriel! en voilà une encore qu'il
saurait retrouver pour la châtier. Mais, hélas! se venger d'elle, se venger de Louise, à supposer qu'il y par-
vînt, cela le rendrait-il plus heureux? Cette question
le désarmait, le laissait découragé et brisé. Alors, pour
se remonter, il essayait de se rappeler le langage
que Louise lui tenait dans ses lettres. Pourquoi l'avait-
elle trompé? Pourquoi n'avait-elle pas dit qu'elle ne
l'aimerait jamais? Puis, il accusait sa propre imprévoyance, sa confiance ridicule. N'aurait-il pas dû comprendre qu'un jour viendrait où Louise le traiterait en
ennemi, où toutes les combinaisons auxquelles il avait
eu recours pour la séparer de son amant se retourne-
raient contre lui? Elle était dans son droit, après tout,
en rendant le mal pour le mal. Mais n'avait-elle pas
poussé trop loin la revanche? Cette complaisance à
se laisser surprendre n'était-elle pas un raffinement
de cruauté? Et il la revoyait, dans la molle tiédeur de
sa chambre, à deux pas du lit déjà préparé pour la
nuit, assise sur les genoux de son amant, triomphante

et transfigurée par son bonheur sans remords. Cette vision le jetait dans des fureurs nouvelles. Il ne songeait guère à sa fille, en ce moment. Ce n'est pas elle qu'il voulait défendre ; que son gendre se montrât mari infidèle, cela le touchait peu ; ce qui le dominait, c'était la jalousie, une jalousie poussée jusqu'à la haine et qui lui faisait rechercher comment il détruirait la félicité criminelle édifiée en son absence, au détriment de son propre repos.

— Eh bien ! ma fille saura tout, s'écria-t-il brusquement, se parlant tout haut à lui-même ; c'est elle qui me vengera, en ramenant Denis au foyer qu'il abandonne.

Quelques instants après, il arrivait chez Marthe. La jeune comtesse de Baumars avait dîné avec sa mère, dîné tristement, car, depuis plusieurs semaines, son mari peu à peu la délaissait, sans que ni ses reproches ni ses larmes pussent obtenir de lui une explication, une bonne promesse, un cri de repentir. Lorsque Berteux entra dans le salon, la mère et la fille étaient assises devant le feu, s'entretenant de ce qui faisait l'objet de leurs préoccupations. Marthe tenait son fils entre ses bras, en attendant que la nourrice vînt le reprendre ; elle le caressait pour l'égayer, lui souriait à travers les larmes que mettait dans ses yeux l'entretien continué avec madame Berteux.

— Ne vous dérangez pas, c'est moi ! dit Berteux tout à coup.

Cécile et Marthe, surprises, s'étaient levées brusquement.

— Nous ne vous attendions pas ce soir, mon père, fit Marthe en l'embrassant. Puis, le désignant à l'enfant qu'elle élevait à la hauteur de ses lèvres, elle ajouta d'un tendre accent : — Souriez à votre grand-père, monsieur !

Mais au lieu d'accueillir les caresses de son petit-fils, Berteux reprit impatienté :

— Renvoie cet enfant; j'ai à te parler.

— Vous m'effrayez, mon père, balbutia Marthe en tirant le cordon d'une sonnette.

— Que se passe-t-il, Mathias? ajouta Cécile; es-tu malade? As-tu reçu de mauvaises nouvelles? Tu es tout ému...

Il se taisait, marchant dans le salon, les mains dans les poches, après avoir jeté son chapeau sur un meuble; les deux femmes le regardaient, troublées et suppliantes. La nourrice parut; sur un signe de Marthe, elle s'éloigna, après avoir pris l'enfant. Berteux la suivit, ferma la porte sur elle, puis se retournant vers sa fille :

— Sais-tu où est ton mari? demanda-t-il. Et comme elle ne lui répondait qu'en fondant en larmes, il ajouta : — Voilà bien les femmes; vous ne savez que pleurer, quand il faudrait agir.

— Et que puis-je? s'écria Marthe. J'ai perdu sa confiance, son amour même...

— Cela, c'est beaucoup dire; mais il te trompe...

— Mathias! s'écria madame Berteux effrayée par la pâleur subite qui décomposait les traits de sa fille, tu aurais pu le lui taire...

— Pourquoi? ne vaut-il pas mieux lui apprendre la vérité? Peut-être y puisera-t-elle le courage d'aller arracher Denis à celle qui veut le lui ravir, ce qui vaudra mieux que de rester ici à geindre toutes les deux. Il en fait de belles, M. le comte de Baumars; je l'ai appris en Espagne par une lettre de Malécot: je suis revenu pour mettre un terme au scandale que tu ignores, ma pauvre enfant, mais que tu ne dois pas ignorer. Depuis un mois, ton mari a une maîtresse.

— Une maîtresse! murmura Marthe défaillante.

— Il a retrouvé mademoiselle Louise Gravelot, cette coquine qui voulait t'empêcher de l'épouser...

Il s'arrêta épouvanté. Marthe n'avait pu l'entendre jusqu'au bout. Un long gémissement s'échappait de ses lèvres blêmies; elle portait, bouleversée, les mains à son cœur; puis, perdant connaissance, elle roulait inanimée sur le tapis.

— Ma fille! ma fille! cria madame Berteux en se précipitant vers elle. Aide-moi à la relever, dit-elle durement à Berteux effaré; c'est odieux, ce que tu viens de faire là. Puis, agenouillée devant Marthe étendue sur un canapé et qui rouvrait les yeux, elle continua : — Ce qui arrive, Mathias, c'est toi qui l'as voulu.

— C'est moi qui ai provoqué l'inconduite de Denis!

— Oui, c'est toi, répliqua Cécile en se relevant. Ce mariage est ton œuvre, le fruit de ton insatiable ambition. Tu voulais un gentilhomme dans ta famille, tu en as un, et pour l'avoir, tu l'as pris à une autre femme. Elle se venge; tu devais t'y attendre; elle est notre ennemie.

— Assez! s'écria Berteux, se redressant sous les reproches. Je ne saurais être responsable des manœuvres que cette femme a employées pour arriver à ses fins, pas plus responsable de ces manœuvres que des mauvais instincts de Denis et de sa faiblesse.

— Ces mauvais instincts, c'est toi qui les as déchaînés. Denis était honnête et loyal quand Marthe l'a épousé. S'il s'est perverti depuis, c'est au contact du monde dans lequel tu l'as jeté et des tentations qu'il y a trouvées; c'est aussi grâce à ton exemple. Pourquoi ne tromperait-il pas sa femme, puisqu'il sait que tu as trompé la tienne et qu'elle n'en est pas morte? Ce gendre choisi par toi, il est maintenant à ton image...

Et Cécile, se révoltant pour la première fois, regardait si fermement Berteux, la tête haute et l'indignation sur les traits, qu'il ne reconnaissait plus en elle la victime résignée de son long despotisme et demeurait muet et confus, tandis que Marthe, ranimée peu à peu, assistait à cette scène, tremblante de terreur, d'angoisse et de désespoir.

## IX

### LA FATALITÉ FAIT SON OEUVRE.

A la fin des beaux mois de l'été, passés un peu tristement à Chanac, où Denis et Marthe, à cause des couches prochaines de la jeune femme, n'avaient pu faire qu'un court séjour, la marquise de Villacerf et la comtesse Lucie de Baumars s'étaient réinstallées à Marvejols. L'hiver s'annonçait, le froid devenait vif, les vents glacés succédaient aux brises tièdes. Des hauts sommets qu'elle couvre en toutes saisons, la neige déroulait son blanc tapis sur les pentes des monts lozériens, tout autour de l'agreste vallée ou s'élève la petite ville Dans l'hôtel de Baumars, la vie reprenait son train uniforme et paisible. Le marquis de Brinyon y venait tous les matins saluer son amie. Chaque soir le ramenait auprès d'elle, accompagné de sa petite-nièce. Sous la flamme des lampes, éclairant une partie de whist ou d'échecs, le temps se passait en entretiens intimes que les vieux embellissaient du récit de leurs souvenirs, et auxquels se mêlait Valentine, toujours sereine, quoiqu'un peu plus mélancolique qu'autrefois. La comtesse de Baumars parlait de partir pour Paris, où l'appelait le nouveau-né qu'elle ne connaissait pas encore et que Marthe promettait de venir présenter, dès le printemps, à son aïeule, puisque celle-ci, clouée par la paralysie dans son fauteuil, ne pouvait s'exposer aux fatigues du voyage.

Si difficilement résignée d'abord au mariage de Denis avec mademoiselle Berteux, la marquise s'était aisément et peu à peu consolée. La grâce de Marthe avait eu ce résultat. Madame de Villacerf estimait encore que Valentine eût été plus digne que Marthe, sinon par le cœur, du moins par le caractère et l'éducation, de devenir comtesse de Baumars. Elle se le disait souvent, soit qu'elle comparât à la pétulante gentillesse de l'une l'aristocratique beauté de l'autre, soit qu'elle se souvînt que Berteux avait jeté son gendre, en l'associant à ses affaires, dans un milieu peu fait pour un gentilhomme. Mais elle ne pouvait persister à tenir rigueur à celle que Denis avait préférée, ni troubler la quiétude du jeune ménage par le spectacle de ses vains regrets. Puis, elle connaissait par les confidences de sa fille le péril que Louise Gravelot avait fait courir à la maison de Baumars. La grandeur de ce péril conjuré l'obligeant à conclure que tout était arrivé pour un bien, elle avait ouvert son cœur à Marthe, séduite par son charme et vaincue par sa tendresse. Elle songeait aussi au nouveau-né; elle n'y pouvait songer sans attendrissement, toute frémissante du désir de le voir. Dans l'enfant, elle apprenait à chérir la mère; les rayons qui brillaient sur le berceau, espoir de l'avenir, dissipaient ses craintes passées.

Ce soir-là, madame de Villacerf, sa fille et les

14

Brinyon étaient assis près du feu, autour d'une table.
La marquise jouait aux échecs avec son ami. Madame
de Baumars et Valentine confectionnaient des vêtements pour les pauvres, en prévision de ce rude
hiver commencé. Un grand calme enveloppait la maison; au dehors, ne s'élevait d'autre bruit que celui
des charrettes qui, de temps en temps, passaient sur
l'avenue, en imprimant aux murailles une longue
vibration.

— Avez-vous des nouvelles de vos enfants, Lucie?
demanda tout à coup à madame de Baumars le marquis de Brinyon, sans relever la tête penchée sur son
jeu.

— Denis ne m'écrit plus, et voici huit jours que je
suis sans lettre de Marthe, répondit la comtesse en
soupirant.

— Vous ne savez donc rien du Comptoir central
des valeurs mobilières?

— Rien que ce qu'en disent les journaux.

— Ce qu'ils en disent n'est pas bon. Il court de
mauvais bruits sur cet établissement. On parle de
déficit, d'opérations imprudentes; les actions, qui
viennent d'être admises à la cote officielle de la
Bourse, y figurent avec une baisse inattendue.

— Il y a beaucoup de malveillance dans ces
rumeurs, si j'en crois Jussac, reprit la comtesse. En
sa qualité de commissaire-censeur de la société, il
reçoit fréquemment des informations; elles sont ras-
surantes. M. Berteux est rentré naguère à Paris,
revenant d'Espagne, rapportant un traité conclu

avec le gouvernement espagnol, qui promet dans l'avenir des bénéfices inespérés.

— Il est au moins étonnant que Denis ne se donne pas la peine de nous tenir au courant de ce qui se passe, objecta madame de Villacerf. Il doit bien se douter de nos préoccupations. Un désastre serait pour nous doublement malheureux.

— Vous avez des fonds dans l'entreprise? demanda vivement M. de Brinyon.

— Plus de cent mille francs, que Lucie a confiés à son fils. Mais cela n'est rien. Les plaies d'argent se cicatrisent, tandis qu'une atteinte à l'honorabilité de notre nom serait irréparable.

— Vous êtes bien pessimiste, ma mère, s'écria Lucie.

— Et toi, bien optimiste, mon enfant. J'espère fermement que ce que je redoute n'arrivera pas. Mais si cela arrivait, ce serait affreux.

Lucie allait répondre. Elle en fut empêchée par un tumulte d'abord lointain, mais rapidement rapproché, qui venait d'éclater au dehors. C'étaient des acclamations, des sonneries de cor, mêlées au battement sur le pavé de pieds solidement chaussés.

— Voilà Jussac qui rentre de la chasse, reprit le marquis, heureux de cette diversion ; il doit rapporter quelque grosse proie, et la population lui fait fête.

— Il me semble qu'il a beaucoup de bonheur cette année, M. le lieutenant de louveterie, observa madame de Villacerf.

— C'est que les bandes de loups se sont grossies

dans la montagne d'Aubrac. Mon fermier de Nasbinals
en est réduit, pour préserver ses troupeaux, à placer
chaque soir autour des étables des cœurs de bœuf
empoisonnés. Pas plus tard que la semaine dernière,
il a trouvé le matin, en sortant de sa maison, et
presque sous sa porte, deux de ces méchantes bêtes
mortes, déjà froides. Mais le poison ne suffit pas toujours ; il est à souhaiter que Jussac et ses compagnons
continuent la série de leurs exploits.

— Les temps de la bête du Gévaudan vont donc
revenir !

En prononçant ces mots, de sa douce voix mélancolique, Valentine, laissant tomber son ouvrage sur
la table, se leva pour s'approcher de la croisée. Soulevant les rideaux, elle appuya son front contre les
vitres humides, qui s'éclairaient d'une lueur rou-
geâtre venue du dehors, en même temps que des
cris de foule annonçaient que les chasseurs allaient
passer devant l'hôtel. Elle les vit bientôt apparaître
au nombre d'une douzaine. Quelques-uns d'entre
eux portaient des torches de résine, que dévorait
une flamme allongée, vacillant au souffle de l'air, et
qui avait guidé leurs pas dans la nuit. Les autres
sonnaient du cor, bruyamment. Vêtu d'un veston
de velours noir fourré, à boutons de cuivre, coiffé
d'un bonnet de loutre, chaussé de bottines jaunes, et
les mollets serrés dans des guêtres de cuir, le baron de
Jussac, le fusil sur l'épaule, le couteau de chasse au
côté, marchait au milieu de sa petite troupe qu'escor-
taient des curieux, derrière un mulet sur le dos duquel

étaient jetés deux cadavres de loups. Les torches, en se consumant, semaient derrière elles une longue traînée d'étincelles. Leur lumière rouge donnait aux visages une coloration de cuivre, qui en accentuait la physionomie martiale, rendue plus énergique par les moustaches aux pointes fièrement relevées et les barbes en éventail. Elle éclairait les deux cadavres, dont les têtes lourdes battaient les flancs du mulet et dont les queues balayaient le sol.

— Les horribles bêtes! murmura Valentine frissonnante.

Le cortége venait de s'arrêter sur l'avenue, devant l'hôtel de Jussac. Les portes s'ouvrirent. Sous les yeux de la foule groupée au seuil, le mulet entra dans la cour et en ressortit bientôt, débarrassé de son fardeau. Congédiés par leur chef, les chasseurs se dispersèrent pour retourner chez eux, entraînant les curieux à leur suite. Le quartier redevint solitaire et silencieux. Mademoiselle de Brinyon regagna sa place.

— Il faut beaucoup de courage pour faire la chasse aux loups, n'est-ce pas, père? dit-elle au marquis quand elle eut repris son ouvrage.

— Du courage et du sang-froid, oui, mon enfant. Mais ce n'est pas là ce qui manque à Jussac.

— C'est même dommage qu'il n'ait pas autant d'esprit que d'intrépidité, objecta railleusement madame de Villacerf.

— Vous allez devenir méchante, ma mère, fit la comtesse de Baumars en souriant.

14.

— Méchante, moi! Ne peut-on s'exprimer librement quand on est en famille, et cela m'empêche-
t-il de tenir Jussac pour un fort galant homme?

— L'honneur même, ajouta M. de Brinyon. Nous
parlions tout à l'heure du Comptoir central des
valeurs mobilières; si j'étais actionnaire de cette
société, je serais sans inquiétude avec un commissaire tel que le baron.

— Le croyez-vous compétent pour vérifier des
comptes, Sosthènes? demanda la marquise.

— Les actionnaires ont d'autres garanties que
sa compétence, ma mère, intervint la comtesse de
Baumars : l'honorabilité de M. Berteux, la loyauté de
ses collègues, parmi lesquels figure mon cher
Denis.

— Denis n'est pas une garantie, reprit madame
de Villacerf. Il est comme Jussac, il n'entend rien
aux affaires. Cela, d'ailleurs, ne serait grave que si
M. Berteux n'était pas honnête homme.

— Et il est honnête homme, affirma la comtesse.

— Il l'est certainement, puisque nous nous sommes
alliés à lui.

Ces mots, prononcés par la marquise, arrêtèrent
l'entretien. La parties d'échecs se poursuivit silencieusement. Pendant quelques instants, on n'entendit plus rien que le bruit des pièces sur l'échiquier,
ou les brèves réflexions qu'un coup porté ou reçu
arrachait aux joueurs. Peu à peu, chacun s'était
laissé absorber, qui par le jeu, qui par ses réflexions.
Valentine se pencha vers madame de Baumars.

— Croyez-vous que M. de Jussac vienne ce soir, madame? lui demanda-t-elle à voix basse.

— J'en doute, répondit la comtesse; voici que l'heure avance; il doit être fatigué de sa journée.

Madame de Villacerf avait l'oreille fine. Elle saisit la question de Valentine. Elle leva le nez et dit avec bienveillance :

— Tu parles de Jussac, petite! Serait-ce que ses exploits t'ont pris le cœur, et que tu regrettes d'avoir refusé de lui accorder ta main?

Le visage de mademoiselle de Brinyon s'empourpra :

— Si je le regrettais, madame, il me serait facile de revenir sur mon refus, répondit-elle, car, malgré mes efforts, M. de Jussac n'a pas perdu l'espérance. Mais je ne regrette rien, et je suis plus que jamais résolue à ne pas me marier. C'est même parce que M. de Jussac n'en est pas convaincu, et que je trouve peu loyal de lui laisser des illusions, que je veux le voir. Il m'a écrit, je lui dois une réponse.

— Il t'a écrit! s'écria le marquis, que la surprise détourna du jeu.

— Une lettre respectueuse et qui lui fait honneur. Je n'en aurais rien dit, puisqu'il s'est confié à ma discrétion, si madame de Villacerf ne m'avait interrogée ; mais j'ai tenu à expliquer pourquoi je désirais causer avec lui. Je n'ai rien à cacher et demande seulement qu'on lui taise que d'autres que moi connaissent son secret.

— Savez-vous que son amour malheureux et non

découragé va le rendre intéressant ! s'écria madame de Baumars.

— Quand on aime d'un cœur loyal et sincère qui ne vous aime pas, on est digne de respect et de pitié, reprit Valentine.

Ce fut dit gravement, d'un accent découragé et triste qui révélait l'état de son âme et y laissait voir l'inguérissable blessure d'un amour déçu. La marquise en fut remuée jusqu'aux entrailles. Repoussant vivement l'échiquier, dont les pièces roulèrent pêle-mème, elle appela Valentine en disant :

— Viens m'embrasser, petite. Valentine obéit et vint s'agenouiller à ses pieds. Madame de Villacerf se pencha sur la tête brune, l'enveloppa de ses bras et murmura dans un baiser : — Il faut demander au ciel de te donner l'oubli, ma chérie, et d'ouvrir ton cœur à un autre amour.

Valentine se releva silencieuse, se faisant violence pour retenir deux grosses larmes qui perlaient à la pointe de ses cils et pour sourire aux regards amis fixés sur elle.

— Je crois que la partie est interrompue, dit la marquise à M. de Brinyon, qui gardait sur ses genoux l'échiquier en désordre, comme un champ de bataille couvert de morts.

— C'est toujours ainsi quand vous perdez, répliqua-t-il en souriant.

— Voilà comment on me remercie d'un bon mouvement. On me calomnie...

Elle n'acheva pas ; la porte venait de s'ouvrir, et

un domestique d'annoncer le baron de Jussac. Il entra, vêtu de son costume de chasse qu'il n'avait pas pris le temps de quitter, tenant à la main sa casquette de loutre, et meurtrissant le tapis sous les clous de ses bottes ferrées.

— Bravo, baron! lui cria madame de Villacerf souriante; on connaît vos exploits, et vos amis y applaudissent.

— Nous ne vous attendions pas ce soir, ajouta madame de Baumars.

— Je ne comptais pas venir, répondit-il en serrant respectueusement les mains tendues vers lui et en s'inclinant, très-intimidé, devant Valentine; j'ai même à m'excuser d'avoir osé me présenter dans ce costume. Mais ma toilette m'eût pris un long moment, et j'aurais craint qu'il fût trop tard, comtesse, pour frapper à votre porte. Or, j'avais besoin de vous voir; je viens prendre vos commissions pour Paris.

— Vous partez! dit M. de Brinyon.

— Je me mettrai en route au petit jour. Les nouvelles que je viens de trouver chez moi, après une absence de quarante-huit heures, ne me permettent pas de différer mon voyage.

— Elles sont mauvaises? demanda vivement madame de Villacerf.

— Très-mauvaises, madame la marquise. Une dépêche m'apprend qu'à la Bourse de ce jour, les actions du Comptoir central ont subi une baisse de plus de cent francs. Une lettre du comte de Louville me parle de faits plus graves encore. Il me dit que

la Société est en péril, et que mon devoir de commissaire-censeur m'ordonne de convoquer les actionnaires en assemblée générale, afin de solliciter d'eux
des mesures de salut.

— J'avais prévu ce dénoûment, soupira la marquise accablée.

Tremblante, toute pâle, madame de Baumars
s'était levée, et, s'approchant du baron de Jussac,
lui dit en suppliant :

— Quels sont les faits dont parle M. de Louville?

Au lieu de répondre, Jussac promenait autour de
lui un regard embarrassé, qui révélait son hésitation.

— Suis-je de trop? demanda Valentine, prête à
quitter sa place.

D'un geste impérieux, madame de Villacerf l'obligea à se rasseoir.

— Ceux qui se trouvent ici sont nos amis, monsieur
de Jussac, s'écria-t-elle; vous pouvez parler devant
eux aussi librement que si nous étions seules, Lucie
et moi.

— Mon Dieu! Louville exagère peut-être, reprit
Jussac en roulant ses yeux ronds, désireux d'atténuer
par avance ses révélations. A l'en croire, la gestion
de Denis et de M. Tony Malécot, son collègue, —
ils sont l'un et l'autre administrateurs délégués de la
Société, — aurait eu pour résultat des pertes s'élevant à près de deux millions. Les opérations qui
leur sont reprochées, et que M. Berteux a décou-
vertes à son retour d'Espagne, auraient été enga-

gées sans l'autorisation du Conseil d'administration.
Je ne sais rien de plus.

— Nous ne pouvons cependant subir plus longtemps cette horrible incertitude, dit madame de Baumars. Je devine maintenant pourquoi Denis a cessé
de m'écrire. Il ne pouvait le faire sans m'avouer la
vérité, et il n'a pas eu le courage de me l'avouer.
Pauvre enfant! Si droit, si loyal, comme il doit souf-
rir de se savoir exposé à une accusation imméritée!
Ma mère, continua-t-elle en s'adressant à la marquise,
Denis est malheureux; ma place est près de lui; je
partirai demain avec M. de Jussac. En mon absence,
Valentine voudra bien veiller sur vous.

— Oh! de tout mon cœur, madame, s'écria Valentine.

— Vous avez raison de partir, Lucie, ajouta M. de
Brinyon, non-seulement parce que votre présence
sera bonne à Denis, mais encore parce que vous
pourrez faire comprendre à M. Berteux que s'il y a
un déficit, il doit le couvrir. L'honneur de son gendre,
c'est son propre honneur.

Il se tourna du côté de madame de Villacerf, solli-
citant du regard son approbation. Mais l'aïeule ne
l'avait pas entendu et ne répondit pas. Enfoncée dans
son fauteuil, les mains croisées sur son visage, elle
pleurait silencieusement. L'entrée d'un domestique
apportant le thé interrompit cet entretien douloureux. Outre le plateau qu'il déposa sur la table, il
tenait à la main une dépêche. Une dépêche à neuf
heures du soir, dans une maison où la vie s'écoulait

sans incidents, c'eût été en d'autres circonstances un événement. Mais les révélations de Jussac avaient disposé les esprits aux nouvelles extraordinaires ; elle ne surprit personne. Madame de Baumars déchira fiévreusement l'enveloppe, lut le télégramme et dit :

— C'est de Marthe. Elle annonce son arrivée pour ce soir. Elle a télégraphié de Séverac à quatre heures en descendant du train.

— Marthe arrive ! gémit la marquise ; c'est donc que tout est perdu là-bas, et qu'elle est obligée de fuir Paris !

— Non, non, les choses ne sont pas aussi graves que vous le supposez, répondit M. de Brinyon en allant à elle, effrayé par l'accent de sa voix et par ses larmes.

Brusquement, il s'arrêta en poussant un grand cri. Son amie, dans un mouvement d'impérieuse volonté, avait essayé de se soulever sur les coussins où la maladie la retenait assise, comme pour courir au secours de son petit-fils. Mais elle était retombée, écrasée et vaincue, la tête immobile contre le dossier de son fauteuil, le visage décoloré, les yeux ouverts encore, mais déjà sans regard, les mains allongées sur les genoux, les doigts tendus dans une rigidité métallique.

— Ma mère ! s'écria Lucie avec épouvante, en se précipitant aux pieds de la pauvre paralysée. C'est une attaque, ajouta-t-elle, les mains jointes ; vite, vite, courez chez le docteur Huvelin.

Pendant quelques instants, ce fut dans le salon,

tout à l'heure si paisible, un trouble affreux. La comtesse, à genoux devant sa mère, lui mettait des sinapismes sur les jambes, aidée par Valentine; le marquis de Brinyon regardait atterré son amie, défigurée, sans mouvement, aussi pâle et aussi immobile que si déjà la mort lui eût clos les yeux et les lèvres à jamais. Jussac avait couru chez le médecin, un vieil ami de la famille de Baumars. Il le ramena bientôt. Ainsi que l'avait deviné la comtesse, c'était bien une congestion cérébrale qui venait de frapper sa mère. Quel en serait le dénoûment? La marquise vivrait-elle? En lui conservant la vie, pourrait-on lui conserver l'intelligence? La paralysie n'allait-elle pas envahir le cerveau et y demeurer? Le médecin ne put le dire; il ne put qu'ordonner des soins.

— Vous voyez qu'il m'est impossible de partir avec vous, dit avec l'accent du désespoir la comtesse de Baumars à Jussac, en revenant au salon après avoir fait transporter sa mère dans sa chambre. Ma mère mourante, Marthe qui arrive, ma place est ici. Partez seul; je vous recommande mon fils.

Jussac s'inclina très-ému. Il attendait M. de Brinyon pour se retirer avec lui. Mais le marquis ne voulait pas s'éloigner. Il prétendait passer la nuit auprès de son amie, Ni les prières de la comtesse, ni celles de Valentine n'eurent raison de sa volonté.

— Jussac aura la bonté de te ramener, dit-il à sa petite-nièce. Moi, je veux savoir ce que va devenir ce mal subit. Nous le saurons demain. Jusque-là, je

15

ne pourrais dormir. Va, mon enfant, va ! Je me repo-
serai ensuite.

Quelques minutes après, Jussac prenait congé de
Valentine, à la porte de l'hôtel de Brinyon. Pendant
le court trajet qu'ils avaient fait ensemble, il était
resté muet, impressionné par ce qu'il venait d'entendre et de voir. Mais au moment de se séparer d'elle,
il lui dit :

— Nous sommes trop malheureux, mademoiselle,
pour que j'ose vous parler aujourd'hui de la lettre
que j'ai eu l'honneur de vous écrire.

— Je l'ai reçue et j'en ai été touchée, monsieur,
répondit Valentine sans embarras. J'ai le regret de
ne pouvoir y faire la réponse que vous souhaitez.
Mais vous méritez que je vous dise pourquoi.

— Non ! non ! je ne veux pas le savoir ! s'écria-t-il ;
tant que vous ne me l'aurez pas dit, il me semblera
que j'ai le droit de conserver mes espérances.

Et sans attendre qu'elle le retînt, il s'enfuit. Valentine soupira et rentra, toute tremblante des émotions
de cette soirée, le cœur étreint par l'angoisse en songeant à la marquise de Villacerf, et un peu aussi à
ce pauvre Jussac, qui s'en allait si malheureux. Seule
dans sa chambre, elle s'agenouillait pour prier, quand
elle entendit un bruit de roues sur le pavé de l'avenue
déserte. Marthe arrivait chez sa belle-mère.

Lasse et toute meurtrie de ses vains efforts pour
reconquérir son mari, elle venait, ainsi qu'une
veuve, se réfugier avec son fils dans le berceau de
la famille de Baumars, dans cette maison qui devait

être un jour sa maison, où tout lui parlerait du cher
ingrat, et où peut-être il chercherait à son tour un
asile quand son cœur se serait ouvert au repentir.
Au moment où elle quittait Paris, son père lui avait
conseillé d'intenter une action judiciaire afin de faire
prononcer la séparation de corps. Mais elle s'était
révoltée contre cette proposition. Elle aimait encore,
elle aimait toujours, et sa tendresse donnait à ses
espérances une vie robuste. Elle ne voulait rien
faire qui mît l'irréparable entre elle et le mari qu'elle
pleurait.

## X

### CHOSES D'AMOUR ET CHOSES D'ARGENT.

L'ardente ivresse qui s'était emparée de Louise et
de Denis, le soir de leur rencontre chez Blanche
Marcigne, les enveloppait, passionnée et dominatrice,
dans le réseau des chaînes renouées. Lorsque, fuyant
ensemble, avant même de s'être expliqués, la maison
où ils venaient de se retrouver, ils étaient rentrés
chez Louise, durant le court trajet qu'il avait fallu
faire, pressés l'un contre l'autre, dans la voiture qui
les ramenait, les paroles échangées leur avaient
prouvé à tous deux qu'ils s'aimaient comme au
premier moment. En se racontant les circonstances
auxquelles ils devaient d'avoir vécu si longtemps

séparés, ils s'étaient exaltés, puisant dans ces circonstances la justification de ce qu'ils allaient faire. La
beauté de Louise, transfigurée par un désir longtemps contenu et qu'elle ne cherchait plus à réprimer, avait accru leur exaltation. Dans un débordement de protestations brûlantes, ressaisis dans l'en-
traînement de leurs sens extasiés, ils s'étaient juré de
ne plus se quitter, de s'aimer toujours, de vivre
désormais l'un pour l'autre, de fouler aux pieds les
préjugés et les lois qui s'élevaient entre eux, et
négligeant de rechercher comment ils régleraient
l'existence qu'ils entendaient se créer, ils avaient
scellé ces promesses en s'abandonnant furieusement
à leur amour altéré de possession.

En s'éloignant de Louise au milieu de la nuit pour
rentrer chez lui, Denis s'était cru revenu à cette autre
nuit déjà lointaine où, sortant de ses bras, il avait
regagné le château de Baumars par des chemins que
baignait d'une ombre argentée la lumière des étoiles,
et que les fleurs des prairies remplissaient de parfums. Il s'était rappelé les espérances qui gonflaient
son cœur duran ces heures inoubliables, les projets
qu'il formait alors, et demandé comment il avait pu
en perdre le souvenir, se résigner au silence de
Louise sans en rechercher la cause et consentir à
épouser Marthe. Ce retour vers le passé avait
engendré dans son cœur une sourde colère contre
Berteux. Il s'était promis de considérer désormais
Louise comme la seule femme envers laquelle il fût
engagé.

Il l'avait revue le lendemain, puis tous les jours, sans que Marthe pût deviner, tant il mettait encore de prudence dans sa conduite, que son mari lui échappait. La vérité ne s'était révélée à l'épouse trahie que durant cette soirée où la jalousie de Mathias Berteux la lui avait livrée tout entière. Revenue de sa première stupeur, elle avait voulu reprendre son mari, le disputer à Louise. Mais c'était trop tard. Cette fois, Louise gardait son amant. Les supplications de Marthe étaient venues se briser contre un cœur fermé dont une autre femme tenait la clef. Alors, désespérée par l'insuccès de son éloquence et des efforts de sa mère unis aux siens, elle avait fui son foyer menacé par l'adultère, pour se réfugier chez ses parents avec son fils, espérant que Denis, éclairé par sa fuite, viendrait se jeter à ses pieds, repentant et humilié.

Cet espoir avait été déçu. Non-seulement Denis ne voulait pas revenir, mais il ne prenait même plus la peine de cacher ses relations avec Louise. Elles étaient de notoriété publique. Madame Floyd, en « faisant les mains » de ses belles clientes, s'apitoyait sur le malheur de « cette pauvre petite comtesse de Baumars », les entretenait de l'aventure de mademoiselle Gravelot et de ce qu'elle appelait « la rivalité du beau-père et du gendre ». Comme pour justifier ses médisances, Denis, brusquement, cessait d'écrire à sa mère, rompait toutes relations avec la famille de sa femme, et, pour n'être plus exposé à rencontrer Berteux, à subir ses reproches, aban-

donnait ses fonctions d'administrateur délégué du
Comptoir central des valeurs mobilières.

Berteux se résignait à subir les faits accomplis.
C'était un homme solidement trempé, que ses âpres
tortures ne pouvaient terrasser. Il tenait tête au
destin, se roidissait, bondissait sous ses coups. Dans
son labeur acharné, dans les émotions des affaires,
dans une constante poursuite après le gain, il voulait chercher les distractions et l'oubli. Le Comptoir
central, dont il avait repris, à son retour d'Espagne,
la haute direction, exigeait justement tous ses soins.
Il s'y consacrait tout entier, avec frénésie, donnant à
son œuvre son temps, les ressources de son esprit,
son audace, la fertilité et la variété de ses conceptions, toutes ces forces que le mépris de Louise
laissait improductives. Il aimait trop l'argent pour
ne pas trouver aisément à se consoler. Par malheur,
il découvrait tout à coup le trou béant que, sous le
mouvement d'une prospérité apparente, avaient
creusé Denis et son collègue Tony Malécot. Ces
œuvres sombres s'étaient accomplies dans les dessous
du brillant navire, dans la chambre de chauffe, tandis
que le pont restait rassurant et superbe, et que les
voiles s'enflaient joyeusement au souffle des vents
propices.

En apprenant que la vérité venait d'apparaître,
Tony avait jugé que l'heure était opportune pour
entreprendre une excursion artistique en Italie, et
laissé son père aux prises avec Berteux pour résoudre
la question grave de savoir auquel des deux serait

dévolu la charge de couvrir le déficit. Après s'être longtemps et avec acharnement disputés sur cette question, Mathias Berteux et Malécot père ne parvenaient à se mettre d'accord que par l'adoption de combinaisons qui dissimulaient la réalité et rejetaient la perte sur les actionnaires. Le comte de Louville, le président Pégardie, l'intendant général Reyre, membres du conseil, dont les administrateurs délégués s'étaient bien gardés de solliciter l'avis avant d'engager les opérations délictueuses, protestaient, déclinaient toute responsabilité dans les faits qu'on leur avait cachés, et se refusaient à approuver ces combinaisons. Ils menaçaient d'appeler les administrateurs délégués devant les tribunaux, et, finalement, faisaient avertir les commissaires censeurs de ce qui se passait.

Les échos de ces querelles transpiraient au dehors, provoquaient l'effondrement des actions de la société. Les clients du Comptoir central des Valeurs mobilières, alarmés et affolés, se portaient aux caisses, exigeaient le remboursement de leurs dépôts. Le capital social, engagé dans des entreprises en cours, devenait insuffisant pour répondre aux besoins d'argent créés par ces exigences. Malécot, à l'exemple de son fils, quittait Paris tout à coup, afin, disait-il, de laisser passer l'orage. Berteux, resté seul sur la brèche, se voyait contraint de parer aux difficultés, chaque jour plus nombreuses et plus pressantes. Pour se créer des ressources, il faisait flèche de tout bois, engageait ses valeurs mobilières et immobilières, puisait dans sa bourse, et se demandait avec terreur s'il parviendrait à arrêter la crise. C'est alors que Marthe, épouvantée par les événements, lasse d'entendre son père se répandre en reproches injurieux et en menaces grossières contre Denis, s'était décidée à partir pour Marvejols, non sans avoir adressé à son mari un suppliant et suprême appel qui resta sans réponse.

Après son départ, Denis se sentit délivré. Déjà, tous les loisirs que lui laissaient ses affaires, il les consacrait à Louise. Il prenait ses repas chez elle, y passait la moitié de ses nuits. A partir de ce moment, leur union devint plus étroite. Il trouvait dans Louise une maîtresse dévouée, aimante, passionnée, résolue à partager avec lui la bonne et la mauvaise fortune. Si elle l'eût souhaité, il l'eût enrichie au prix des plus onéreux sacrifices et environnée de luxe. Elle aurait pu se montrer sur les promenades de Paris avec d'opulentes toilettes et de somptueux équipages, avoir son hôtel dans un brillant quartier, gaspiller dans de ruineuses fantaisies l'héritage des Baumars, déjà fortement ébréché. Mais elle répugnait à faire étalage du pouvoir qu'elle exerçait sur son amant. Elle refusait ses dons et repoussait ses offres.

— Je ne suis pas une Blanche Marcigne, lui disait-elle ; je suis une femme qui t'aime et qui espère être toujours aimée. Je mourrais de douleur et de honte si mon nom, quelque jour, se liait dans ta pensée au souvenir d'un embarras d'argent créé par mes exigences.

Ce qu'elle redoutait par-dessus tout, c'étaient les regrets que Denis pourrait ressentir si, fatigué jamais de l'habitude de la voir ou des difficultés nées de sa conduite, il se laissait reprendre par le souvenir de sa femme. Elle luttait par avance contre ses regrets, comme contre le plus terrible de ses ennemis, bien qu'elle fût loin d'en prévoir la manifestation.

Sous l'empire de son amour victorieux et déchaîné, un grand changement s'était opéré en elle. Elle se troublait peu de ce qu'il y avait d'irrégulier, de peu honorable dans les liens chaque jour resserrés ; elle ne songeait qu'à les rendre indestructibles. Ne pouvant avoir Denis pour mari, elle l'acceptait comme amant et prenait son parti de sa honte. Il est vrai qu'elle s'appliquait à atténuer l'irrégularité de sa vie par la rigidité de sa conduite, à donner à sa liaison un caractère conjugal. « Mienne pour toujours, vôtre pour jamais », disait Denis, agenouillé devant elle, lorsque, pour la première fois, il osait lui faire l'aveu de son amour. Elle se rappelait ces paroles et voulait réaliser la prédiction qu'elles contenaient. Elle lui parlait comme au compagnon de sa vie présente et de sa vie future. La mort seule, à ce qu'elle affirmait, pourrait les désunir. Elle mettait dans cette affirmation l'accent sincère et convaincu d'une nature énergiquement trempée, l'éloquence d'un cœur passionné qui ne savait pas mentir.

Ainsi, peu à peu, elle édifiait l'avenir, assurait lentement, mais sûrement, son influence pour Denis. Elle le tenait par les séductions de sa beauté, par

15.

l'expression passionnée de sa sollicitude, par son
ardeur dans l'amour, par une aptitude singulière à
en renouveler les manifestations, par la souplesse
caressante de sa voix chaude, qui le ravissait; elle le
tenait encore par la sensuelle féminité de son corps
frais et jeune, par la virilité de ses résolutions, par
la lucidité de son cerveau, et, par-dessus tout, par
la volonté de lui devenir indispensable, afin de le
mieux dominer. On le lui avait pris une première
fois; on ne le lui reprendrait pas une seconde.
Quand elle se le disait ou le lui disait à lui-même,
une expression de bravoure enflammait son regard,
comme si elle eût défié tous ceux qui s'étaient coa-
lisés contre son bonhenr.

Parallèlement aux forces qu'elle puisait dans
l'amour pour porter le rôle qu'elle s'était donné,
elle en puisait d'autres dans le désir de se venger de
Berteux. Cette vengeance, dirigée contre un coupable, atteindrait Marthe innocente. Mais que lui importait? Ses malheurs lui avaient fait le cœur inacces-
sible à la pitié autant qu'au remords. Si parfois elle
était tentée de s'attendrir sur la destinée de cette
jeune femme, dont elle venait de briser la vie, elle
songeait à sa propre infortune, à la déloyauté de
Mathias Berteux. Son attendrissement se dissipait.
Après tout, elle agissait dans la légitimité du droit
de défense; elle rendait coup pour coup : c'est la
guerre.

Ce n'était pas trop de ses persévérants efforts pour
faire oublier à Denis les difficultés qu'il accumulait

sur son chemin, pour le rendre fort contre le malheur qu'il allait attirer sur sa vie. Le départ de Marthe détruisait son foyer, lui enlevait son fils. Le ressentiment de Berteux le privait des secours qu'eût exigés le désarroi de ses affaires et qu'il aurait obtenus par l'intermédiaire de sa femme. Il avait encouru le mépris de madame Berteux; naguère traité par elle maternellement, il n'osait plus aller la voir. Il recevait de sa mère des lettres pathétiques, tour à tour suppliantes et irritées, auxquelles il ne répondait pas. Peu de jours après le départ de sa femme, il apprenait qu'en arrivant à Marvejols, accablée sous le fardeau des émotions qui torturaient son cœur et de la fatigue qui brisait son corps, elle était tombée, impuissante à lutter contre son désespoir. Maintenant, elle gardait la chambre, restant silencieuse, morne, vaincue par la douleur, ne prenant la parole que pour exprimer le désir d'être délivrée de la vie.

Et ce n'était pas tout. La lettre qui contenait ces douloureuses nouvelles ajoutait que la marquise de Villacerf, atteinte subitement par un mal sans remède, se débattait dans un état pire que la mort Sa belle et fière intelligence s'éteignait; la paralysie montait au cerveau. « Je passe mes jours et mes nuits entre le lit de ma mère et le lit de ta femme, écrivait à Denis la comtesse de Baumars; je n'ai pas même le temps d'embrasser ton fils, qui serait abandonné si Valentine ne s'était chargé de lui et ne lui prodiguait les témoignages d'une infatigable sollicitude. Voilà ton œuvre, malheureux enfant! N'est-ce

pas assez de te l'écrire pour toucher ton cœur? Faudra-t-il qu'oubliant ceux à qui je suis si nécessaire,
j'aille me traîner à tes pieds, ou si tu résistes à mes
prières, t'arracher à l'abjecte passion qui te domine?»
Ces accents gonflaient son âme de pitié et de remords.
Il les répétait, bouleversé, à Louise; mais il les lui
répétait, courbé à ses pieds, pleurant sur ses genoux,
attaché là par la puissance invincible qu'elle exerçait sur lui, dans cet intérieur doux et calme, où il
trouvait toujours un amour fidèle, une tendresse
ingénieuse, des consolations qui berçaient sa peine,
et ces brûlantes émotions de l'amour qui endorment
les remords et créent l'indissolubilité des chaînes.

— Qu'on vienne donc t'arracher de mes bras! lui
disait-elle avec un geste de défi.

Et pressé contre elle, il répondait :

— On aura beau faire, on ne me séparera pas de
toi. Tu es ma femme, ma vraie, ma seule femme;
ma vie t'appartient; je ne te quitterai jamais.


# XI


### CRISE FINANCIÈRE.


Madame Floyd, qui venait chez Berteux deux fois
par mois, achevait gravement sa tâche ordinaire.
Durant la séance, il n'avait pas desserré les dents. La
pédicure et manucure des princes et de la noblesse,

PERVERTIS.                    265

ses opérations terminées et sa trousse repliée, se
tenait debout devant lui. Roulé frileusement dans sa
robe de chambre, enfoncé dans un fauteuil devant
le feu, il la regardait, sombre, préoccupé, sans
dissimuler son impatience, son désir de se trouver
seul.

— Au revoir, madame Floyd, dit-il enfin, voyant
qu'elle ne se décidait pas à partir.

Elle ne bougea pas.

— Pardonnez-moi, monsieur, si j'ose vous demander cinq minutes de votre temps, fit-elle. Je sais
combien il est précieux. Mais j'ai besoin de vous
entretenir d'une question qui m'intéresse.

— Je vous écoute, madame Floyd.

— Je possède deux cents actions du Comptoir
central des valeurs mobilières. Ces actions sont tom-
bées au-dessous du pair, et je vous prie, monsieur,
de vouloir bien me les reprendre, en me rembour-
sant le prix qu'elles m'ont coûté. Elle soupira
bruyamment; puis, ce qu'il y avait de peuple en
elle, la nature du dessous, la vraie nature, accoutumée à se contenir devant ses clients, se révélant
tout à coup, elle ajouta : — C'est vous qui m'avez
fourrée là dedans, il faut m'en tirer.

— Comment, c'est moi qui vous ai fourrée là
dedans! s'écria Berteux en se soulevant furieux sur
son fauteuil. Vous vous y êtes bien fourrée toute
seule. Malécot m'a raconté au moyen de quelle
insistance vous avez obtenu de lui de pouvoir souscrire à nos actions, et vous ne contesterez pas que

c'est à votre prière que j'ai consenti à vous en céder aussi quelques-unes. Vous ne pourriez prouver que vous êtes devenue actionnaire du Comptoir central, contrainte et forcée. Vous avez voulu l'être, vous l'êtes, et vous n'avez qu'à attendre en repos que les cours se relèvent.

— Mais, monsieur, je ne veux pas perdre.

— C'est une prétention toute naturelle et fort louable. Mais si, contrairement à mes espérances, elle ne se réalisait pas, je ne vois guère comment vous vous déroberiez à la situation que vous vous êtes volontairement créée. Vous reprendre vos actions ! vous rembourser le prix ! Comme vous y allez ! Que deviendrais-je, si j'étais obligé de rembourser de même tous mes actionnaires ? Non, madame Floyd, non, je ne vous rembourserai pas. Si vos actions étaient en hausse, seriez-vous venue me demander de les reprendre ?

— Vous oseriez garder mon argent malgré moi !

— J'oserais et je serais dans mon droit.

— J'aime à croire, monsieur, que ce n'est pas votre dernier mot.

— C'est mon dernier mot. Vous partagerez le sort commun, qu'il soit bon ou mauvais.

Madame Floyd avait prévu un autre dénoûment. Si grande fut sa déception qu'elle resta saisie, toute pâle, devant Berteux, dont les yeux disaient clairement qu'elle n'obtiendrait rien.

— Ce n'est pas sérieux, balbutia-t-elle.

— C'est très-sérieux ! En vérité, vous m'étonnez,

madame Floyd. Je vous croyais d'une autre trempe.
Comment! c'est vous qui prenez peur au moindre
coup de vent? La bourrasque s'apaisera, et vous serez
la première à rire de vos prétentions et de vos
frayeurs.

— J'ai cessé d'avoir confiance.

— Eh bien, adressez-vous à Malécot. Pourquoi
venir à moi, plutôt qu'à lui? Vous êtes l'amie de
Blanche Marcigne. Confiez-lui vos craintes. Elle
vous fera rembourser.

— Elle a quitté Paris avec M. Malécot.

— C'est vrai, je l'oubliais, dit Berteux amèrement.
Malécot a jugé bon de me laisser lutter seul contre
la crise dont son fils est l'auteur.

— Le comte de Baumars y est bien aussi pour
quelque chose, monsieur, répliqua madame Floyd,
qui reprenait toute son assurance, résolue à recourir
aux menaces; c'est même par cette considération que
vous vous laisserez convaincre de la justice de ma
demande. Vous ne voudrez pas m'obliger à appeler
votre gendre devant les tribunaux.

— Les tribunaux! voilà donc le grand mot lâché!
s'écria Berteux en se levant d'un bond et en marchant
sur madame Floyd, qui recula, effrayée, jusqu'à la
porte. Je vous voyais venir, et j'ai lu dans votre jeu.
Vous vous êtes trompée, ma belle amie. Assignez mon
gendre, poursuivez-le, faites-le condamner, si vous
pouvez; je m'en moque. Ah! le moment est bien
choisi pour me parler de ce drôle. Ignorez-vous donc
mes griefs contre lui? Ne savez-vous pas qu'il m'a

outragé dans la personne de sa femme? Il n'existe
plus pour moi, et s'il est déshonoré par la poursuite
dont vous me menacez, cela ne m'atteindra pas plus
que s'il était étranger à ma famille. Allons, en
voilà assez, ajouta Berteux, en s'arrêtant brusquement au milieu de la chambre, agitant ses bras qui
sortaient nus des larges manches de son vêtement;
sortez et ne revenez pas, si vous n'êtes résolue à
changer de langage.

— Monsieur, vous regretterez de ne pas m'avoir
écoutée! fit la pédicure toute troublée, en brandis-
sant sa trousse pour se donner une attitude et couvrir
sa sortie piteuse.

— Eh! faites ce que vous voudrez, répliqua Berteux en poussant la porte sur elle avec violence.

Il resta seul, indigné par ce qu'il appelait l'ingratitude de madame Floyd. Est-ce que tous ses actionnaires allaient de même essayer de l'intimider? Il
était décidé, énergiquement décidé à se révolter
contre ces tentatives de chantage, à ne pas les subir.
Et son regard semblait poursuivre la pédicure
et manucure des princes et de la noblesse au delà
de la porte par où elle venait de s'enfuir, et braver
dans sa massive personne tous ceux qui seraient
tentés de l'imiter, fussent-ils princes, fussent-ils
noblesse.

Sa colère s'apaisa peu à peu. Mais cet incident,
dont en d'autres circonstances il n'aurait fait que rire,
ajoutait à sa tristesss, en rendait les causes plus douloureuses et plus âpres, le laissait découragé, troublait

son jugement. Il était vraiment trop malheureux ;
toutes sortes de maux fondaient sur lui, comme si la
fortune, longtemps bienveillante, se lassait de lui
sourire. Après tant de luttes vaillamment soutenues
dans le cours de sa longue existence et victorieuse-
ment dénouées, la peur montait autour de lui, éner-
vait ses forces, paralysait sa volonté. Ce résultat
n'était pas dû seulement aux embarras financiers
qu'il traversait, aux angoisses que ces embarras provoquaient, mais encore aux douleurs morales par
lesquelles il était assailli.

Séparé de sa fille, dont l'infortune donnait un
démenti à ses prévisions orgueilleuses ; témoin des
larmes de sa femme, dont le silence accusait l'imprévoyance de ses ambitions plus vivement que des
reproches, il endurait encore une autre torture, plus
intime, plus personnelle, dont il ne parlait jamais.
L'humiliante déception subie à son retour d'Espagne
n'avait pu le guérir des amoureuses ardeurs déchaî-
nées dans ses veines. Elles continuaient à brûler son
sang. Elles le maintenaient inconsolable et meurtri
sur les ruines de ses espérances brisées.

Depuis longtemps, il n'était plus à l'âge où les
distractions qu'un homme tel que lui peut demander
a la vie et obtenir d'elle font oublier une passion
malheureuse. Cette passion, poussée peu à peu dans
son cœur desséché comme un fruit tardif sur un arbre
vieilli, s'était chevillée là pour toujours et solidement. Elle y survivait au mépris indigné de Louise ;
elle y devenait une cause d'intolérable souffrance.

Mathias Berteux était deux fois atteint, comme père
et comme amant. Mais le caractère de sa haine
contre les auteurs de son mal eût démontré clairement, à quiconque en aurait suivi les progrès, que
l'amant restait plus profondément atteint que le
père. En songeant aux joies d'amour que goûtait
Denis, en voyant ces joies se prolonger, il s'exaspérait. Il ne pouvait se résoudre à la perte définitive
d'un bien ardemment désiré depuis plus d'une année,
et qu'il considérait comme nécessaire au repos de
sa vie. Il se révoltait à la pensée que, plus heureux que lui, son gendre demeurerait le posses-
seur tranquille d'un cœur où lui-même avait espéré
occuper une place. Chaque matin, il se levait obsédé
par cette pensée; elle le poursuivait durant le jour,
jusque dans le tumultueux mouvement de ses entreprises; le soir, elle le tenait longtemps éveillé, arrachant à ses yeux des larmes de rage, à sa bouche
des imprécations et des menaces proférées dans la
surexcitation des désirs trompés. En peu de temps,
cette torture persistante et non interrompue avait
ravagé son visage, décomposé ses traits, assombri
son regard en le défigurant, comme s'il eût couvé
quelqu'une de ces maladies redoutables qui précèdent la mort.

Après le départ de madame Floyd, s'étant regardé
dans une glace pendant qu'il procédait à sa toilette,
il fut épouvanté par l'altération de sa physionomie.
L'éclat rubicond de ses joues avait disparu sous les
rides creusées à son front; la gaieté rassurante de ses

yeux s'était évanouie; il n'était plus que l'ombre du joyeux et brillant Berteux.

— Est-ce que je vais me laisser mourir, tendre paisiblement le cou à la déveine? se demanda-t-il. Pas de ça, Berteux. Il faut réagir, il faut lutter.

Son énergie accoutumée reprenant le dessus, il voulut ne plus songer qu'aux opérations qu'il préparait pour avoir raison des difficultés élevées autour de lui, et ne songea plus qu'à cela. Justement, il avait conçu tout un plan qu'il jugeait merveilleux et dont il préparait déjà l'exécution. Depuis plusieurs jours, il vidait sa caisse afin de restituer aux clients du Comptoir leurs dépôts d'argent qu'ils venaient réclamer, poussés par la terreur que leur inspiraient les signes avant-coureurs de la débâcle. Il avait remboursé déjà les dépôts exigibles à vue : il était menacé d'avoir à rembourser de même les dépôts à terme, au fur et à mesure que les échéances arriveraient. Il fallait arrêter ce mouvement, sous peine de succomber; il voulait l'arrêter par un de ces coups d'audace qui lui étaient familiers et tant de fois lui avaient réussi.

Il aurait pu demander de l'argent à ses actionnaires, exiger d'eux le versement du montant intégral de leurs actions, dont un quart seulement était payé, remplir ainsi ses caisses et voguer ensuite à pleines voiles. Mais il entendait faire mieux encore, arriver à doubler le capital nominal du Comptoir central des valeurs mobilières, le porter de vingt-cinq millions à cinquante, en jetant sur le marché des actions

nouvelles, convaincu qu'il trouverait des souscripteurs à qui son énergie donnerait confiance. A force
de persistance et d'habileté, il était parvenu à faire
voter ces résolutions par le Conseil d'administration
et par le comte de Louville lui-même, d'abord si
mal disposé. Déjà ses actionnaires étaient convoqués
pour le mois suivant, afin de les voter à leur tour.
Pour les encourager et recruter du même coup de
nouveaux adhérents, il faisait annoncer de toutes
parts que, quoique la Société comptât seulement
quelques mois d'existence, elle avait réalisé des bénéfices sur lesquels, sans attendre la fin de l'année, un
premier à-compte allait être distribué. Ces nouvelles
n'avaient pas encore vaincu la défiance du public.
Mais si qulqu'un eût objecté à Berteux que le résultat qu'il en attendait ne se produirait pas, il aurait
levé les épaules, certain de l'infaillibilité de ses
hardies conceptions.

Vers onze heures, il travaillait dans son cabinet,
au siége social, lisant le courrier du jour, dictant les
réponses, donnant ses ordres aux « remisiers », en
vue de la Bourse où il préparait un terrain favorable
à ses projets, quand l'huissier qui veillait à sa porte
pour écarter les importuns lui remit la carte du
baron de Jussac. Berteux ne savait pas le baron à
Paris, et ne put se défendre d'une inquiétude. Jussac, investi en sa qualité de commissaire-censeur
des droits que lui donnait la confiance des actionnaires qui l'avaient élu, pouvait contrecarrer ses combinaisons s'il les jugeait périlleuses pour la Société.

Mais y avait-il lieu de craindre qu'il y fît opposition? Berteux savait à quoi s'en tenir sur l'expérience et la crédulité de Jussac. Il croyait le trouver complaisant. Son inquiétude se dissipa aussi vite qu'elle était née, et il donna l'ordre d'introduire le visiteur.

— Je ne vous attendais pas, baron, lui dit-il; mais vous arrivez à propos. On aura besoin de vous ici.

— Je m'en doutais un peu, monsieur, et c'est pour cela que je suis venu, répondit Jussac. Les journaux financiers, que je lis avec attention, vous attribuent de grands projets. J'ignore s'ils disent vrai.

— Oui; le Conseil, après examen des comptes, a voté des mesures qui vont déjouer les manœuvres de nos détracteurs et mettre un terme à une crise que ne justifiait pas l'état de nos affaires.

— Pour que je puisse juger de l'efficacité de ces mesures, reprit Jussac, il sera nécessaire que j'examine les comptes, que je vérifie les livres, les valeurs en portefeuille...

— Mais, aux termes de la loi, on ne vous doit ces communications que tous les six mois, objecta Berteux ahuri en entendant Jussac élever la prétention de remplir sérieusement son mandat.

— En temps ordinaire, oui, monsieur. Mais vous reconnaîtrez qu'au moment où vous annoncez un dividende et l'augmentation du capital social, je dois être mis en possession de tous les documents qui me permettront de décider si ces mesures sont justifiées.

— Vous n'êtes pas seul commissaire-censeur,

baron; vous avez un collègue; il les a approuvées
sur le vu de la délibération du Conseil.

— Chacun exerce sa responsabilité comme il l'entend, monsieur. Mon collègue est libre de la sienne,
comme je suis libre de la mienne. J'ai consulté, je
me suis enquis des droits que la loi me donne; je les
revendiquerai tous.

— Toi, tu ne seras plus commissaire l'an prochain,
pensa Berteux en faisant effort pour dissimuler sa
surprise et son impatience. Qu'à cela ne tienne, fit-
il tout haut; quels sont les documents que vous
désirez examiner?

— Tous ceux qui peuvent m'éclairer, répondit
Jussac avec autorité; le bilan du dernier mois, l'énumération des valeurs en portefeuille...

— Mais que prétendez-vous donc faire, monsieur
le baron? demanda Berteux, qu'alarmait la précision
de ces demandes.

— M'opposer à la distribution d'un dividende, s'il
ne m'est pas démontré que les bénéfices réalisés
permettent de le distribuer.

— Les bénéfices à ce jour atteignent un million.

— J'en serai convaincu quand j'aurai acquis l'assurance que vous n'avez pas exagéré la valeur de
votre portefeuille.

Berteux n'en revenait pas. Et c'était là le commissaire qu'il avait choisi, certain de trouver en lui
une docilité complaisante et empressée! Quoi! Jussac ferré sur les droits qu'il tenait de la loi, raison-
nant comme un homme d'affaires, exprimant une

volonté, disposé à se jeter au travers de combinaisons savamment élaborées ! C'était à n'y pas croire. Pour sûr, on l'avait changé.

— J'avoue que vous trompez étrangement mes espérances, monsieur le baron, reprit Berteux, qu'exaspérait la ténacité qu'il rencontrait à l'improviste, mais qui s'efforçait encore de contenir son irritation. Si j'avais supposé que vous répondriez ainsi à mes bontés, ce n'est pas vous, que j'eusse choisi comme commissaire, veuillez le croire.

— Pensiez-vous donc trouver en moi un complice ? s'écria fièrement Jussac.

— Monsieur, vous m'insultez !

— Allons donc ! Je n'insulte pas, je discute. Je connais tout ce qui s'est passé dans cette maison depuis six mois. Je sais que vous avez en portefeuille des titres qui ne représentent pas le dixième de la valeur pour laquelle ils figurent dans votre actif. Je sais encore que des irrégularités coupables ont été commises, que certains administrateurs, plus préoccupés de leur intérêt personnel que de l'intérêt général, ont consenti des opérations ruineuses, et que leur consentement a été payé par des pots-de-vin. Vous accusez des bénéfices, monsieur Berteux, quand vous ne devriez accuser que des pertes. Vous êtes en déficit d'au moins deux millions, et vous n'avez pu arracher un vote à votre conseil d'administration et le rendre favorable aux mesures que vous prépariez, qu'en dissimulant la vérité ou qu'en achetant son adhésion.

— Qui vous a si bien instruit? demanda railleusement Berteux, dont la face blême exprimait à la fois
sa colère impuissante et sa déception. On vous a
trompé, monsieur le baron.

— Dans ce cas, pourquoi vous irriter de ma
demande?

— Je ne m'en irrite pas, et il va y être fait droit.
Mais elle m'étonne. A supposer que la réalité fût
telle que vous la présentez, que prétendez-vous?

— Je la révélerais aux actionnaires réunis en
assemblée générale.

— Vous oseriez!

— Je leur prouverais qu'on les trompe, continua
Jussac, que vos comptes qui se soldent en bénéfices
sont des comptes falsifiés. En un mot, monsieur,
je prétends remplir mon devoir.

— C'est bien, monsieur, répondit Berteux, agissez
à votre guise; portez secours à nos ennemis. Je vous
préviens seulement que je suis maître de la majorité
de mes actionnaires. Ils voteront selon mon gré, et
non selon le vôtre. Vos manœuvres ne m'atteindront
pas. Celui qu'elles atteindront, c'est votre ami le
comte Denis de Baumars. Et, comme Jussac s'incli-
nait silencieusement, Berteux pressa le bouton d'une
sonnette et dit à l'employé accouru à son appel : —
Conduisez M. le baron à la direction de la compta-
bilité; qu'on lui fournisse tous les renseignements
qu'il demandera.

Jussac sortit. Berteux, pâle et tout ému par ce long
débat, s'assit accablé devant un bureau en murmurant:

— Voilà le péril ! Comment le conjurer ?

Les menaces de Jussac étaient bien autrement graves que celles de madame Floyd. S'il les exécutait, c'en était fait du Comptoir central des valeurs mobilières. Le récit des événements qui avaient préparé la ruine de la société, rendu public par un rapport officiel, serait le dernier coup. Il fallait, par des moyens énergiques et décisifs, fermer la bouche à ce trop consciencieux commissaire.

— J'aurais dû lui offrir une grosse somme, pensait Berteux, acheter son silence. Heureusement, il est temps encore...

Mais s'il allait se heurter à un refus ! Il renonça à ce moyen. Puis il se décida à écrire à la comtesse de Baumars. Elle était intéressée comme lui à ce que la vérité ne fût pas connue. L'honneur des Berteux n'était pas seul en cause ; l'honneur des Baumars pouvait être aussi compromis. Il fallait donc que la comtesse se décidât à agir, qu'elle fît le voyage de Paris et qu'elle suppliât Jussac de ne pas donner suite à ses projets. Elle pourrait, du même coup, tenter aussi de ramener son fils aux devoirs oubliés ; et peut-être sa présence à Paris aurait-elle ce double résultat d'obliger Jussac à se taire et Denis à briser les chaînes qui l'attachaient à Louise Gravelot.

Trois jours plus tard, une dépêche lui annonçait l'arrivée de madame de Baumars. La mère de Denis n'était pas seule ; Valentine de Brinyon l'accompagnait. Berteux et sa femme allèrent attendre les voyageurs à la gare et les ramenèrent dans leur somp-

16

tueuse demeure, que l'éclat des dorures et le luxe de
l'ameublement n'empêchaient pas de ressembler à
une maison morte. En voiture, la comtesse entretint
madame Berteux, avide de nouvelles, de la santé
de Marthe. Le mal qui détruisait lentement cette
santé naguère florissante avait son siége au cœur.
C'était une incurable désespérance, que le retour de
Denis pouvait seul guérir. Madame de Baumars venait
donc tenter un suprême effort pour ramener son
fils. Elle entendait se mettre à l'œuvre dès le même
soir.

— Il n'est pas moins urgent de voir M. de Jussac, observa Berteux. Son attitude met en péril ma
fortune et l'honneur de votre famille, que je suis
sûr de sauver si mes combinaisons ne sont pas entra-
vées.

— C'est Valentine qui le verra, répondit madame
de Baumars. Elle est, de nous tous, la seule aux
prières de qui il n'osera résister. Elle connaît son
pouvoir sur lui, et c'est pour cela qu'elle a voulu
venir.

— Oui, je suis sûre que M. de Jussac ne repous-
sera pas ma demande, ajouta mélancoliquement
Valentine, dont l'accent résigné, mais ferme, exprimait une invincible confiance et d'héroïques résolutions.

# XII

## PARTIE MANQUÉE.

Louise était seule; le soir venait; elle attendait
Denis et lisait en l'attendant. Dans le petit salon où
la sollicitude de son amant entretenait avec prodigalité, même en cette dure saison d'hiver, un grand
luxe de lilas blancs et de roses, comme un symbole
de son ardent amour, tout était à souhait pour lui
plaire quand il arriverait. Un feu clair consumait les
bûches entassées sur un lit de cendres, au fond de
l'âtre. La lumière de la lampe, passant à travers les
découpures d'un abat-jour bleuâtre, caressait de ses
rayons adoucis les fleurs du tapis, les formes élégantes
des meubles, les reliures des livres choisis rangés sur
les étagères de la bibliothèque, les tableaux accro-
chés aux murs; elle enveloppait comme d'un voile la
suave beauté de Louise, ses cheveux aux tons fauves,
ses traits purs, la blancheur de son cou, les lignes
harmonieuses de son buste dessinées sous le corsage.
Dans la pièce voisine, dont la porte restait ouverte,
deux couverts étaient mis sur la nappe damassée,
toute resplendissante des scintillements de l'argenterie et des cristaux. Dans l'appartement flottait un
parfum léger, ce parfum pénétrant qui révèle la présence d'une femme jeune et aimée, et l'effort qu'elle

fait pour embellir son intérieur ainsi qu'un cadre favorable à sa beauté. Un grand calme montait autour de Louise ; il accentuait la douceur et l'intimité de ces lieux qui attestaient l'amour, comme si l'amour eût laissé sur les murailles, dans les plis des tentures, dans les calices des fleurs, un écho des cris et des baisers qu'il arrachait chaque soir aux lèvres brûlantes des amants qui s'étaient réfugiés là pour goûter en toute liberté le bonheur de s'appartenir.

Comme la pendule marquait six heures, la sonnette de l'entrée résonna bruyamment dans le silence. Louise, arrachée à sa lecture, tressaillit, convaincue que Denis rentrait. Elle se leva, ferma son livre, se regarda dans la glace au-dessus de la cheminée, et, souriante, fit quelques pas hors du salon, derrière sa femme de chambre qui traversait hâtivement le couloir pour aller ouvrir. Mais au lieu de la voix de Denis, elle entendit une voix étrangère. On demandait à la voir, et, comme la femme de chambre répondait qu'elle ignorait si madame recevrait à cette heure la visite d'une inconnue, la voix insistait, tour à tour hautaine et insinuante, et finalement reprenait en alléguant la nécessité de faire à mademoiselle Gravelot une communication urgente et grave.

— C'est à moi que vous désirez parler, madame? demanda Louise, choquée de l'insistance que l'inconnue mettait à pénétrer dans sa maison.

— C'est à vous, mademoiselle, répondit celle-ci. L'heure est peut-être tardive ; mais je n'ai pas été libre d'en choisir une autre. Veuillez m'excuser et faites-moi la grâce de m'entendre.

— Entrez, madame, reprit Louise.

Une femme vêtue de noir, dont une voilette épaisse, attachée au chapeau, cachait les traits, apparut dans l'étroit corridor qu'elle remplit de la carrure un peu massive de sa personne, accrue encore par sa démarche solennelle. Sur un geste de Louise, elle passa dans le salon, où elle resta debout, silencieuse, toujours voilée, en attendant que la porte fût fermée. Alors, relevant son voile, elle dit :

— Me reconnaissez-vous, mademosielle?

— Oui, madame, je vous reconnais ; vous êtes la comtesse de Baumars, repondit Louise d'un accent qu'elle s'efforçait de raffermir pour dissimuler l'angoisse qui venait de s'emparer d'elle.

— Ne devinez-vous pas ce qui m'amène, mademoiselle Gravelot? continua la comtesse.

— Je le saurai quand vous me l'aurez dit, madame.

— Je viens vous supplier, oui, mademoiselle, vous supplier de rendre mon fils à sa famille, que sa conduite désespère; de le rendre à sa femme, qu'il abandonne pour vivre à vos côtés, et qui meurt de cet abandon.

— Mais, madame, on ne m'a pas donné M. le comte de Baumars à garder, répliqua Louise en se roidissant contre l'émotion que la comtesse voulait éveiller dans son cœur. Il est majeur, je suppose, en possession de sa volonté, libre de ses actes. S'il vient

16.

chez moi, c'est qu'il lui plaît d'y venir; quand cela
ne lui plaira plus, je ne ferai rien pour l'y retenir ou
l'y ramener. C'est tout ce que je peux promettre.
Vous n'attendez pas de moi, sans doute, que je pousse
l'héroïsme jusqu'à lui fermer ma maison.

— C'est là ce que j'attends de vous.

— C'est trop exiger, madame ; un tel sacrifice serait
au-dessus de mes forces. M. de Baumars m'aime autant
que je l'aime ; je ne peux le chasser.

— Soit, mais vous pouvez vous dérober à ses poursuites. Quand il ne vous verra plus, le charme que
vous exercez sur lui se dissipera ; il reviendra à sa
femme.

— Elle lui pardonnerait ! s'écria Louise.

— Un cœur d'épouse, mademoiselle, renferme
d'inépuisables trésors d'indulgence ; elle pardonnerait !

En prononçant ces mots, madame de Baumars, se
trompant aux accents de Louise, crut qu'elle avait
déjà vaincu sans combattre, que Louise cédait et
consentait à fuir Denis. Elle la regardait avec bienveillance, comme pour encourager ses résolutions.
Elle fut bientôt détrompée.

— Le malheur est que je ne peux faire ce que vous
souhaitez, madame, répondit froidement Louise.
Quelque digne de pitié que soit le sort de votre belle-
fille, il ne l'est pas plus que le serait le mien si je me
résignais à ce que vous espérez.

Le visage de madame de Baumars se rembrunit.

— Mais vous-même, qu'espérez-vous, mademoiselle? fit-elle. Avez-vous l'orgueil de croire que Denis vous restera toujours?

— J'ai cet orgueil.

— Vous serez plus forte à vous seule que toute sa famille réunie?

— Je serai plus forte.

— Allons donc! Le jour où je voudrai que ce scandale prenne fin, il cessera, s'écria la comtesse d'un accent d'écrasant dédain.

— Si vous avez ce pouvoir, madame, demanda Louise ironiquement, pourquoi êtes-vous ici? pourquoi me supplier? Exercez-le dans toute sa rigueur, car de ma volonté vous n'obtiendrez rien, je vous en avertis!

Un silence succéda à ces paroles. Comprenant que la menace n'aurait pas raison de la résistance qui se dressait devant elle, madame de Baumars s'efforçait d'apaiser son irritation grandissante et surexcitée; elle regardait cette jeune fille qui lui avait pris son fils, toute surprise de la trouver si belle et si fière; et se répétant qu'il fallait user d'habileté, elle cherchait le chemin du cœur qu'elle tentait d'attendrir.

— Mademoiselle, je ne suis pas venue pour vous braver, reprit-elle avec douceur en se faisant violence et toute frémissante d'orgueil blessé; je suis venue pour faire appel à votre raison, aux sentiments d'honneur qui sont en vous et que j'avais appréciés autrefois. Je suis venue au nom d'une femme abandonnée, au nom d'un enfant que l'ab-

sence de son père fait orphelin, au nom de ma mère
dont la conduite de Denis met la vie en péril. Il est
impossible que vous ne soyez pas émue par le spectacle de notre douleur, et que vous ne vous laissiez
pas attendrir par nos prières. Vous disiez tout à
l'heure que vous aimez Denis. Eh bien, c'est au
nom même de votre amour pour lui que je vous
supplie. Son intérêt vous commande de l'éloigner
de vous. Il pourra souffrir de vous perdre ; mais
la sollicitude de sa famille le guérira, tandis que
si vous persistez à le retenir, un jour viendra où il
souffrira plus encore, et cette fois ce sera trop tard
pour le guérir. Tout passe, mademoiselle, et la violente passion que vous lui avez inspirée passera. Elle
aura le sort des sentiments qui naissent dans le cœur,
en violation des devoirs oubliés. Elle sera détruite
dans celui de Denis par le souvenir de sa femme et
de son fils. Ce souvenir, les remords et les regrets
qu'il engendrera, seront plus puissants que votre
tendresse. Alors Denis vous abandonnera, pour
retourner auprès de ceux qui l'aiment et qu'il trouvera irréparablement meurtris, ou s'il reste près de
vous, vous saisirez à toute heure dans son silence,
dans sa tristesse, dans l'accablante lassitude qu'il ne
pourra plus vous cacher, l'expression de son repentir. Ce supplice sera intolérable pour vous et pour
lui.

— Je ne raisonne pas comme vous, madame ; je
ne crois pas à ce sombre avenir, objecta Louise.

— Nierez-vous aussi qu'au moment même où je

vous parle, des innocents pleurent, et que c'est vous
qui faites couler leurs larmes ?

— Je ne nie rien, madame; je dis seulement que
vos supplications sont inutiles. Elles excitent ma
pitié, mais ne sauraient changer ce qui est. Tant que
Denis m'aimera, tant qu'il sera heureux de me le
répéter, cette maison lui restera ouverte et sera la
sienne. Si donc vous persistez à vouloir le séparer de
moi, ce n'est pas a moi qu'il faut s'adresser, mais à
lui. Que ne lui tenez-vous le langage que vous venez
de me tenir !

— Pourquoi? s'écria madame de Baumars avec
emportement, en se levant et en faisant un pas vers
Louise. Parce que je connais votre pouvoir sur lui
et que je doute du mien. Oui, je me suis abaissée
jusqu'à venir supplier la maîtresse de mon fils, moi !
parce que je savais qu'il demeurerait rebelle à ma
volonté. La démarche était douloureuse ; mais j'en
croyais le succes assuré. Il me semblait qu'en vous
parlant au nom de l'honneur, qu'en invoquant
l'intérêt de Denis, le désespoir de sa famille, j'atten-
drirais votre cœur. Que dois-je ajouter? A quels
arguments faut-il recourir? supplia madame de
Baumars, la voix coupée par les sanglots. Ayez pitié
de nous, mademoislle.

Louise écoutait, sombre, se contenant à peine,
plus irritée que touchée par ces supplications impuissantes, qui ne remuaient les souvenirs du passé que
pour les rendre odieux par la comparaison avec le
présent, résolue à ne pas répondre afin de hâter la fin

de ce pénible débat. Mais quand elle vit la mère de Denis inclinée devant elle, lui demandant d'avoir pitié, sa colère fit explosion.

— A-t-on eu pitié de moi? s'écria-t-elle révoltée et farouche. Je n'ai pas appelé votre fils, madame; il est venu; il m'a dit qu'il m'aimait! J'étais seule au monde, pauvre, abandonnée; en me parlant de son amour, il avait enchaîné mon cœur. Cependant, j'ai voulu l'éloigner; je l'ai supplié de me fuir. Il a refusé, et, dans une manifestation spontanée et libre de sa volonté, il a juré de m'épouser. C'est ainsi qu'il m'a séduite. Vous venez de parler d'honneur! L'honneur ne vous commandait-il pas, quand vous avez connu la vérité, d'obliger Denis à tenir ses promesses, s'il était tenté de les oublier; à l'approuver, s'il voulait les accomplir? Vous n'aviez aucune objection à élever contre moi, que ma pauvreté et l'obscurité de ma naissance. J'étais sans reproches; j'appartiens à une famille honorable, et je sais assez ce que je vaux pour affirmer que j'eusse porté dignement et fièrement le nom des Baumars. Mais j'étais pauvre; vous m'avez préféré mademoiselle Berteux, et comme Denis se refusait à seconder vos desseins; comme, pour consommer notre séparation, il fallait nous tromper l'un et l'autre, vous vous êtes fait la complice de l'action déloyale qui pèse maintenant sur nous. Avez-vous eu pitié de moi, ce jour-là, madame?

— A ma place, toute mère eût fait ce que j'ai fait, vous la première, dit madame de Baumars impuissante à se justifier.

— Il est possible que, préoccupée de l'avenir de mon fils, j'eusse préféré l'opulente héritière à l'orpheline sans dot, reprit Louise. Mais je n'aurais voulu tromper ni l'une ni l'autre, j'aurais agi loyalement, au grand jour ; j'aurais fait mon fils seul juge des motifs de ma conduite, et s'il m'avait résisté au nom d'un sincère et respectable amour, je me serais inclinée devant sa volonté.

— Une mère ordonne quelquefois ; elle n'obéit jamais.

— Alors elle est seule responsable des ordres qu'elle a dictés. Ne vous en prenez qu'à vous de ce qui arrive, madame.

Louise élevait la voix ; son regard exprimait une irrévocable résolution, et la comtesse commençait à se convaincre de l'inutilité de sa démarche.

— Est-ce à dire que vous prétendez garder mon fils ? demanda-t-elle humiliée et furieuse.

— Eh ! madame, ordonnez-lui de me fuir ; s'il est docile à vos ordres, je ne vous le disputerai pas. Le voilà, ajouta Louise, en désignant la porte qui venait de s'ouvrir et sur le seuil de laquelle, surpris et consterné, apparaissait Denis ; interrogez-le ; entraînez-le s'il veut vous suivre.

Elle sortit, se réfugia dans sa chambre, laissant la comtesse de Baumars seule avec son fils. Elle était brisée par cette querelle, bouleversée en se demandant si Denis serait assez faible pour l'abandonner, et désespérée par son impuissance à le retenir s'il se laissait dominer par la volonté maternelle.

— Vous ma mère! s'écria Denis étreint par l'angoisse qui venait de le saisir. Je ne vous savais pas à Paris et ne m'attendais pas à vous trouver dans cette maison.

— Je n'y suis que pour t'en arracher! En arrivant tout à l'heure, j'ai couru ici parce que je pensais t'y trouver. J'ai promis à ta femme de te ramener auprès d'elle; je le lui ai promis devant ton enfant; ils t'attendent. Viens!

Un geste impérieux accompagna ces paroles. Sa main se posait sur le bras de son fils

— Je ne peux vous suivre, ma mère, répondit-il en baissant les yeux.

— Tu m'infligerais cet outrage devant cette fille!

— Je l'aime, ma mère!

— Mais ne m'aimes-tu pas aussi? Vas-tu me la préférer? Je ne suis plus jeune, Denis; ta grand'mère touche à la tombe. Ne nous laisseras-tu pas mourir en paix? Quelque grand que soit ton amour pour la créature qui te domine, n'ai-je pas assez fait pour toi pour mériter que tu me la sacrifies? Tu vois, je ne te parle même plus de ta femme ni de ton enfant, quoique tu n'aies pu tout à coup cesser de les chérir. Je ne te parle que de ta grand'mère et de moi, qui avons entouré de tant de soins ton enfance. Nous nous unissons pour te conjurer de nous rendre ton cœur. Resteras-tu insensible à nos prières et à nos larmes?

Les sanglots scandaient les paroles sur ses lèvres tremblantes. Ses mains s'ouvraient suppliantes, et tout son corps se courbait dans une attitude d'humble prière. Denis, affolé, des pleurs plein les yeux, essayait de la relever. Elle s'accrochait à lui désespérément, l'embrassant avec fièvre, lui répétant qu'elle ne voulait pas le quitter, qu'elle demeurerait là, toujours, s'il refusait de la suivre. Il chancelait éperdu, tournant les yeux du côté de la chambre de Louise, brûlant du désir de lui dire un mot, de lui faire un signe afin qu'elle ne s'effrayât pas s'il feignait d'obéir. Mais la porte de la chambre était close, Louise ne se montrait pas, et madame de Baumars continuait à s'épuiser en prières émouvantes.

— Eh bien, soit, puisque vous le voulez! s'écria-t-il tout à coup; venez, ma mère. Cette scène a trop duré.

C'est lui qui maintenant l'entraînait. Ils sortirent. La voiture de Berteux, qui avait conduit madame de Baumars, l'attendait à la porte du jardin. Ils y montèrent, et le cheval fila grand train par la rue étroite, où le bruit des roues sur le pavé imprimait aux murailles une trépidation vibrante. A ce bruit, Louise s'était élancée hors de sa chambre. Son regard embrassa le salon vide.

— Parti! Il est parti! murmura-t-elle.

Et lasse de ses longues émotions, accablée sous le poids de son anxiété, elle se laissa tomber sur la chaise où tout à l'heure, pleine de confiance, elle attendait Denis. Reviendrait-il? Son départ n'était-il qu'une feinte pour décider sa mère à s'éloigner? Était-ce, au contraire, un éclatant témoignage de sa

17

faiblesse, le résultat d'une décision soudaine et définitive? Elle ne pouvait se résoudre à le croire. Denis
allait reparaître ou lui écrire pour la rassurer, s'il
était retenu par sa mère. Elle avait trop souvent
mesuré l'étendue de son pouvoir sur lui pour perdre
l'espérance. Mais, quoiqu'elle voulût se raisonner,
l'attente engendrait l'angoisse, devenait intolérable.
Elle dut cependant la subir longtemps. Cette soirée,
qui s'annonçait si heureuse et si douce, s'écoula tristement, remplie de réflexions cruelles qui torturaient
l'esprit et le cœur de Louise. Enfin, vers onze heures,
Denis arriva. Dans le silence du soir, elle entendit
ses pas sur le sable du jardin. Elle se précipita pour
lui ouvrir la porte, sans attendre que la sonnette l'an-
nonçât. Elle se jeta dans ses bras passionnément et
l'étreignit avec tant de force qu'il dut la ramener au
salon, suspendue à son cou, pâle, à demi pâmée.

— Tu as douté de moi! lui dit-il.

— J'ai eu bien peur quand je t'ai entendu t'éloigner, répondit-elle; mais je me suis rassurée en me
répétant tes promesses. Seulement, l'attente de ce
qu'on aime est quelquefois un supplice.

— J'ai dû feindre d'obéir, suivre ma mère, car je
ne sais à quelle extrémité le désespoir l'eût poussée
si j'avais résisté. Je l'ai accompagnée chez mon
beau-père, et je ne l'ai apaisée qu'en lui promettant
de partir demain avec elle pour Marvejols.

— Tu vas partir! s'écria Louise en se redressant.

— Oui, mais avec toi, et non avec elle. Demain,
elle recevra une lettre qui lui fera connaître ma

volonté. Quand cette lettre lui parviendra, nous aurons quitté Paris.

Un éclair d'orgueilleuse joie s'alluma dans les yeux de Louise, puis s'éteignit dans une expression de tendresse ardente et câline.

— Maintenant, je sens bien que tu m'aimes et que tu es à moi pour toujours, murmura-t-elle, le front renversé en arrière sous le brûlant regard de son amant.

Il se pencha sur elle, et, de ses lèvres altérées, ferma la bouche qui venait de lui parler, en répétant :

— Pour toujours !

## XIII

### OU JUSSAC SE RÉVÈLE ET OU MARTHE S'ÉTEINT.

A dix heures du matin, le baron de Jussac, habillé, sa canne à la main, son chapeau sur la tête, prêt à sortir, arpentait fiévreusement sa chambre d'hôtel. Il était très ému, M. le commissaire-censeur, plus qu'ému, bouleversé. Quelques instants avant, en sortant de son lit, le cervau rempli des périodes éloquentes qui devaient trouver place dans le rapport qu'il préparait en vue de l'assemblée générale extraordinaire des actionnaires du Comptoir central des

valeurs mobilières, il avait reçu une lettre de mademoiselle de Brinyon. Dans cette lettre, Valentine lui
faisait part de son arrivée à Paris et le priait d'aller
la voir le même jour, chez M. Berteux, où elle était
descendue avec la comtesse de Baumars.

Valentine à Paris! Valentine exprimant le désir
de l'entretenir d'une affaire urgente, n'était-ce pas
suffisant pour justifier son agitation? Cette jeune fille
d'une âme si grande, d'une grâce si chaste, avait
pris son cœur. Elle réalisait à ses yeux le type idéal
de l'épouse et de la mère, et encore qu'à deux
reprises elle eût écarté la demande faite par lui pour
obtenir qu'elle acceptât son nom, il ne pouvait se
résigner à renoncer à elle. Il conservait un espoir
plus fort que le découragement et que les craintes,
l'espoir qu'un jour elle se laisserait toucher par sa
constance, qu'elle consentirait à partager sa vie.
Quand il se disait que cet espoir n'était pas irréalisable, une bouffée de chaleur brûlante montait à
son front, tout son être s'épanouissait dans une joie
folle, joie sans durée, faite de confiance fugitive,
vite troublée par l'angoisse que provoquent l'incertitude et le doute. Le nom de Valentine traversant
sa pensée, son souvenir évoqué, son image entrevue,
exaltaient ce sentiment passionné jusqu'à le rendre
héroïque. Comme un chevalier d'autrefois, Jussac
était prêt à se dévouer pour sa dame, à mourir pour
elle.

Voilà que maintenant, c'est elle qui l'appelait, laissant entrevoir qu'elle avait besoin de ses services! Il

était prêt à répondre à cet appel; mais il se demandait, perplexe et troublé, quel en était le motif, et craignait de le deviner. Que pouvait vouloir lui demander mademoiselle de Brinyon, si ce n'est de renoncer aux résolutions qu'il avait arrêtées, en sa qualité de commissaire-censeur du Comptoir central, résolutions qu'il considérait comme dictées par l'honneur et dont sans doute elle redoutait les suites pour Denis de Baumars? Déjà, diverses démarches avaient été faites près de lui pour désarmer sa rigueur et sa volonté. Il était demeuré intraitable, n'écoutant que l'impérieuse voix qui lui imposait le devoir de ne pas souffrir que Berteux fît des dupes. Mais comment résisterait-il à Valentine? et si elle le suppliait de sauver Denis, garderait-il la même inflexibilité? Depuis quelques instants, cette question le poursuivait; elle se posait dans son esprit au moment où il partait pour se rendre chez mademoiselle de Brinyon; il ne l'avait pas encore résolue quand il se fit annoncer.

— Je vous remercie d'être venu, lui dit Valentine en le voyant. J'étais sûre que vous viendriez, et je savais que je peux compter sur vous.

— Jusqu'à la mort, mademoiselle, répondit-il. Est-ce pour me parler que vous êtes à Paris?

— Pour vous parler, oui, pour recourir à votre amitié et en solliciter une preuve éclatante.

— Que peut-elle donc pour vous?

— Vous préparez un rapport qui doit être communiqué aux actionnaires du Comptoir central des valeurs mobilières. Ce rapport a pour but de leur révéler une situation qu'ils ignorent. Il aura pour conséquence la liquidation de cet établissement et, ce qui est plus grave, la ruine de M. Berteux, peut-être même des poursuites judiciaires dans lesquelles serait enveloppé Denis de Baumars. Je vous demande de renoncer à ce rapport.

— C'est impossible, mademoiselle, répondit Jussac en s'armant de courage; ma responsabilité est trop gravement engagée. Je l'ai démontré aux personnes qu'on a envoyées déjà vers moi. Il y a eu au Comptoir central des faits délictueux. Si je les dissimulais, quand il est de mon devoir de les rendre publics, j'en deviendrais complice et j'encouragerais les supercheries nouvelles qui se préparent. Je suis enchaîné par mon devoir.

— Il faut cependant que vous vous efforciez de concilier ce devoir avec la pitié que méritent les malheurs de la famille de Baumars, poursuivit Valentine sans se laisser décourager; il le faut, monsieur de Jussac, et je vous demande, comme à un ami fidèle, d'exaucer ma prière.

— Concilier ce devoir avec la pitié! comment le puis-je, mademoiselle? C'est impossible, et si vous pouviez étudier comme moi les faits qui se sont accomplis sous la responsabilité de M. Berteux et de son gendre...

Valentine l'interrompit.

— Je n'en conteste pas la gravité, dit-elle; je ne peux, hélas! la contester. Mais plus vous me

démontrerez que ces faits sont graves, qu'ils com-
promettent Denis de Baumars, et plus je serai
énergique à vous prier de les couvrir de votre
silence.

— Mais c'est mon honneur que vous me demandez
d'abdiquer! Tôt ou tard, d'autres que moi révéle-
ront la vérité sur laquelle vous voulez jeter un voile.
Que leur répondrai-je quand les actionnaires, trompés, dupés, ruinés peut-être, rejetteront sur moi la
responsabilité d'un désastre que je pourrais leur
épargner en parlant aujourd'hui? Que répondrai-je?

— Alors, il sera temps d'aviser. A l'heure où
nous sommes, il s'agit avant tout d'éviter une cata-
strophe dont des femmes innocentes et déjà cruelle-
ment éprouvées seraient les premières victimes.
C'est pour elles que je vous implore, monsieur de
Jussac.

Il était bouleversé; son visage exprimait le trouble
de son âme où se livrait un combat.

— Pardonnez-moi, mademoiselle, balbutia-t-il,
je suis contraint de vous refuser. Veuillez comprendre que je dois accomplir mon devoir, et que je
le trahirais si je déchirais mon rapport.

Valentine, dont la voix avait gardé jusqu'à ce
moment l'accent de la prière, se redressa, et, enveloppant Jussac de son rayonnant et pur regard, elle
reprit avec plus d'assurance:

— Refuserez-vous aussi à votre femme?

— Mademoiselle! s'écria Jussac éperdu.

— Voici ma main, monsieur de Jussac, continua-t-elle avec une inexprimable dignité ; c'est votre femme qui vous implore. Faites ce qu'elle vous demande. Ce sera votre présent de noces.

Elle lui tendait, dans un mouvement de sacrifice volontaire et résolu, cette main que Jussac avait si passionnément souhaité de tenir dans les siennes. Il demeurait debout, écrasé par la surprise, craignant de rêver, n'osant comprendre. Son silence et son immobilité durèrent quelques minutes. Puis, brusquement, il s'agenouilla, des larmes dans les yeux, et posant ces lèvres sur les doigts de Valentine, il murmura :

— Eh bien, non, il ne sera pas dit que j'ai abusé de votre dévouement et que je devrai le bonheur à votre tendresse pour Denis ! Car c'est elle seule qui a dicté votre conduite, ne le niez pas. C'est pour celui que vous aimez et qui n'a pas compris, c'est pour celui-là que vous alliez vous sacrifier. Restez libre, mademoiselle, et si quelque jour, quand vous aurez recouvré tout votre sang-froid, le pauvre Jussac ne vous semble pas trop indigne de vous, que ce soit dans trois mois ou dans dix ans, appelez-le. Il sera à vos pieds comme maintenant, vous remerciant des félicités qu'il vous devra. Et si ce jour ne doit jamais arriver, n'en croyez pas moins à la fidèle amitié à laquelle vous venez de faire appel.

— Je me suis donnée, monsieur de Jussac, répondit Valentine, que l'émotion gagnait à son tour ; je ne me reprends pas.

— Eh bien, plus tard, nous verrons, reprit Jussac en se relevant. Jusque-là soyez rassurée. Avertissez M. Berteux qu'il n'a plus rien à redouter. Demain, je partirai pour Marvejols, je m'enfermerai chez moi, et jusqu'après l'assemblée générale, je serai censé avoir été malade, n'avoir pu, par conséquent, préparer mon rapport ni me présenter à cette assemblée, au lendemain de laquelle je donnerai ma démission. Est-ce là ce que vous voulez, mademoiselle? ajouta Jussac, le regard joyeux, le cœur gonflé par l'espérance.

— Tout cela vous sera compté, dit Valentine avec douceur. Puisque vous devez partir demain, vous serez notre compagnon de route, et madame de Baumars vous exprimera sa gratitude.

— Elle ne doit l'exprimer qu'à vous, mademoiselle, car aucun autre n'eût obtenu de moi ce que j'ai cédé.

Quelques instants plus tard, la comtesse et Mathias Berteux se rassuraient en apprenant le succès de la démarche de Valentine de Brinyon. Malheureusement, une épreuve nouvelle allait traverser leur joie. Denis, que madame de Baumars croyait avoir arraché pour toujours à Louise Gravelot, venait de s'enfuir avec elle. Sa mère en était avertie par une lettre qui déchirait et meurtrissait son cœur, et l'obligeait à retourner à Marvejols, où Marthe l'attendait, livrée aux plus cruelles angoisses, sans lui ramener son mari. L'honneur des Baumars était sauf; mais le repos du foyer et leur bonheur familial, depuis si longtemps menacés et vainement défendus, étaient à jamais détruits.

. . . . . . . . . . . . . . . . .

. . . . . . . . . . . . . . . . .

Ce triste hiver touche à sa fin; les premiers sourires de la nature qui s'éveillent annoncent le printemps. Mais l'aurore de cette saison bénie, qui pare les branches de feuilles nouvelles et ravive l'éclatante verdure des prés, n'a pu ramener dans la maison de Baumars les félicités dispersées ni ranimer les espérances éteintes. Denis n'est pas revenu. Les efforts de sa mère pour le retrouver ont été vains. Les lettres qu'elle lui a écrites à Paris, avec l'espoir qu'on les lui ferait parvenir, sont restées sans réponse. Où est-il? Vers quel pays lointain Louise Gravelot l'a-t-elle conduit? Sur quels rivages promène-t-il ses remords, si le souvenir du passé est plus puissant que l'ingénieux amour de sa maîtresse et engendre des remords dans son cœur? Ceux qui l'aiment continuent à l'ignorer. Ils le pleurent; son absence les livre au désespoir, un désespoir incessant, amer et cruel, dont sa femme meurt.

Pauvre Marthe! qu'ils sont loin, les doux rêves qu'elle carressait naguère! Elle se voyait dans l'avenir épouse adorée et mère heureuse. La vie lui souriait, s'annonçait clémente. Elle croyait à l'éternité de l'amour et à l'éternité du bonheur. Mais un orage a passé sur son front; il a couvert de ruines la place où fleurissait l'espoir. Longtemps elle s'est refusée à laisser cet espoir se flétrir; longtemps elle

a voulu croire que son mari reviendrait ; elle l'appelait, prête à pardonner. Puis un jour, lasse de l'appeler et de l'attendre, meurtrie par cette horrible
lutte entre ce qu'elle souhaite et ce qu'elle redoute,
elle est tombée pour ne plus se relever. Les heures,
les jours, les semaines ont passé, ajoutant à sa douleur une douleur nouvelle, emportant sa santé lambeau par lambeau, effaçant les roses de son teint,
éteignant son regard, amaigrissant ses membres,
tarissant dans son corps émacié les sources de la vie.
Ni l'ardente sollicitude de sa belle-mère, ni l'amitié
tendre de Valentine, ni la grâce frêle de son fils,
n'ont prévalu contre le mal qui la tue lentement, en
épuisant ses forces. Madame Berteux est venue à
son tour, convaincue que sa présence arrêterait les
progrès de ce mal. Elle n'a pas réussi à l'arrêter.
Seule la présence de Denis pouvait guérir Marthe.
Il n'est pas revenu : elle est donc condamnée, condamnée surtout parce qu'elle ne veut pas être
sauvée. Elle a vingt ans, et elle appelle la mort ! Il
est donc vrai que l'amour tue quelquefois ! Oui,
comtesse Marthe, il tue. On vous l'eût dit jadis,
petite Parisienne aux cheveux d'or, moqueuse et
frivole, que le doute vous eût arraché un sourire.
Mais il faut bien le croire, maintenant, puisque vous
allez mourir.

La voici, toute pâle, étendue dans l'antique lit où
d'autres, qui portaient le même nom qu'elle, ont
rendu le dernier soupir. A son chevet, se pressent
sa mère, la mère de Denis, Valentine, dévouées

toutes trois à lui prodiguer leurs soins, hélas ! inutiles. La marquise de Villacerf ne verra pas l'agonie de sa petite-fille ; elle ne recevra pas son dernier soupir. La paralysie l'a prise tout entière, corps et esprit. Le cœur bat encore, mais les membres ont l'immobilité des choses mortes, l'intelligence est éteinte, les yeux sont sans regard. Elle ne quitte pas sa chambre, où chaque jour M. de Brinyon, le fidèle ami de sa vie, vient s'asseoir près d'elle accablé et morne, avec l'espoir de saisir une lueur sous les paupières abaissées, et avec la volonté de lui garder jusque par delà du tombeau sa puissante et indestructible tendresse. Le ciel est clément. Il n'a pas voulu que l'aïeule impeccable fût témoin du malheur de sa maison et maudit son petit-fils, cause de ce malheur.

Appelé par sa femme, Mathias Berteux est arrivé en toute hâte pour voir mourir sa fille. Il est là aussi, écrasé, effaré, stupide, ne voulant se résoudre à admettre qu'un homme aussi riche que lui soit impuissant à disputer son enfant à la maladie qui la lui ravit. D'amères pensées s'agitent confusément dans sa cervelle. Il est irrité contre Denis, plus encore contre lui-même. Qu'avait-il besoin d'avoir pour gendre un gentilhomme ? Qu'avait-il besoin de le jeter dans les affaires, de lui faire partager cette soif d'argent dont il est dévoré ? Pourquoi l'a-t-il enlevé au sol natal, aux exemples sains et féconds de la maison maternelle ? Pourquoi surtout l'avoir pris à Louise Gravelot ? Pour la première fois, il reconnaît qu'il n'est pas infaillible, que l'argent n'est pas tout, et qu'au-dessus de la volonté d'un financier assez habile pour s'enrichir aux dépens d'autrui, il y a une volonté qui déjoue les combinaisons les plus ingénieuses et se rit de ceux qui les ont élaborées. Et son impuissance à retenir la chère créature qui se dérobe à ses baisers, arrache des larmes à ses yeux qu'il croyait à jamais desséchés. Il a pu sauver le Comptoir central des valeurs mobilières qui sombrait ; il ne sauvera pas sa Marthe adorée !

La mort impassiblement fait son œuve. Elle est entrée dans la chambre qui s'emplit de sanglots. Elle monte autour du lit et le long du corps charmant qui va devenir sa proie. Capricieusement, elle dépouille les lèvres de leur incarnat, le regard de son expression à la fois attristée et rieuse, de leur chaleur les mains croisées dans une attitude de prière. Puis, tout à coup, elle arrête les bruyants soupirs qui s'exhalaient de la gorge sifflante. La fine tête aux cheveux d'or s'agite, roule sur l'oreiller, et reste immobile, penchée, sans couleur et sans vie. Le comte Denis de Baumars est veuf, et son fils orphelin.

Alors, tandis que s'élèvent les accents désespérés de ceux que cette envolée d'une âme tendre condamne à la douleur, Valentine s'approche de la morte, baise son front et lui clôt les paupières. Puis elle sort, et va s'agenouiller dans une autre chambre, au pied d'un berceau. Quand elle se relève, Jussac est debout derrière elle. Elle le regarde et lui dit :

— Cet enfant n'a plus de famille, son père est loin, et je crains que ses grand'mères ne survivent pas à tant de maux. Que deviendra-t-il ?

— Ce sera notre enfant, si vous le voulez, Valentine, répond Jussac timidement.

FIN.

# TABLE DES MATIÈRES.

PARIS, TYPOGRAPHIE DE E. PLON ET Cⁱᵉ, RUE GARANCIÈRE, 8.

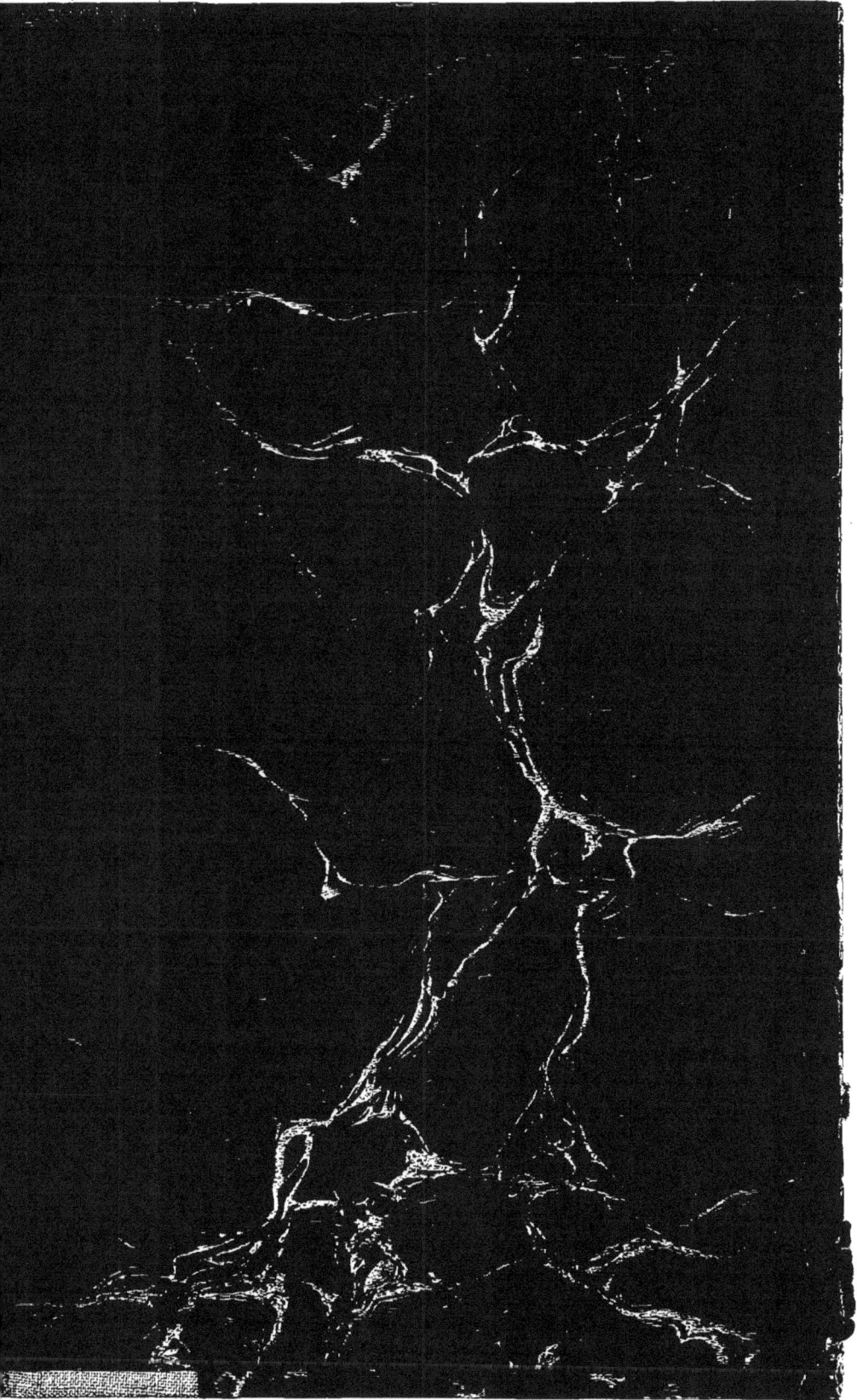